# 서배스천 나이트의
# 진짜 인생

**THE REAL LIFE OF SEBASTIAN KNIGHT**
by Vladimir Nabokov



이 도서의 국립중앙도서관 출판예정도서목록(CIP)은 서지정보유통지원시스템 홈페이지(http://seoji.nl.go.kr)와
국가자료공동목록시스템(http://www.nl.go.kr/kolisnet)에서 이용하실 수 있습니다.
(CIP제어번호: CIP2016032387)

The Real Life of Sebastian Knight
Vladimir Nabokov

# 서배스천 나이트의 진짜 인생

블라디미르 나보코프 장편소설

송은주 옮김

문학동네

일러두기

1. 본문의 이탤릭체는 원서에서 강조한 프랑스어 또는 러시아어로 쓰인 부분이다.
2. 본문의 고딕체는 원서에서 이탤릭체로 강조한 부분이다.
3. 주석은 모두 옮긴이주다.

# 차례

# 1

서배스천 나이트는 1899년 12월 31일 우리 나라의 예전 수도에서 태어났다. 애매모호한 이유를 대며 자신의 이름은 밝히지 말아달라고 요청한 어느 러시아 노부인이 파리에서 나에게 지난날 그녀가 썼던 일기를 보여준 일이 있었다. 별반 사건이랄 것도 없었던 세월이어서(확실히 그래 보였다) 시시콜콜한 일상을 적어놓은 내용들이라야(빈약하기 그지없는 자기보존법이다) 짤막하게 그날 날씨를 기록해놓은 것보다 조금 나은 수준이었다. 그러고 보면 군주들의 개인적인 일기도—자기들 왕국이 그 어떤 곤란에 처해 있다 한들—주로 똑같은 내용을 다루고 있으니 참 신기한 일이다. 운좋게도 그녀의 일기장이 고스란히 남아 있어, 결코 일부러 찾으려 하지는 않았을 정보를 여기에서 얻었다. 그리하여 서배스천이 태어난 날 오전이 바람 한 점 없는 맑은 날씨에 온도는 (열씨로) 영하 12도였다고 말할 수 있게 된 것이다…… 하지만 그 마음 좋은 부인이 적어둘 가치가 있다고 생각한 것은 그게 전부였다. 다시 생각해보니 굳이 익명으로 처리해달라던 부인의 청을 들어줄 필요는 없겠다. 그녀가 혹시라도 이 책을 읽게 될 리는 없을 듯하니. 부인의 이름은 올가 올레고브나 오를로바였고 지금도 그렇다. 달걀 모양의 두운이라니 동정을 금치 못하겠다.

부인의 건조한 설명으로는 상트페테르부르크에 와본 적 없는 독자에게 그녀가 기술해놓은 그 같은 겨울날에 내포된 기쁨을 전할 방도가 없다. 몸을 덥혀주려는 것이 아니라 오로지 눈을 즐겁게 해주는 것만이 목표인 듯한 구름 한 점 없는 하늘의 순수한 호사스러움, 푸짐하게 싸놓은 말똥으로 가운데가 황갈색을 띤 광활한 거리의 단단하게 다져진 눈 위로 빛나는 썰매 자국, 앞치마를 두른 행상이 파는 선명한 색깔의 풍선 다발, 둥근 지붕의 부드러운 곡선과 가루 같은 서리가 꽃처럼 피어나 희미하게 반짝이는 금빛, 아주 작은 가지들 하나하나까지 하얗게 빛나는 공원의 자작나무들, 삐걱대고 딸랑거리는 겨울의 차들…… 어쨌거나, 오래된 그림엽서(즐거웠던 어린 시절의 추억을 간직하려고 내 책상 위에 놓아둔 것과 같은)를 보면서 러시아의 승합마차들이 내키는 대로 어디서든 아무데서나 방향을 돌리는 운행 방식을 생각해보면 얼마나 이상한지 모른다. 그리하여 눈치를 보며 똑바로 움직이는 현대의 교통 흐름과는 달리—이 그림에서는—저멀리 기억 속의 범속한 분홍빛을 향해 저절로 녹아드는 믿을 수 없이 파란 하늘 아래, 무개 사륜마차들이 제멋대로 달리는 꿈속 같은 거리를 보게 된다.

서배스천이 태어난 집을 찍은 사진은 구할 수 없었지만 나 역시 그가 태어나고 육 년 후 거기에서 태어났으므로 그 집을 잘 알고 있다. 우리는 아버지가 같다. 아버지는 서배스천의 어머니와 이혼하고 곧바로 재혼했다. 이상한 일이지만 이 두번째 결혼은 굿맨 씨의 『서배스천 나이트의 비극』(1936년에 나왔는데 이 책에 대해서는 더 자세히 언급할 기회가 있을 것이다)에는 전혀 나와 있지 않다. 그러다보니 굿맨의 책을 읽은 독자들에게는 당연히 내가 존재하지 않는 인물, 가짜 친척이나 말 많은 사기꾼이 되어버린다. 하지만 서배스천 본인이 자전적 작품(『잃어버린 자산』)에서 나의 어머니에 대해 호의적인 말을 좀 적어놓았다. 어머니는 그럴 자격이 충분하다고 본다. 서배스천이 죽은 후 영국 언론에서 시사한 대로 그의 아버지가 1913년 결투를 하다가 죽었는지는 확실하지 않다. 사실 아버지는 가슴에 총상을 입었고 꾸준히 회복되어가던 중이었지만, 한 달 후 감기에 걸렸고 다 낫지 않은 폐는 이를 견디지 못했다.

훌륭한 군인이자 인정 많고 유머러스하며 활기찬 사람이었던 아버지는 한자리에 눌러 있지 못하는 모험가 기질이 강했고 서배스천이 작가로서 이를 물려받았다. 지난겨울 사우스켄싱턴에서 있었던 문인들의 점심식사 자리에서, 내가 줄곧 그 명민함과 학식을 존경해온 한 저명한 노老 비평가가 서배스천 나이트의 때 이른 죽음을 놓고 이런 말을 했다. "불쌍한 나이트! 그에게는 두 시기가 있었는데, 첫 시기에는 엉터리 영어를 쓰는 멍청이였고 두번째 시기에는 멍청한 영어를 쓰는 엉터리였지." 죽은 작가를 놓고 떠들기가 얼마나 쉬운가를 생각하면 여러 면에서 구역질나는 빈정거림이다. 더욱이 그가 몇 년 전 서배스천 나이트의 작품 비평을 했을 때는 이보다 훨씬 자제심을 보였다는 점에서 이 어릿광대가 자신의 농담을 나중에 돌이켜보면 민망할 거라고 믿고 싶다.

서배스천의 삶이 멍청함과는 매우 거리가 멀었다 할지라도 그의 문체에서 볼 수 있는 대단한 활력은 없었다는 점은 어느 정도 인정해야 할 것이다. 그의 책을 펼쳐볼 때마다 아버지가 방으로 달려들어가는 모습이 보이는 것 같다. 문을 홱 열어젖히고 곧장 원하는 것이나 사랑하는 사람에게 와락 덤벼드는 모습이다. 아버지에 대한 내 최초의 기억은 바닥에서 번쩍 들어올려져 손에 쥔 장난감 기차의 반쪽이 달랑거리고 정수리 부근으로 샹들리에의 크리스털 장식이 위태롭게 달랑거려 숨죽이고 있었던 것이다. 아버지는 나를 낚아채 올렸을 때처럼 갑자기 나를 턱 내려놓곤 했다. 서배스천의 산문이 독자의 정신을 쏙 빼놓았다가 다음에 이어지는 거친 문단에서는 익살조로 확 바뀌어 독자를 어리둥절하게 만드는 것과 똑같은 식이었다. 또 아버지가 가장 좋아하는 재담들은 아마도 그의 최고 작품일 『검은 옷을 입은 백색증 환자들』이나 『우스꽝스러운 산』 같은 전형적인 나이트의 이야기들 속에서 환상적으로 꽃피운 것 같다. 언제나 자면서 웃는 아이를 떠올리게 하는 아름다울 정도로 기이한 이야기다.

당시 휴가를 나온 젊은 근위병이었던 아버지가 버지니아 나이트를 만난 것은 해외, 내가 알기로는 이탈리아에서였다. 그들의 첫 만남은 구십 년대 초 로마에서의 여우 사냥과 관계가 있었는데, 어머니한테서 들었는지 아니면 가족 앨범 속의 흐릿한 사진을 본 기억을 무의식중에 떠올린 것인지는 확실치가 않다. 아버지는 오랫동안 어머니에게 구애했다. 어머니는 재산깨나 있는 신사 에드워드 나이트의 딸이었다. 이

것이 내가 그에 대해 아는 전부다. 엄격하고 고집 센 여인이었던 할머니(할머니의 부채, 벙어리장갑, 차가운 흰 손가락이 기억난다)는 그 결혼을 적극 뜯어말렸고 아버지가 재혼한 후에도 자신이 반대했던 이야기들을 전설처럼 되풀이해 늘어놓곤 했다는 점으로 보아 나이트 가문이(그게 뭐였든 간에) 러시아 구체제의 귀족들이 요구했던 수준에(그 수준이 얼마나 높든 간에) 훨씬 못 미쳤으리라 추측할 따름이다. 아버지의 첫번째 결혼이 연대의 전통과 충돌을 일으켰는지는 잘 모르겠다. 어쨌거나 아버지가 정말로 군인으로서 성공을 거두게 된 것은 일본과의 전쟁에서부터였고, 그때는 아내가 떠난 후였다.

아버지를 잃었을 때 나는 아직 어린아이였다. 한참 세월이 흘러 1922년, 어머니는 생명이 걸린 마지막 수술을 받기 몇 달 전에야 내가 꼭 알고 있어야 할 듯싶은 것들을 몇 가지 이야기해주었다. 아버지의 첫번째 결혼은 행복하지 않았다. 첫번째 부인은 이상한 여자였고 경박했으며 아버지와는 다른 식으로 가만히 있지를 못하는 사람이었다. 아버지는 목표를 손에 넣을 때까지는 대상을 바꾸지 않고 거기에만 변함없이 매달렸다. 첫 부인은 깜박 잊고 택시에 우산을 두고 내리는 식으로 목표에서 한참 빗나가기도 하고 중간에 잊어버리기도 하는 등 원하는 것을 열의 없이 좇는 변덕스럽고 산만한 사람이었다. 그녀는 어느 정도는, 적어도 가끔가다 한 번씩은 아버지를 좋아했다. 어느 날 문득 다른 남자(아버지는 그 이름을 절대 아내의 입을 통해 듣지 않았다)와 사랑에 빠진 것 같다는 생각이 들자 갑자기 빗방울이 라일락 잎을 타고 굴러내려가기 시작하듯 남편과 자식을 버렸다. 반짝이는 물방울로 무거워져 있던 나뭇잎이 버림받고 위로 홱 솟구치던 순간은 아버지에게 틀림없이 격한 고통을 안겨주었을 것이다. 파리의 호텔에서 네 살배기 서배스천이 당혹스러워하는 유모의 형편없는 보살핌을 받고, 아버지는 방문을 걸어 잠그고 틀어박혔던 그날은 생각하고 싶지도 않다. '최악의 비극 무대가 되기에 더할 나위 없이 딱 어울리는 특별한 호텔 방이었다. 사악한 벽난로 위 둥근 유리 덮개 아래 죽어버린 광나는 시계(왁스 바른 콧수염이 한시 오십분을 가리키고 있다), 모슬린과 창틀 사이에서 곤드레만드레 취해 흔들리는 프랑스식 창, 길이 잘 든 압지 위에 놓인 호텔 편지지 샘플.' 이것이 『검은 옷을 입은 백색증 환자들』에서 인용한 한 부분이다. 원문 자체에는 그 특별한 재앙과 연관된 부분이 없지만, 음산한 호텔 카펫 위에서 아무 할 일도 없고 시간은 기묘하게 확장되는 가운데 아무데로나 마구 뻗어나가는 듯한 기분으로 조바심치던 아이의 희미한 기억이 녹아 있다……

극동 지역에서의 전쟁 덕분에 아버지는 버지니아를 잊는 정도까지는 아니라도 적어도 다시 살맛이 날 만큼은 만족스럽게 활동할 수 있었다. 아버지의 정력적인 이기주의는 남성다운 활력의 한 가지 형태일 뿐이었고 본래 너그러운 성품과 잘 맞아떨어졌다. 자기파괴는 물론이고 영원한 불행이란 아버지에게는 부끄러운 일이며 수치스러운 굴복이었을 것이다. 1905년 재혼했을 때 아버지는 틀림없이 운명과의 대결에서 이겼다는 만족감을 느꼈을 것이다.

버지니아는 1908년 다시 나타났다. 그녀는 방랑벽이 심해서 항상 돌아다녔고 조그만 하숙집에서나 호사스러운 호텔에서나 똑같이 편안하게 지냈다. 집이란 그녀에게는 끊임없는 변화가 주는 위안을 의미할 따름이었다. 서배스천은 그녀로부터 침대차와 유럽횡단 급행열차에 대한 거의 낭만적일 정도로 기이한 열정을 물려받았다. '파르스름한 밤 광나는 벽판이 부드럽게 삐걱대는 소리, 어렴풋하게 기차역으로 짐작되는 곳마다 울리는 길고도 구슬픈 브레이크의 한숨 소리, 플랫폼이 보이게 말아 올린 돋을새김한 가죽 블라인드, 짐을 밀고 가는 남자, 창백한 나방이 맴도는 램프의 우윳빛 전구, 보이지 않는 망치가 바퀴를 테스트하는 탕탕 소리, 어둠 속으로 미끄러져 들어가는 움직임, 불 켜진 객실의 파란색 플러시천 위에 놓인 여행 가방 속 은빛 물건들을 매만지는 외로운 여인의 스쳐가는 모습.'

그녀는 어느 겨울날 미리 귀띔 한마디 없이 노르 급행열차로 도착하여 아들을 만나게 해달라는 퉁명스러운 편지 한 장만 덜렁 보냈다. 아버지는 곰 사냥을 하러 시골로 떠나고 없었다. 그래서 어머니는 버지니아가 오후 반나절만 묵었던 유럽 호텔로 조용히 서배스천을 데리고 갔다. 그곳 복도에서 어머니는 남편의 첫번째 아내를 보았다. 좀 앙상할 정도로 마른 여자로 챙이 넓은 검은색 모자 밑의 조그마한 얼굴이 떨고 있었다. 그녀는 아들에게 키스하려고 베일을 입술 위로 들어올렸다. 아들에게 입술이 닿자마자 그녀는 울음을 터뜨렸다. 마치 서배스천의 따듯하고 보드라운 관자놀이가 바로 자신의 슬픔의 근원이자 포화점이라도 되는 것처럼. 그녀는 곧바로 장갑을 끼고 어머니에게 형편없는 프랑스어로 식당차에서 웬 폴란드 여자가 자기 화장품 가방을 훔치려 했다는 전혀 관계없고 의미도 없는 이야기를 늘어놓기 시작했다. 그러더니 서배스천의 손에 설탕을 입힌 제비꽃 사탕 꾸러미를 억지로 들려주고 어머니에게는 불안한 미소를 지어 보이더니 자기 짐을 가져가는 짐꾼 뒤를 따라 나가버렸다. 그것으로 끝이었고, 그녀는 이듬해에 죽었다.

죽기 전 마지막 몇 달간은 여행자들이 거의 찾지 않는 작고 무더운 시골 동네들에서 하루 이틀씩 묵으면서 열에 들떠 홀로(그녀는 정부도 버렸다) 프랑스 남부를 이리저리 떠돌아다니며 아마도 매우 불행하게 보냈으리라는 이야기를 그녀의 사촌인 H. F. 스테인턴에게서 들었다. 사람들은 그녀가 갔던 길을 또 가고 다시 가로지르는 모습을 보며 누군가로부터 혹은 무언가로부터 도망치는 중이었다고 생각할지도 모른다. 반면 그녀의 성향을 알던 사람이라면 평소의 정신없는 상태가 마지막에 극으로 치달아서 그렇게 분주히 돌아다녔을 뿐이라고 할 것이다. 그녀는 1909년 여름 로크브륀의 작은 마을에서 심장마비(레만병)로 죽었다. 시신을 영국으로 옮기기가 쉽지 않았다. 가족들도 얼마 전 이미 죽고 없었다. 스테인턴 씨만 런던에서 치러진 그녀의 장례식에 참석했다.

우리 부모님은 행복하게 살았다. 아버지가 애처가이기는 하지만 가끔씩은 다른 여자들한테 한눈을 판다는 친척들의 추잡한 수군거림에도 다치지 않는 조용하고 애정 어린 결합이었다. 1912년 크리스마스 즈음의 어느 날, 아주 매력적이지만 경솔한 처녀인 아버지의 한 지인이 넵스키 대로를 따라 걷던 중 자기 언니의 약혼자인 팔친이라는 사람이 그의 첫 부인과 아는 사이였다는 말을 아버지에게 해버렸다. 아버지는 그 남자를 기억하고 있다고 말했다. 십 년인가 구 년 전쯤 비아리츠에서 만난 적이 있다고……

처녀가 말했다. "아, 하지만 나중에도 부인과 알고 지냈어요. 아시다시피 그분이 제 언니한테 두 분이 헤어지신 후 그녀와 같이 살았다고 고백했답니다…… 그런데 스위스 어딘가에서 부인이 떠나버렸대요…… 웃기죠, 그건 아무도 몰라요."

아버지가 조용히 대답했다. "전에 한 번도 그 이야기가 새어나온 적이 없었다면, 사람들이 십 년이 지나 새삼 재잘댈 이유도 없겠지요."

바로 다음날 이 무슨 소름 끼치는 우연의 일치인지 우리 가족의 좋은 친구인 벨로프 선장이 아버지에게 첫 부인이 오스트레일리아 출신이라는 소문이 사실이냐고 별 뜻 없이 물었다. 선장은 줄곧 그녀를 영국인으로 알고 있었다. 아버지는 자기가 알기로는 그녀의 부모님이 멜버른에 잠시 산 적이 있었지만 그녀는 켄트에서 태어났다고 대답해주었다.

"……그건 왜 물어보나?" 아버지가 덧붙였다.

선장은 아내가 어느 파티, 혹은 어딘가에서 누가 하는 이야기를 들었다더라고 둘러댔다.

"아무래도 손을 써야 할 것 같군." 아버지가 대꾸했다.

다음날 아침 아버지는 팔친을 찾아갔다. 그는 필요 이상으로 과장되게 다정한 척하며 아버지를 맞았다. 그는 외국에서 오랜 세월을 보내고 옛친구들을 만나게 되니 반갑다고 말했다.

아버지는 자리에 앉지도 않고 말을 꺼냈다. "지저분한 거짓말이 퍼지고 있더군. 그게 뭔지는 자네도 알고 있으리라 믿네."

팔친이 말했다. "이보게, 친구, 자네 말이 무슨 뜻인지 모르는 척해도 소용없겠지. 사람들이 떠들게 만들어서 미안하네만, 사실 우리가 화낼 일은 아닐세…… 자네와 내가 어쩌다 한때 한배를 탔다 한들 누구 잘못이라 할 수는 없잖은가."

아버지가 대꾸했다. "그 문제라면 내 결투 입회인이 자네를 찾아갈 걸세."

팔친은 바보에다가 상스러운 사내였다. 적어도 어머니로부터 들은 이야기에 따르면 그렇다(어머니의 이야기에서 그 내용은 생생하고 직접적인 형태를 취하고 있어 여기에서도 살려보련다). 그러나 팔친이 단지 바보에 비열한 인간이라는 이유 하나로 아버지처럼 훌륭한 남자가 어째서 목숨을 걸었는지 나로서는 이해하기 어려웠다. 무엇을 위해서였을까? 버지니아의 명예? 아버지 자신의 복수심? 그러나 버지니아의 명예는 가출했다는 사실 하나만으로도 이미 회복할 수 없을 만큼 땅에 떨어져버렸고, 마찬가지로 복수하겠다는 생각도 행복한 재혼 생활 속에서 이미 오래전에 무뎌졌어야 옳았다. 아니면 단지 그것은 어떤 이름을 붙이는 것, 어떤 얼굴을 보는 것, 개별적인 낙인이 찍힌 길들여진 얼굴 없는 유령이 그로테스크한 모습을 불쑥 나타낸 것이었을까? 이 모든 가정을 다 받아들인다 할지라도, 머나먼 과거의 메아리(외치는 사람의 목소리가 아무리 또렷하다 해도 메아리는 짖는 소리 정도로밖에는 들리지 않는다)가 우리 가정을 망가뜨리고 어머니를 슬픔에 빠뜨릴 만한 가치가 있었단 말인가?

결투는 눈보라가 휘몰아치던 날 얼어붙은 시냇가 둑에서 벌어졌다. 두 발의 총격이 오가고 청회색 군복 망토 차림의 아버지는 눈 속에 얼굴을 박고 쓰러졌다. 팔친은 부들부들 떨리는 손으로 담배에 불을 붙였다. 벨로프 선장이 눈발이 날리는 길 위에서 멀찍이 서서 기다리고 있던 마부를 불렀다. 이 모든 끔찍한 사건이 삼 분 안에 끝났다.

『잃어버린 자산』에서 서배스천은 1월의 그 우울한 날에 대한 자신의 인상을 이렇게 적었다. '계모는 물론 집안 식구들 중 그 누구도 곧 닥쳐올 일을 알지 못했다. 전날 저녁식사 자리에서 아버지는 식탁 맞은편에 앉은 나에게 빵 부스러기를 뭉쳐서 던졌다. 의사의 주장에 따라 억지로 괴상망측한 양털 옷을 입어야 해서 내가 온종일 부루퉁해 있었기 때문에 아버지는 내 기분을 풀어주려고 했다. 하지만 나는 인상을 쓰고 얼굴을 붉히며 고개를 돌려버렸다. 저녁식사가 끝난 후 우리는 아버지의 서재에 앉았다. 아버지는 커피를 마시며 이복동생을 재우기 전에 단것을 자꾸 주는 프랑스인 가정교사의 습관이 좋지 않다는 계모의 이야기에 귀를 기울였다. 나는 방구석의 소파에 앉아 『첨스*Chums*』를 넘겨 보고 있었다. "이 멋진 이야기의 다음 회를 꼭 찾아주세요." 얇고 커다란 페이지의 맨 아래쪽에 있는 농담. "손님이 학교를 죽 둘러보았다. 무엇이 가장 인상적이었을까?*—장난감 총에서 발사된 완두콩." 급행열차의 기적 소리가 밤공기를 뚫고 들려왔다. 사악한 말레이시아인이 친구를 향해 던진 칼을 막아낸 블루 팀 크리켓 선수…… "시끌벅적하게" 연이어 나타난 그 세 소년 중 하나는 제 코를 돌리는 묘기를 부리는 곡예사였고 또하나는 마법사였으며 나머지 한 명은 복화술사였다…… 경주용 차를 펄쩍 뛰어넘는 기수……

다음날 아침 학교에서 우리가 속된 말로 "피타고라스의 팬티"라고 부르는 기하학 문제를 엉망으로 풀었다. 오전에 너무 어두침침해서 교실에 불을 다 켜놓았는데 그러면 나는 꼭 머리가 아주 끔찍하게 웅웅 울린다. 오후 세시 반쯤 끈적끈적하고 찜찜한 기분으로 집에 돌아왔

---

* 원문은 'What struck you most?'로 'struck(strike)'의 뜻을 이용한 언어유희.

다. 학교에서 돌아올 때마다 항상 그런 기분이지만 그날은 간질거리는 속옷 때문에 한층 더 심했다. 아버지의 당번병이 복도에서 흐느끼고 있었다.'

# 2

굿맨 씨는 되는대로 마구 써서 오해의 소지가 다분한 그의 책에서 서배스천 나이트의 어린 시절을 몇 개의 조악한 문장으로 어처구니없을 만큼 엉뚱하게 그려놓았다. 작가의 비서로 일하는 것과 작가의 일생을 기록하는 것은 전혀 다른 문제다. 더군다나 갓 만든 무덤에 놓인 꽃에 이익이라는 물이 여전히 뿌려지는 동안 시장에 책을 내놓고 싶은 마음에 일을 서둘렀다면, 조급한 돈 욕심을 누르고 공정하고 지혜롭게 철저한 조사를 했을 리가 없다. 누군가의 평판을 깎아내리자고 하는 말은 아니다. 딸깍거리는 타자기의 충동에 떠밀려 굿맨 씨가 '언제나 자신의 핏속에서 진한 영국인의 기질을 의식하던 어린 소년에게 러시아식 교육이 강제 주입되었다'고 썼다고 주장한들 명예훼손이 되지는 않는다. 굿맨 씨는 이어서 이렇게 썼다. '이는 소년에게 통렬한 고통을 안겨주었고, 나이가 지긋해진 후 그는 텁수염이 덥수룩한 러시아 사람이나 성상聖像, 웅웅거리는 발랄라이카* 소리만 떠올라도 몸서리를 쳤다. 이 모든 것들이 건전한 영국식 훈육을 대체해버렸다.'

러시아에 대한 굿맨 씨의 개념이 현실과 동떨어져 있기로는 영국이라면 어린 소년들이 붉은 구레나룻을 기른 학교 선생들한테 죽도록 매를 맞는 어두운 곳인 줄 아는 칼미크족**의 생각이나 매한가지라는 점은 굳이 지적할 가치도 없을 것이다. 정말로 강조해야 할 것은 서배스천이 러시아 가정의 영적인 우아함과 기품에 유럽 문화의 가장 훌륭한 유산이 결합된, 지적으로 세련된 환경에서 성장했다는 점이다. 서배스천 본인이 러시아에 대한 기억을 뭐라고 했건 간에 그 복잡하고 특별한 성격은 결코 그의 전기 작가가 쓴 것과 달리 천박한 수준으로 떨어지지 않았다.

나보다 여섯 살 위였던 어린 서배스천이 마치 그가 손에 쥔 젖은 붓으로 채색해놓은 듯한 분홍빛 비단 갓을 씌운 우아한 램프가 만든 아늑한 분위기 속에서 수채화를 그리던, 눈부시게 아름다운 모습을 기억한다. 그 모습은 내 기억 속에서 찬란히 빛나고 있다. 네댓 살의 어린 애였던 나 자신을 본다. 나는 이복형의 팔꿈치가 움직일 때마다 그 너머로 살짝살짝 보이는 그림물감 상자를 더 잘 보려고 까치발로 기를 쓴다. 끈적이는 빨간색과 파란색은 붓질을 많이 해서 움푹 파인 틈으로 에나멜 바닥이 보였다. 서배스천이 양철 뚜껑에 색깔들을 섞을 때마다 가볍게 달그락거리는 소리가 나고, 그의 앞에 놓인 잔 속의 물은

* 러시아, 특히 우크라이나 지방의 민속 현악기.
** 러시아연방에 속한 카스피 해 북쪽에 거주하는 몽골족의 후예.

마법 같은 색으로 물들어간다. 검은 머리카락을 바짝 깎아서 장밋빛으로 발그스름한 반투명 귀 위로 작은 모반이 보인다. 나는 이제는 의자 위로 기어올라갔지만 여전히 그의 안중에는 없다. 그러다 마침내 나는 물감 상자에서 가장 새파랗게 빛나는 물감을 만져보려고 위태롭게 덤벼든다. 그러자 그는 여전히 몸을 돌리지도 않은 채, 늘 나를 대하는 태도 그대로 말없이 거리를 두고 어깨로 한번 떠밀어 나를 밀쳐낸다. 그가 방과 후 내가 늘 속으로만 탐냈던 가죽 허리띠를 두르고 검은색 제복 차림으로 계단을 올라가는 모습을 난간 너머로 바라보던 기억도 난다. 그는 구부정한 자세로 얼룩무늬 책가방을 질질 끌면서 천천히 올라간다. 난간을 툭툭 치며 때로는 한 번에 두세 계단을 올라가기도 한다. 나는 늘 서배스천을 그리워하면서 입술을 오므리고 하얀 침을 질질 흘린다. 그를 성가시게 하려는 것이 아니라 그저 나의 존재를 알아주기를 바라는 안타깝고도 헛된 시도다. 그가 햇빛이 얼비치는 시골의 공원 길을 따라 핸들이 아주 낮게 달린 자전거를 타고 페달도 밟지 않고 천천히 가던 모습도 또렷이 기억한다. 나는 그가 샌들 신은 발로 페달을 밟는 속도보다 조금 더 빨리 종종걸음을 치며 뒤따라갔다. 그의 뒷바퀴를 쫓아가려고 기를 썼지만 그는 아랑곳하지 않고 곧 숨이 턱에 닿도록 할딱이면서도 여전히 뛰고 있는 나를 한참이나 멀리 떼어놓고 가버렸다.

나중에 그가 열여섯 살, 나는 열 살이 되었을 때에는 가끔 내 공부를 도와주기도 했다. 하지만 그는 인내심이라고는 없이 급하게 설명을 해치웠기 때문에 전혀 도움이 되지 않았고, 이내 연필을 주머니에 넣고 휭하니 방을 나가버리곤 했다. 그 무렵 그는 키가 크고 안색이 나빴으며 윗입술 위로 그늘이 졌다. 머리카락은 가르마를 타서 반지르르하게 빗어넘겼고, 검은색 노트에 시를 쓰고 서랍장에 열쇠로 잠가 보관했다.

한번은 그가 숨겨둔 열쇠를 찾아서(그의 방에 있는 네덜란드식 흰색 난로 부근의 벽 틈에서) 그 서랍을 열어보았다. 공책이 있었다. 그의 친구의 여동생인 소녀의 사진과 금화 몇 개, 제비꽃 사탕이 든 조그만 모슬린 주머니도 있었다. 시는 영어로 쓰여 있었다. 우리는 아버지가 돌아가시기 얼마 전부터 집에서 영어 수업을 받았다. 나는 영어를 유창하게 말할 수 있을 정도는 못 되었지만, 읽고 쓰기는 어느 정도 했다. 흑장미와 별과 바다의 부름 따위로 가득찬 아주 낭만적인 시였던 것으로 희미하게 기억난다. 하지만 세부적인 부분 한 가지는 기억 속에서 아주 선명하게 떠오른다. 각 시의 밑에 있던 서명은 잉크로 그린 조그만 검은색 체스 말 나이트였다.

나는 1910년(내 의식 속 첫해)부터 1919년(그가 영국으로 떠난 해)까지 내 어린 시절에 보았던 이복형의 모습을 일관성 있는 그림으로 만들어보려고 줄곧 노력해왔다. 하지만 그 일은 늘 실패로 끝난다. 서배스천의 이미지는 내 소년 시절의 일부로 나타나지 않기에 선택과 전개가 무한할 수밖에 없으며, 또한 낯익은 모습들의 연속으로도 보이지 않고 그저 몇 가지 선명한 조각들로만 다가온다. 마치 그가 늘 우리 가족 중 한 명이 아니라 불 켜진 방을 가로질러 밤 속으로 한참 동안 사라져가는 예측할 수 없는 방문객이었던 듯. 그 이유를 설명하자면 내 유치한 관심사가 내 친구가 되어줄 만큼 어리지도 않고 그렇다고 내 인도자가 될 만큼 나이를 먹지도 않았던 사람과 의식적인 관계를 맺는 것을 막았다기보다는, 서배스천이 늘 냉담한 태도를 취했던 탓일 것이다. 나는 그를 무척이나 사랑했지만 그는 내 애정을 알아주지도, 받아주지도 않았다. 그의 걸음걸이라든가 웃음, 재채기하는 습관까지도 다 묘사할 수 있지만, 그 모든 것이 다 가위로 잘라낸 잡다한 영화 필름 조각들에 지나지 않으며, 본질적인 드라마와는 전혀 겹치는 부분이 없다. 그리고 드라마는 바로 거기에 있다. 서배스천은 자신의 생모를 결코 잊을 수가 없었고, 아버지가 생모 때문에 죽었다는 사실도 잊을 수가 없었다. 우리집에서는 그녀의 이름을 절대 입에 올리지 않았다는 점이 외부의 영향에 민감한 그의 영혼을 가득 채웠던 기억 속 매력에 병적인 화려함을 더했다. 생모가 아버지의 아내였던 시절을 그가 조금이라도 또렷이 떠올릴 수 있었는지는 알 수 없다. 아마도 그의 삶의 배경에서 부드럽게 발하는 빛처럼 어느 정도는 기억할 수 있었을 것이다. 아홉 살에 어머니를 다시 보았을 때 어떤 기분이었는지 역시 나로서는 알 수 없다. 어머니 말씀으로는 그는 입을 봉한 듯 꼭 다문 채 무기력한 모습이었고, 그후로 그 짧고도 애처로울 만치 대강 끝나버린 만남을 단 한 번도 입에 올리지 않았다고 한다. 『잃어버린 자산』에서 서배스천은 재혼해서 행복하게 산 아버지에 대해 어렴풋이 씁쓸한 심정을 암시했다. 그 감정은 아버지를 죽음으로 몰아넣은 결투의 원인을 알고 나서는 황홀한 숭배의 심정으로 바뀌었다.

서배스천은 이렇게 적었다(『잃어버린 자산』). '나는 영국을 발견함으로써 나의 가장 은밀한 기억에 새로운 생명을 불어넣게 되었다…… 케임브리지를 졸업한 후 유럽 대륙을 여행하면서 몬테카를로에서 조용히 이 주를 보냈다. 카지노가 있는 곳이라 도박하는 사람들도 있다고 알고 있지만, 그렇다 해도 나와는 무관했다. 첫번째 소설을 집필하는 데 대부분의 시간을 썼다. 기꺼이 말하지만, 내 다음 작품의 독자 수와 맞먹는 편집자들로부터 거절당한 야심찬 작품이었다. 어느 날 긴 산책에 나섰다가 로크브륀이라는 곳을 발견했다. 내 어머니가 십삼 년 전 돌아가신 곳이 바로 로크브륀이었다. 아버지가 어머니의 죽음을 알려주셨던 날을, 그리고 돌아가신 작은 호텔의 이름을 잘 기억하고 있다. 그 이름은 *'레 비올레트'*였다. 운전사에게 그 호텔을 아는지 물어보았지만 모른다고 했다. 그래서 과일장수한테 물었더니 길을 알려주었다. 그리하여 마침내 전형적인 프로방스풍의 둥그런 붉은 기와를 얹은 분홍빛이 감도는 저택에 당도했다. 과연 대문에 제비꽃 한 다발이 서툴게 그려져 있었다. 그러니까 바로 그 집이었다. 나는 정원을 가로질러가 여주인에게 말을 걸었다. 여주인은 전 주인한테서 호텔을 인수받은 지가 얼마 안 되어 과거 일은 전혀 모른다고 했다. 나는 그녀의 허락을 받아 정원에 잠시 앉았다. 내 눈이 닿는 데까지 다 벗은 노인이 발코니에서 나를 쳐다보았지만 그 말고는 아무도 없었다. 나는 커다란 유칼립투스 아래 파란색 벤치에 앉았다. 그런 나무가 대개 그렇듯 껍질이 반쯤 벗겨져 있었다. 분홍색 집과 나무와 그 장소의 전체적인 분위기를 어머니의 시선으로 보려고 해보았다. 어머니가 묵었던 방 창문을 정확히 알지 못해서 아쉬웠다. 저택 이름으로 보건대 어머니의 눈앞에 틀림없이 똑같은 자줏빛 팬지 꽃밭이 있었을 것이다. 그런 상태가 되어보려고 계속 애를 썼더니 점점 마치 안개 너머로 보는 것처럼 분홍색과 초록색이 희미하게 일렁이는 듯했다. 챙이 넓은 모자를 쓴 어머니의 희미한 자태가 물속으로 녹아드는 듯한 계단을 천천히 올라갔다. 그러다가 요란하게 쿵 울리는 소리에 퍼뜩 제정신으로 돌아왔다. 오렌지 한 개가 내 무릎에 놓여 있던 종이봉지에서 굴러떨어진 것이다. 나는 오렌지를 주워들고 정원을 떠났다. 몇 달 후 런던에서 우연히 어머니의 사촌을 만났다. 이야기를 주고받다가 나는 어머니가 돌아가셨던 곳을 찾아갔었다는 얘기를 꺼냈다. 사촌이 말했다. "아, 하지만 그 로크브륀이 아니란다. 바르에 있는 곳이야."'

굿맨 씨가 똑같은 구절을 인용하면서 '서배스천 나이트는 매사에 풍자적인 면에만 너무 홀린데다가 진지한 핵심 문제를 다루면서도 천성적으로 냉담하거나 냉소적인 태도 없이 거기에만 집중하는 능력이 없어서 다른 인간이라면 누구나 마땅히 신성하게 여기는 내밀한 감정들까지도 웃음거리로 삼았다'고 언급하는 정도로 만족하고 넘어갔다니 신기한 일이다. 이 근엄한 전기 작가는 이야기의 어느 한 구석에서도 자신의 주인공과 제대로 화음을 맞추는 법이 없다.

서배스천이 소설 속 인물이었다면 당연히 체계적으로 연속성 있게 서술했겠지만, 이미 언급한 바와 같은 이유들 때문에 서배스천의 어린 시절을 그런 식으로 묘사하지는 않겠다. 그렇게 한다면 내 주인공의 유년기로부터 청년기로의 순조로운 발전을 그려냄으로써 독자에게 교훈과 즐거움을 계속해서 줄 수도 있을 것이다. 하지만 서배스천을 가지고 그런 짓을 한다면 결과는 지금까지 나온 최악의 문학작품 중에서도 가장 최악인 *'전기 로망스들'* 중 하나가 되고 말 것이다. 그러니까 문은 닫힌 채로 내버려두고 그 밑으로 가느다랗게 새어나오는 한줄기 빛에만 의지하도록 하겠다. 서배스천이 잠자리에 든 옆방에 있는 그 램프마저 꺼져도 내버려두라. 부드럽게 떨어지는 눈발이 키 큰 가로등의 달빛 같은 불빛 속에 머물다 아버지 방의 퇴창을 아틀라스처럼 힘겹게 받친 턱수염 난 두 인물상의 강인한 팔다리에 흩뿌려지는 가운데, 노바 강둑의 아름다운 올리브색 집이 서서히 청회색의 싸늘한 밤 속으로 희미하게 사라져가도 내버려두라. 아버지는 돌아가셨고, 서배스천은 옆방에서 잠이 들었든가 아니면 쥐죽은듯이 조용히 있다. 나는 침대에 누웠지만 말똥말똥 어둠 속을 응시하고 있다.

이십여 년 후, 서배스천의 첫 가정교사였다가 다음에는 나를 맡았던 스위스인 노부인을 찾으러 로잔으로 여행을 떠난 적이 있다. 1914년에 노부인이 우리를 떠났을 때 그녀는 쉰 살쯤 되었을 것이다. 우리와 서신 연락은 이미 끊어진 지 오래여서 1936년이었던 그때 찾아가도 아직 살아 있을지 전혀 알 수가 없었다. 그러나 만났다. 혁명 이전에 러시아에서 가정교사로 있었던 스위스인 노부인들의 협회가 있었다. 그들은 나를 그곳으로 안내해준 신사가 설명했던 대로 '자기들의 과거 속에서 살면서' 말년을 보내고 있었다. 그 노부인들은 거의 다 노쇠하고 정신도 온전치 못했다. 편지를 서로 비교해보고, 사소한 일로 서로 반목하기도 하고 러시아에서 오랜 세월을 지낸 후 알게 된 스위스의 정세를 매도해가면서 지냈다. 외국에서 긴 세월을 보냈으면서도 그 영향을 전혀 받지 않았으며(아주 간단한 러시아 단어조차 배우지 않았을 정도로) 얼마간은 자기들의 환경에 적대적이었다는 게 그들의 비극이었다. 마드무아젤에게서 자신의 유배 생활에 대한 한탄, 무시당하고 이해받지 못한다는 불평, 아름다운 고향땅에 대한 애타는 그리움을 몇 번이나 들었는지 모른다. 그러나 이 가엾은 방황하는 영혼들은 고향에 돌아왔어도 달라진 조국에서 완벽히 이방인일 뿐이었다. 그러다보니 기묘한 감정의 장난으로 러시아(그들에게는 가족사진이 담긴 자개 액자와 시용 성城 풍경을 그린 수채화가 있는 답답한 뒷방의 램프를 밝힌 구석 너머 멀리서 웅성거리는 미지의 심연일 수밖에 없었던), 미지의 러시아가 이제는 잃어버린 낙원, 광대하고 모호하지만 돌아보면 그리운 환상으로 가득찬 친숙한 곳이 되어버렸다. 마드무아젤은 귀가 다 멀고 머리는 하얗게 세었지만 입심은 예전 못지않았다. 야단스럽게 포옹을 나눈 후 그녀는 내 어린 시절의 사소한 부분까지 다 기억 속에서 되살려냈지만, 너무 심하게 왜곡되었거나 내 기억에는 너무 낯설어서 그 과거가 진짜인지 의심스러웠다. 그녀는 우리 어머니의 죽음에 대해서는 아무것도 몰랐다. 서배스천이 석 달 전 죽은 것도 모르고 있었다. 한마디 덧붙이자면 그가 훌륭한 작가였다는 사실도 까맣게 몰랐다. 그녀는 눈물을 펑펑 쏟았고 그 눈물은 진실했지만, 내가 같이 울지 않는 것에 좀 짜증이 난 것 같았다. "넌 항상 너무 자제력이 강했어." 그녀가 말했다. 나는 그녀에게 서배스천에 대한 책을 쓰고 있다고 말하고 그의 어린 시절에 대해 이야기해달라고 부탁했다. 그녀는 아버지가 재혼하고 곧바로 우리집에 들어왔지만, 그녀의 마음속에서 과거는 너무나 희미해지고 뒤죽박죽이 되어 그녀는 마치 우리 어머니(*'존경스러운 부인'*)만이 아니라 첫 부인(*'끔찍한 영국 여자'*)도 알고 있었던 것처럼 이야기했다. 그녀가 흐느끼며 말했다. "우리 불쌍한 서배스천, 나한테 얼마나 다정했는지, 얼마나 고상했는지. 아, 고 작은 팔로 내 목을 감싸 안고 이렇게 말하던 기억이 나는구나. '선생님 빼고는 다 미워요, 젤Zelle, 제 마음을 알아주는 사람은 선생님뿐이에요.' 내가 그애 손을 살짝 때렸던 날—*작은 자로 말이다*—네 어머니에게 버릇없이 굴었거든—그애 눈의 표정이—난 울고 싶었단다—그애가 이렇게 말하던 목소리가—'감사해요, 젤. 다시는 그러지 않을게요……'"

그녀가 이런 식으로 꽤 오랫동안 이야기를 계속해서 나는 마음이 울적하고 불편해졌다. 여러 차례 헛수고를 한 끝에 간신히 대화를 다른 쪽으로 돌릴 수 있었다. 그녀가 보청기를 어디에 두었는지 찾지 못한 탓에 그쯤에서 나는 목이 완전히 쉬어버렸다. 그녀는 이웃 이야기를 했다. 내가 오다가 만났던, 그녀보다 훨씬 나이가 많은 뚱뚱하고 키 작은 여자였다. 그녀가 불평했다. "착하기는 한데 완전히 귀머거리야. 입만 열면 거짓말이고. 내가 분명히 아는데, 그 여자는 데미도프 공주의 아이들에게 수업만 해줬어. 거기 산 적은 없어." 그녀는 내가 떠날 때 울었다. "그 책을 쓰렴, 멋지게 써라. 서배스천을 왕자님으로 해서 동화를 써줘. 매력적인 왕자님…… 그애한테 그 말을 하고 또 해주었는데. 서배스천, 조심해야 한다, 여자들이 다 너를 줄줄 따라다닐 거야. 그러면 그애는 웃으면서 이렇게 대답했지. 저도 여자들을 줄줄 따라다닐 건데요……"

나는 속으로 당황스러웠다. 그녀는 나에게 입맞추고 내 손을 토닥이면서 또 한바탕 눈물을 쏟았다. 나는 그녀의 글썽글썽한 늙은 눈을, 광택 없는 의치를, 가슴팍의 석류석 브로치를 바라보았다…… 우리는 작별했다. 비가 세차게 쏟아지고 있었고 이런 소득 없는 순례를 하느라고 두번째 장을 쓰다 만 일이 창피하기도 하고 짜증도 났다. 한 가지가 유난히 내 속을 뒤집었다. 그녀는 서배스천의 그후의 삶에 대해서는 단 한 가지도 묻지 않았다. 그가 어떻게 죽었는지도 전혀 묻지 않았다. 아무것도.

# 3

1918년 11월 어머니는 서배스천과 나를 데리고 위험한 러시아에서 도망치기로 결심했다. 혁명이 한창 무르익어 국경선은 봉쇄된 상태였다. 어머니는 망명자들을 국경선 너머로 몰래 넘겨주는 일을 직업으로 하는 사람과 접촉했다. 얼마간의 돈을 받고, 그중 절반은 선금으로 받고 우리를 핀란드로 보내주기로 얘기가 되었다. 국경 지대 바로 앞, 우리가 합법적으로 갈 수 있는 곳까지 기차를 타고 가서 은밀한 통로를 통해 국경을 넘기로 했다. 그 조용한 지역에 폭설까지 쏟아져 두 배, 세 배로 더 비밀스러워졌다. 기차 여행 출발점에서 어머니와 나는 서배스천을 기다렸다. 그는 벨로프 선장의 영웅적인 도움으로 집에서 역까지 짐을 날라오고 있었다. 기차는 오전 여덟시 사십분 출발 예정이었다. 여덟시 반이 지났는데도 서배스천의 모습은 보이지 않았다. 우리 길잡이는 벌써 기차에 올라 조용히 신문을 읽고 있었다. 그는 어머니에게 어떤 일이 있어도 남들 앞에서 자기에게 말을 걸면 안 된다고 경고해두었다. 시간이 흘러 기차가 떠날 채비를 하자 정신이 멍해지도록 공포스러운 악몽 같은 느낌이 우리를 덮쳐오기 시작했다. 우리는 그가 직업의 관례상 시작부터 불발이 된다면 절대 다시 시도하지 않으리라는 것을 예상할 수 있었다. 탈출 비용을 또 마련할 여유가 없다는 것도 잘 알고 있었다. 시간은 자꾸 흘러가고 나는 뱃속 깊은 곳에서 뭔가가 필사적으로 콸콸대는 느낌이 들었다. 일이 분 후면 기차가 출발할 것이고 우리는 어둡고 추운 다락방(우리집은 몇 달 전에 국유화되었다)으로 돌아가야만 한다는 생각만 해도 끔찍했다. 역으로 오면서 서배스천과 벨로프가 뽀드득거리는 눈 속으로 짐을 잔뜩 실은 손수레를 밀고 가는 곁을 지나쳐 왔었다. 이제 그 모습이 내 눈앞에(나는 열세 살 소년이었고 상상력이 아주 풍부했다) 마법에 걸려 영원히 마비 상태에 놓이도록 운명지어진 것처럼 정지된 화면으로 떠올랐다. 모직 스카프 밑으로 흰머리가 보이는 어머니는 손을 소매 속에 넣고 앞뒤로 왔다갔다하면서 길잡이가 앉은 창가를 지나칠 때마다 그의 시선을 끌려고 애썼다. 여덟시 사십사분, 여덟시 오십분…… 기차 출발이 지연되었지만 결국에는 기적이 울리고 더운 흰 연기가 플랫폼의 갈색 눈 위로 그림자를 길게 드리웠다. 바로 그때 서배스천이 털모자의 귀덮개를 바람에 휘날리며 달려오는 모습이 보였다. 우리 셋은 움직이는 기차에 서둘러 올라탔다. 잠시 진정되고 나서야 그는 벨로프 선장이 전에 살던 집을 지나치다가 그 앞에서 그만 체포되었고, 짐은 그냥 내버리고 자기는 역으로 정신없이 달려왔노라고 말해주었다. 몇 달 후 우리는 불쌍한 우리 친구가 스무남은 명과 함께 어깨를 나란히 하고 총살당했다는 소식을 들었다. 그중에는 팔친도 있었는데 그는 벨로프와 마찬가지로 용감하게 죽음을 맞았다고 했다.

서배스천은 마지막으로 낸 책 『의심스러운 아스포델』(1936)에서 공포와 불행으로 가득한 이름 모를 나라에서 지금 막 탈출한 삽화적인 인물 하나를 묘사했다. '제 과거에 대해 당신에게 무슨 말을 해줄 수 있을까요, 〔그가 말한다〕 저는 자유라는 생각, 권리라는 개념, 인정이라는 관습이 차갑게 경멸당하고 잔인하게 금지된 곳에서 태어났습니다. 가끔씩 역사에서 위선적인 정부가 국가의 감옥 벽에 더 예쁜 노란색을 칠하고 더 행복한 나라에 걸맞은 권리를 인정하겠노라고 소리 높여 포고하기도 합니다. 하지만 이런 권리를 향유할 수 있는 사람은 간수들뿐이에요. 아니면 아예 내놓고 독재를 한다고 공포하는 것보다도 훨씬 더 지독한 결함이 은밀하게 그 권리들 속에 숨어 있기 마련이지요…… 그 나라에서는 누구나 다 악한이 아니면 노예입니다. 영혼과 영혼에 속한 모든 것이 인간에게 거부되었기 때문에, 인간 본성을 지배하고 이끌기 위해서는 육체적 고통을 가하는 것만으로도 충분하다고 생각하게 되었습니다…… 가끔씩 혁명이라 불리는 것이 일어나서 노예들을 악한으로 바꾸어놓기도 하고, 그 반대이기도 합니다만…… 어두운 나라이고 지옥 같은 곳입니다. 내가 살면서 확신할 수 있는 것이 있다면 내 망명 생활의 자유를 고향의 끔찍한 패러디와는 죽어도 맞바꾸지 않겠다는 것입니다……'

이 인물의 연설 가운데 '거대한 삼림과 눈 덮인 광야'에 대한 언급이 있었다는 이유로 굿맨 씨는 곧장 이 구절 전체가 러시아에 대한 서배스천 나이트 본인의 태도와 일치한다고 가정했다. 이는 터무니없는 오해다. 편견 없는 독자라면 누구라도 인용된 구절이 어떤 특정 국가나 역사적 현실이 아니라 부당한 독재 체제들을 상상으로 뒤섞어놓은 것을 가리키고 있음을 확실히 알 수 있을 것이다. 그리고 내 이야기 중 혁명 치하 러시아에서 서배스천의 탈출을 다룬 부분에 그 구절을 갖다 붙였다 해도 그것은 그의 가장 자전적인 작품에서 빌려온 몇 구절을 곧바로 덧붙이려고 그런 것뿐이다. 그는 이렇게 적었다(『잃어버린 자산』). '나는 항상 가장 순수한 감정 중 하나는 추방당한 자가 자기가 태어난 나라를 애타게 그리워하는 마음일 것이라고 생각한다. 과거의 환상을 또렷하고 생생하게 유지하려고 끊임없이 자신의 기억력을 쥐어짜는 그 망명자에게 보여주고 싶다. 기억 속의 푸른 언덕과 행복한 도로들, 심은 적 없는 장미가 핀 산울타리와 토끼들이 뛰어다니는 들판, 먼 곳의 첨탑과 가까운 곳의 야생 히야신스…… 하지만 나보다 나은 사람들이 벌써 죽 다루어온 주제이기도 하고, 나는 마음놓고 표현할 수 있는 것에 대해 천성적으로 불신을 갖고 있기 때문에 감상적인 방랑자를 내 불친절한 산문의 암반 위에 들이는 일은 절대 없을 것이다.'

이 문단의 결론이 무엇이건 간에, 정든 조국을 떠난다는 것이 어떤 것인지를 알고 있는 사람만이 향수를 일으키는 그림에 이끌릴 수 있음은 자명하다. 서배스천이 탈출하던 당시 러시아의 모습이 아무리 섬뜩했다 할지라도, 우리 모두가 느꼈던 쓰라린 심정을 그가 느끼지 않았다고는 도저히 믿을 수 없다. 모든 정황을 고려해본다면 그곳은 그의 고향이었고 역시 존재 자체가 범죄라는 이유로 죽음이나 유배로 내몰려야 했던 친절하고 선량하며 온순한 사람들이 있던 곳이자 그 자신

또한 속해 있던 곳이었다. 그의 어둡고 음울한 젊은 날, 낭만적인—한 마디 덧붙이자면 어느 정도는 작위적인—어머니의 땅에 대한 열정이 그가 나고 자란 땅에 대한 진실한 애정을 지워버릴 수는 없었으리라 확신한다.

핀란드로 소리 없이 넘어온 후 우리는 한동안 헬싱포르스에서 살았다. 그후로 우리는 각기 다른 길을 갔다. 어머니는 옛친구의 제안을 받아들여 나를 데리고 파리로 갔고, 나는 거기에서 학업을 이어갔다. 서배스천은 런던과 케임브리지로 갔다. 그의 어머니가 그 앞으로 상당한 유산을 남겨놓은 덕분에 훗날 그는 돈 문제로 고통을 겪은 적은 없었다. 그가 떠나기 바로 전 우리 셋은 한데 모여앉아 러시아 전통에 따라 침묵의 시간을 가졌다. 어머니가 무릎 위에 두 손을 모으고 앉아 어머니 것과 같은 손가락에 낀 아버지의 결혼반지를 빙빙 돌리던 모습이 기억난다(어머니는 가만히 있을 때는 보통 그렇게 하셨다). 아버지의 반지는 너무 커서 어머니는 검은색 실로 어머니 것에 묶어두었다. 서배스천의 자세도 기억난다. 그는 진청색 양복 차림으로 다리를 꼬고 앉아 위에 얹은 발을 가만가만 흔들고 있었다. 내가 제일 먼저 일어서고, 그다음으로 서배스천이, 마지막으로 어머니가 일어섰다. 그는 우리에게 그가 배 타는 모습을 보지 않겠다는 약속을 받아냈다. 그래서 흰 칠을 한 그 방에서 우리는 작별인사를 했다. 어머니는 그의 기울인 얼굴 위로 재빨리 조그맣게 성호를 그었다. 잠시 후 우리는 가방을 들고 택시에 오르는, 떠나기 위해 등을 구부린 그의 마지막 모습을 창 너머로 지켜보았다.

우리는 그의 소식을 자주 듣지 못했고, 그의 편지도 그리 길지 않았다. 케임브리지에서 보낸 삼 년 동안 그는 파리로 우리를 만나러 왔지만 두 번뿐이었다. 한 번이라고 말하는 편이 나을 것이다. 두번째는 어머니의 장례식에 참석하러 온 것이었으니까. 어머니와 나는 그에 대해 꽤 자주 이야기를 나누었고, 어머니가 자신의 마지막이 다가오고 있음을 아주 잘 알고 있었던 돌아가시기 전 몇 년 동안은 특히나 더 그랬다. 1917년 서배스천의 기이한 모험에 대해서도 어머니로부터 들었다. 그 당시 나는 크림반도에서 휴가를 보내던 중이었기 때문에 전혀 몰랐다. 서배스천은 미래파 시인 알렉시스 팬과 그의 아내 래리사와 가깝게 지냈던 모양이다. 루가 근처 우리 시골 영지 옆에 별장을 세내어 살던 기묘한 부부였다. 알렉시스는 키는 작지만 시끄럽고 팔팔한 인물로, 애매모호하고 엉망진창인 시 속에 눈부신 진짜 재능을 숨기고 있었다. 하지만 그는 엄청난 양의 쓸데없는 단어들로 사람들에게 충격을 주는 데에만 골몰했기 때문에(그는 그가 부르듯 '턱밑에서 나는 꿀꿀거리는 소리'를 만들어낸 이였다), 그가 주로 내놓는 것은 너무나도 무가치하고, 너무나 엉터리이고, 너무나 구닥다리여서(초현대적인 것들은 이상하게도 다른 것들보다도 훨씬 더 빨리 구식이 되어버리는 경향이 있다) 그의 참된 가치를 기억하는 사람은 그가 작가 생활 아주 초기에 훌륭하게 번역했던 영시들에 감탄한 학자들 몇뿐이다. 그 시들 중 한 편, 키츠의 「무자비한 미녀」의 러시아어 번역은 투입된 어구를 볼 때 가히 기적이라 할 만하다.

초여름 어느 날 아침, 열일곱 살의 서배스천은 어머니에게 팬 부부와 함께 동양으로 여행을 다녀오겠다고 알리는 짤막한 편지 한 장만 남겨놓고 사라졌다. 처음에 어머니는 이를 농담으로 알았다(서배스천은 침울한 성격임에도 불구하고 가끔 엽기적인 장난을 생각해냈다. 사람이 붐비는 전차 안에서 검표원을 시켜 차량 제일 끝에 있는 소녀에게 '저는 가난한 검표원일 뿐이지만 당신을 사랑합니다'라고 휘갈겨 쓴 쪽지를 전하게 했던 것이 그 예였다). 그러나 어머니가 팬 부부를 찾아갔더니 정말로 그들이 떠나고 없었다. 나중에 알게 된 사실이지만 마르코 폴로식 여행을 해보자는 팬의 아이디어는 한 시골 마을에서 다른 마을로 옮겨다니며 마을에서마다 '서정적인 놀라움'을 주는 자리를 마련하여 서서히 동쪽으로 가자는 것이었다. 즉 강당(강당이 안 된다면 창고라도)을 빌려서 시적인 공연을 열면 거기에서 얻은 수익으로 자기와 아내, 서배스천이 다음 마을까지 여행할 수 있으리라는 것이었다. 서배스천의 역할, 도움, 임무가 무엇인지, 혹은 그저 주위를 맴돌면서 필요한 물건을 가져다주고 성질 급하고 달래기 힘든 래리사에게 잘해주기만 하면 되는 것인지는 분명치 않았다. 알렉시스 팬은 대개 모닝코트 차림으로 제대로 갖추어 입고 무대에 올랐지만 옷에는 큼지막한 난꽃이 수놓아져 있었다. 벗어진 이마에는 별자리(큰개자리)를 그렸다. 그는 목청 좋게 자기 시를 낭송했다. 그렇게 작은 몸집에서 그런 큰 목소리가 나오다니 산을 울리는 쥐 한 마리*를 생각나게 했다. 연단 위 그의 옆에는 연보라색 드레스를 입은 몸집 큰 말처럼 생긴 래리사가 앉아서 단추를 달거나 낡은 바지를 수선했는데, 중요한 것은 그녀는 일상생활에서는 남편을 위해 그런 일을 한 번도 한 적이 없다는 점이었다. 가끔씩 시를 읊는 사이 팬은 천천히 춤을 추기도 했다. 자바

* 『이솝우화』에 나오는 이야기로, 산고를 겪듯 크게 울리던 산이 갈라지더니 그 속에서 생쥐 한 마리가 나왔다고 한다.

섬에서 추는 팔목 춤과 자기가 만들어낸 율동을 뒤섞은 것이었다. 공연이 끝나면 그는 술을 진탕 마셨다. 이것이 실패의 원인이었다. 동양으로의 여행은 결국 심비르스크에서 알렉시스가 너저분한 여인숙에서 무일푼 신세가 되어 만취해 뻗고, 래리사가 남편의 시끄러운 천재성이 못마땅해 자꾸 간섭하는 관리의 따귀를 후려친 죄로 경찰서에 잡혀가는 것으로 끝났다. 서배스천은 떠나던 때와 다름없이 태연자약한 모습으로 돌아왔다. 어머니가 말했다. "다른 아이들 같으면 이런 어리석은 짓을 벌인 것에 조금은 멋쩍어하고 부끄러워했을 거다." 그러나 서배스천은 자신의 여행에 대해 냉정한 관찰자로서 지켜본 진기한 사건 정도로 이야기했다. 그가 왜 그런 말도 안 되는 쇼에 끼었는지, 무엇 때문에 그런 그로테스크한 부부와 친구가 되었는지는 끝까지 아무도 알 수 없었다(어머니는 아마도 그가 래리사에게 홀렸을 거라고 생각했지만, 그 여자는 예쁜 구석은 하나도 없고 연상인데다가 괴짜 남편을 열렬히 사랑했다). 그들은 그후로 곧 서배스천의 인생에서 떨어져나갔다. 이삼년 후 팬은 내가 보기에는 극단적인 정치와 극단적인 예술은 당연히 서로 통한다는 희한한 생각(주로 혼란스럽게 뒤범벅된 용어들에 기반한) 때문에 일어났던 볼셰비키 시대의 짧고도 인위적인 유행을 만끽했다. 그후 1922년인가 1923년에 알렉시스 팬은 멜빵을 이용하여 자살했다.

어머니는 이렇게 말씀하셨다. "항상 서배스천을 도무지 모르겠다고 느꼈지. 학교에서는 좋은 성적을 받고, 엄청나게 많은 책을 읽고, 청결한 습관이 있고, 폐가 그리 튼튼하지 않은데도 꼭 매일 아침 찬물로 목욕을 한다는 건 알고 있지. 그런 건 다 알았지만 그래도 여전히 어떤 아이인지는 모르겠더구나. 이제 그애가 낯선 나라에 살면서 우리에게 영어로 편지를 보내오니까 언제까지나 그애는 수수께끼로 남아 있을 거라고밖에는 생각할 수가 없어. 내가 그애한테 잘해주려고 얼마나 애썼는지는 아무도 모르겠지만."

서배스천이 대학에서 일학년을 마치고 파리로 우리를 찾아왔을 때, 나는 낯설게 변한 그의 외모에 충격을 받았다. 그는 트위드 코트 안에 밝은 노란색 스웨터를 입고 있었다. 헐렁한 플란넬 바지를 입었고 두꺼운 양말은 가터벨트를 하지 않아 축 늘어졌다. 타이의 줄무늬가 너무 야단스러웠으며 무슨 까닭에서인지 손수건을 소매 속에 넣고 다녔다. 그는 길거리에서 파이프 담배를 피우고 발뒤꿈치로 비벼 껐다. 그는 양손을 바지 주머니 깊숙이 찌르고 불을 등지고 서는 새로운 습관이 생겼다. 러시아어로 조심조심 말하다가 대화가 두어 문장 이상 길어지기만 하면 곧장 영어로 넘어갔다. 그는 딱 한 주 머물렀다.

다음에 서배스천이 찾아왔을 때 어머니는 더이상 안 계셨다. 우리는 장례식이 끝난 후 오랫동안 같이 앉아 있었다. 어쩌다가 선반 위에 홀로 놓인 어머니의 안경이 눈에 들어오자 나는 그때까지 겨우 참아왔던 눈물을 터뜨리며 몸을 떨었고, 그가 어색하게 내 어깨를 두드려주었다. 그는 매우 다정했고 나를 기꺼이 도우려 했지만, 마치 줄곧 뭔가 다른 생각을 하고 있는 것처럼 거리를 둔 애매한 태도였다. 우리는 여러 문제를 놓고 의논했다. 그는 나에게 리비에라로 갔다가 그다음에 영국으로 오면 어떻겠느냐고 제안했다. 나는 이제 막 학교를 마친 참이었다. 나는 친구들이 많은 파리에서 지내는 편이 더 좋다고 대답했다. 그는 자기 의견을 고집하지 않았다. 돈 문제도 거론되었다. 그는 그 자리에서 기묘하게 무뚝뚝한 태도로 언제라도 필요하면 현금은 얼마든지 줄 수 있다고 말했다. 확실치는 않지만 그가 '은화'라는 단어를 썼던 것 같다. 다음날 그는 프랑스 남부로 떠났다. 아침에 우리는 짧은 산책을 나갔다. 단둘이 있을 때면 보통 그렇듯이 나는 몹시 어색하고 쑥스러운 기분이 들었고, 때로는 대홧거리를 찾지 못해 애를 먹었다. 그 역시 아무 말도 없었다. 헤어지기 전에 그가 이렇게 말했다. "자, 이것으로 끝이야. 필요한 것이 있으면 내 런던 주소로 편지를 보내줘. 나는 케임브리지에서 잘 지내고 있으니 너도 소르본에서 잘해나가기를 바라. 그리고 어찌되었건 네 마음에 드는 주제를 찾아내서 끝까지 밀고 나가야 한다. 그게 지겨워질 때까지 말이야." 그의 검은 눈에서 무언가가 살짝 반짝였다. "행운을 빈다." 그가 말했다. "안녕." 그러고는 영국에서 배워온 활기 없고 수줍어하는 태도로 나와 악수를 했다. 나는 갑자기 무슨 이유에서인지 그에게 말할 수 없이 미안한 마음이 들었고, 그에게 진짜 이야기, 날개와 심장이 있는 이야기를 하고 싶은 충동이 치밀어올랐는데 내가 원했던 새가 내 어깨와 머리에 앉았을 때는 이미 나 홀로 남아 아무 말도 소용없게 되었다.

# 4

이 책을 쓰기 시작한 것은 서배스천이 죽고 두 달이 지나서였다. 그가 나의 점점 더해가는 감상주의를 얼마나 싫어했을지는 잘 알지만, 어쩐 일인지 늘 짓밟히거나 좌절되고 만 그에 대한 평생에 걸친 애정이 이제는 너무나 격렬한 감정으로 새롭게 타올라 나의 다른 일은 전부 다 깜박거리는 실루엣으로 변해버렸다고 말하지 않을 수 없다. 어쩌다가 한 번씩 얼굴을 보면서도 우리는 문학을 놓고 토론한 적은 한 번도 없었다. 이제 인간의 죽음이라는 기이한 관습으로 말미암아 우리 사이에 어떤 의사소통도 이루어질 가능성이 막혀버리고서야 그의 책에서 내가 얼마나 많은 기쁨을 얻었는지 끝내 말하지 않았던 것을 가슴을 치며 후회했다. 이제 와서는 내가 그의 책을 읽었음을 그가 알기는 했는지 속절없이 궁금해질 따름이다.

그러나 사실 내가 서배스천에 대해 무엇을 알고 있었을까? 그의 어린 시절과 젊은 시절에 대해 기억하고 있는 소소한 것들로 두어 장은 채울 수 있을지 몰라도 그다음에는? 책을 쓰려고 계획하니 어마어마한 양의 조사를 해서 그의 삶을 하나씩 하나씩 끄집어내 그의 성격에 대한 내면의 지식으로 파편들을 이어붙여나가야 하리라는 것이 분명해졌다. 내면의 지식이라고? 그렇다, 내가 가진 것은 그뿐이었고, 이를 가슴 깊이 느꼈다. 그 사실을 놓고 생각하다보니 내 손에 도구가 하나 더 있다는 것을 깨달았다. 그가 죽고 나서야 전해 들었던 그의 행동들을 상상해보면서 이런저런 경우였다면 나 역시 그와 똑같이 행동했으리라는 확신이 들었다. 테니스 챔피언인 두 형제가 서로 경기하는 모습을 본 적이 있다. 그들의 타법은 전혀 달랐다. 한쪽이 훨씬 더 잘했다. 하지만 그들이 코트를 이리저리 뛰어다닐 때 움직임의 전체적인 리듬은 완전히 똑같았다. 그러니까 똑같은 시스템의 초안을 작성하는 것이 가능하다면 동일한 디자인이 두 개 나올 수 있을 것이다.

아마도 서배스천과 나 또한 그런 비슷한 종류의 리듬을 공유하고 있을 것이다. 그러면 그의 삶의 굽이들을 따라가면서 나를 사로잡았던 기이한 '마치 전에 일어났던 일 같은 느낌'도 설명될 것이다. 그리고 그에게서 흔히 있는 일이지만 그가 '왜' 그런 행동을 했는지 알 수 없었다면 내가 적은 이런저런 문장의 무의식적인 전환에서 이제는 그 의미가 드러나는 것을 종종 발견한다. 그렇다고 해서 내가 그의 풍부한 정신을 조금이라도, 그 재능을 일부라도 공유하고 있다는 뜻은 아니다. 전혀 그렇지 않다. 그의 천재성은 항상 나에게 우리가 비슷한 어린 시절의 배경에서 같이 경험했을 법한 그 어떤 일과도 완전히 동떨어진 기적같이 보였다. 그가 보고 기억했던 것을 나도 보고 기억했을 테지만, 그의 표현력과 나의 표현력 사이의 차이는 베히슈타인 피아노와 아기의 딸랑이에 비할 수 있을 것이다. 내가 영어를 다루는 끔찍한 꼴을 보고 그가 흠칫 놀라지 않도록 그에게 이 책의 단 한 문장도 절대 보여주지 않았을 것이다. 보여주었더라면 놀라 움찔했을 테지. 그의 전기를 시작하기 전에 자기 이복동생(그때까지 문학에 관한 경험이라고는 어쩌다가 자동차 회사에서 요구해서 영어 번역 한두 건 한 것이 전부인)이 한 영국 잡지에서 요란하게 광고한 '작가 되기' 과정을 듣기로 결심했다는 사실을 그가 알았더라면 어떤 반응을 보였을지도 상상하고 싶지 않다. 그렇다, 고백하자면 그렇게 했다. 후회하지는 않는다. 적정한 보수를 받고 나를 성공적인 작가로 만들어주기로 했던 그 신사는 때로는 내숭을 떨며 얌전하게 굴고 때로는 고압적으로 딱딱하게 구는 법을 가르치느라 무진 애를 썼다. 그 사실을 인정하기엔 그는 너무 친절한 사람이었지만, 내가 가망 없는 제자임이 드러났다면 그것은 그가 제자들이 무엇을 할 수 있고 팔 수 있는지 보여주는 예로 나에게 보내주었던 단편소설의 완벽한 아름다움에 홀려 애초부터 내가 넋이 나가 있었기 때문이다. 그 이야기 속에는 으르렁거리는 사악한 중국 남자, 적갈색 눈을 가진 용감한 소녀, 누가 정말로 화나게 만들면 손가락 관절이 하얗게 변하는 덩치 크고 조용한 남자를 비롯하여 여러 가지가 들어 있었다. 조금 괴상한 이 일을 언급한 이유는 얼마나 내가 이 과업에 착수할 준비가 안 되어 있었으며 자신감이 부족한 나머지 무슨 짓까지 하고 말았는지를 보여주려는 뜻에서다. 마침내 손에 펜을 쥐었을 때, 나는 피할 수 없는 것과 대면하기 위해 나 자신을 가다듬었다. 다시 말해서 최선을 다할 준비를 했다는 얘기다.

이런 일 뒤에는 또다른 사소한 교훈이 숨어 있다. 서배스천이 그냥 재미로, 어떻게 되나 한번 보려고 같은 종류의 통신 강좌를 들었다면 (그는 이런 장난을 즐겼다), 나보다도 훨씬 더 가망 없는 학생으로 판명되었을 것이다. 평범한 보통 사람처럼 쓰라는 말을 들었다면 그는 누구와도 다르게 썼을 것이다. 그의 산문 스타일이 곧 그의 사고 패턴이었기 때문에 그의 방식은 모방조차 할 수 없다. 혼을 쏙 빼놓을 정도로 구멍들이 줄줄이 뚫려 있는 식이다. 도중에 어떻게 해서든 그 구멍을 메우고 가려야만 하기에 그것을 흉내낼 수가 없다. 하지만 서배스천의 책에서 즉시 기억을 떠올리게 만드는 세부적인 분위기나 인상을 발견하게 되면, 다시 말해서 우리 둘이 알아차렸지만 서로 아는 줄은 몰랐던 특정 장소에서 조명이 미친 효과 같은 것을 찾아내면, 나는 그가 지닌 재능의 발가락 끝에도 못 미치지만 나를 도와줄 어떤 심리적 유사성 같은 것이 우리에게 있음을 느낀다.

여기 도구가 있고, 이제 그것을 써먹어야 한다. 서배스천이 죽은 후 내가 첫번째로 해야 할 일은 그의 소지품들을 살펴보는 것이었다. 그는 나에게 모든 것을 남겼고, 그의 서류 중 어떤 것들은 불태우라고 지시하는 편지를 썼다. 표현이 너무 애매모호해서 처음에는 대충 쓴 초고나 폐기할 원고를 가리키는 줄 알았다. 하지만 곧 다른 서류들 사이에 흩어져 있는 몇 페이지를 제외하고는 그런 것들은 그가 오래전에 직접 없애버렸음을 알았다. 그는 완벽한 완성품, 인쇄된 책 말고는 아무것도 남겨두어서는 안 된다는 점을 잘 아는 그런 드문 작가 유형에 속했다. 그는 완성된 책의 실제 존재는 그것의 유령, 옆구리에 제 머리를 끼고 다니는 복수심에 찬 유령처럼 제 불완전함을 과시하는 보기 흉한 원고와 모순되며, 그렇기에 감상적인 가치가 있건 상업적 가치가 있건 작업실의 잡동사니란 절대 남겨두어서는 안 된다는 것을 알고 있었다.

내 평생 처음으로 런던 오크 파크 가든 36번지에 있는 서배스천의 작은 아파트를 찾아갔을 때, 약속이 너무 늦은 시간까지 연기되어버린 듯한 허탈한 심정이었다. 방 세 개, 싸늘한 벽난로, 적막함. 그가 말년에 많은 시간을 보낸 곳도, 숨을 거둔 장소도 아니었다. 다 닳은 양복 대여섯 벌이 옷장 안에 걸려 있었다. 나는 잠시 서배스천의 몸이 어깨가 떡 벌어진 폼으로 줄줄이 불어나 있는 듯한 기묘한 인상을 받았다. 그가 그 갈색 코트를 입은 모습을 본 적이 있었다. 코트 소매를 만져보았지만 축 늘어진 옷은 희미한 기억의 부름에도 아무런 반응을 하지 않았다. 먼길을 걸어와 이제 여정의 끝에 다다른 신발도 있었다. 잘 개켜진 셔츠가 반듯하게 놓여 있었다. 이 모든 조용한 물건들이 나에게 서배스천에 대해 무슨 이야기를 들려줄 수 있을까? 그의 침대. 작고 오래된, 상앗빛 흰 벽에 걸린 살짝살짝 갈라진 유화(질퍽한 길, 무지개, 아름다운 물웅덩이들). 그가 깨어나면 눈이 닿았을 곳.

주변을 둘러보니 침실 안의 모든 것들이 마치 불시에 기습을 당하자 아슬아슬하게 때맞추어 도로 제자리로 튀어나온 듯 보였다. 그것들은 이제 천천히 나의 시선에 눈을 맞추며 내가 자기들이 죄책감으로 흠칫 놀란 것을 눈치챘는지 확인하려 했다. 침대 곁에 놓인 흰 천을 씌운 나지막한 안락의자가 유독 그렇게 보였다. 그 의자가 무엇을 훔쳤을까 생각해보았다. 대들듯 버티는 주름의 틈 사이를 더듬어보니 뭔가 딱딱

한 것이 손에 닿았다. 브라질 호두였다. 안락의자는 다시 팔짱을 끼고 본래의 속을 알 수 없는 표정으로 되돌아갔다(경멸을 띤 위엄 같은 것이었는지도 모르겠다).

욕실. 유리 선반의 양끝 사이에 홀로 놓여 울긋불긋한 광고처럼 거울에 반사된, 제비꽃 무늬가 화려하게 장식된 텅 빈 탤컴파우더 통 말고는 아무것도 없다.

다음으로 큰 방 두 개를 살펴보았다. 주방은 사람들이 식사를 하는 모든 장소들이 다 그렇듯 기이하리만치 개인적인 색채가 없었다. 어쩌면 음식이 우리 주변에서 소용돌이치는 물질의 공통된 혼돈과 우리의 주된 연결고리이기 때문일지도 모른다. 유리 재떨이에 담배꽁초가 있기는 했지만, 부동산 중개업자 맥매스 씨가 남겨둔 것이었다.

서재. 거기에서는 뒤뜰이거나 공원일 법한 풍경과 빛이 사위어가는 하늘, 거리 이름에서 짐작되는 바와 달리 떡갈나무 대신 느릅나무 두 그루가 보였다. 가죽으로 된 긴 의자가 방 한쪽 끝에 놓여 있었다. 책장에는 책들이 빈틈없이 빽빽했다. 글쓰는 책상. 그 위는 거의 텅 비어 있었다. 빨간색 연필 한 자루와 클립 한 상자 정도가 있을 뿐이었다. 서쪽 끄트머리에 놓인 램프는 음침하고 아득해 보였지만 멋졌다. 램프 불빛이 흔들거리며 단백색 전구가 빛 속으로 녹아드는 것이 보였다. 그 마법의 달은 서배스천의 흰 손이 움직이는 모습을 보았다. 이제 나는 본격적으로 일에 착수했다. 유산으로 받은 열쇠를 집어들고 잠긴 서랍을 열었다.

먼저 서배스천이 휘갈겨 쓴 편지 묶음 두 개를 꺼냈다. 파기해야 할 것들이었다. 한 뭉치는 접혀 있어서 내용을 볼 수가 없었다. 옅은 푸른

색에 진청색으로 테두리가 둘러져 있는 편지지였다. 또다른 뭉치는 여성의 필체로 굵게 휘갈겨 쓴 편지들이 십자로 묶인 다발이었다. 누구의 것일지 궁금했다. 잠깐 동안 두 편지 다발을 다 자세히 뜯어보고 싶은 유혹과 싸웠다. 유감스럽게도 선한 쪽이 이겼다. 하지만 난로 쇠살대 안에 넣고 그것들을 불태우던 중 푸른색 편지지 한 장이 풀려나왔고, 이글거리는 불길 속에서 뒤로 휘어지면서 검은 재로 화해버리기 전에 단어 몇 개가 확 빛나는 불길 속에서 또렷이 나타났다가 이내 사그라들어 다 타버렸다.

나는 안락의자에 몸을 파묻고 잠시 생각에 잠겼다. 눈에 들어온 그 단어들은 러시아어로 된 문장의 일부인 러시아어 단어들이었다. 사실 그 자체로는 전혀 무의미했다(소설가의 음모에 숨겨진 그럴싸한 의도를 우연의 불꽃 속에서 발견하리라 기대했을 수도 있어서가 아니라). 문자 그대로 영어로 옮겨보면 '……을 항상 찾아내려는 당신의 태도……'쯤일 것이다. 나에게 인상적이었던 것은 그 의미가 아니라 내 언어로 쓰였다는 단순한 사실이었다. 서배스천이 클레어 비숍의 편지들 바로 옆에 보관해둔 편지의 주인인 그 러시아 여인, 그 여자가 누구인지는 전혀 감도 잡히지 않았지만 좀 혼란스럽고 신경이 쓰였다. 다시 까맣게, 차갑게 식어가는 벽난로 옆 의자에서 책상 위 아름다운 램프 불빛과 열린 서랍 위로 삐져나와 흰색으로 밝게 빛나는 종이, 빛이 다 닿지 않아 대각선으로 나뉘어 반은 그늘진 채 파란 카펫 위에 달랑 놓인 큰 종이 한 장이 보였다. 얼핏 책상에서 투명한 서배스천의 모습을 본 듯했다. 아니면 나는 잘못 찾아간 로크브륀에 대한 구절을 생각하고 있었다. 어쩌면 그는 침대에서 글을 쓰는 편을 더 좋아하지 않았을까?

잠시 후 서랍 안의 내용물들을 조사하고 대강 분류하며 하던 일을 계속했다. 편지가 많았다. 나중에 살펴볼 생각으로 옆으로 제쳐두었다. 표지에 괴상한 나비가 그려진 촌스러운 책 속에 신문에서 오려낸 기사들이 들어 있었다. 아니, 그중에 그의 책 서평 기사는 단 한 개도 없었다. 서배스천은 그런 것을 모아두기에는 자만심이 너무 강했다. 그의 유머 감각 또한 그런 기사가 나오는 대로 차곡차곡 끈기 있게 풀칠해 붙이게끔 그를 놔두지 않았다. 어쨌든 말했듯이 신문기사를 모아둔 앨범이 있었고, 그것들은 하나같이 시시하기 짝이 없는 장소와 상황에서 일어났던, 앞뒤가 안 맞거나 꿈속의 일처럼 터무니없는 사건들에 관한 기사였다(나중에 한가할 때 곰곰이 생각해보고 알게 된 것이다). 어쩌면 똑같이 희미한 악몽의 범주에 속한다고 보았기 때문에 뒤섞인 은유들도 그의 마음에 들었던 것일지도 모른다. 어떤 법률 문서들 사이에서 그가 이야기 쓰기를 시작한 종이 한 장을 찾아냈다. 딱 한 줄 짧게 쓰다 말았지만 서배스천의 기묘한 방식을 관찰할 기회가 되었다. 예를 들면 그는 내가 발견한 구절에서처럼 다른 단어들로 바꾸어 쓰면서도 원래 단어를 지워버리지 않았다. '그는 지독한 지독한 잠꾸러기, 로저 로저슨, 늙은 로저슨은 샀다 늙은 로저스는 샀다, 그래서 너무 걱정이 되어 지독한 잠꾸러기여서, 늙은 로저스는 내일 놓칠까봐 너무 걱정이 되었다. 그는 지독한 잠꾸러기였다. 그는 내일 있을 사건을 놓칠까봐 죽도록 걱정이 되었다 영광 이른 기차 영광 그래서 그는 사서 집으로 가지고 왔다 그날 저녁 사서 집으로 가지고 왔다 한 개도 아니고 여덟 개나 되는 크기가 제각각인 우렁차게 울리는 자명종 시계를 아홉 여덟 열한 개의 크기가 제각각인 자명종 시계를 자명종 시계

아홉 개 자명종 시계 고양이처럼 아홉 개를 갖고 있어서 그는 놓아두었다 그의 침실을 보면'

유감이지만 여기까지였다.

초콜릿 상자에는 프랑, 마르크, 실링, 크라운 등 외국 동전들과 약간의 잔돈이 들어 있었다. 만년필 여러 자루. 동양의 자수정 알. 고무줄. 두통, 신경쇠약, 신경통, 불면증, 악몽, 치통에 먹는 약들이 든 유리병. 치통은 다소 수상쩍게 들렸다. 쓸모없어진 전화번호가 가득 적힌 낡은 공책(1926). 사진들.

많은 소녀들을 발견하게 될 거라 예상했다. 햇빛 속에서 미소 짓고 있는 모습, 여름철 스냅사진들, 유럽풍 장식을 단 양산, 보도 위에서, 모래사장에서나 눈 속에서 흰옷 차림으로 미소 짓는 모습—하지만 내가 잘못 생각했다. 서배스천의 필적으로 맨 위에 H씨라고만 적힌 큰 봉투 속에서 꺼낸 스무 장 남짓한 사진들은 어느 한 사람의 삶을 여러 단계에서 찍은 것이었다. 맨 처음에는 천박하게 재단한 세일러복을 입은 얼굴이 동그란 개구쟁이 소년, 다음에는 크리켓 캡을 쓴 못생긴 소년, 다음에는 들창코 청년, 그런 식으로 성장한 H씨의 모습들로 이어졌다. 좀 혐오감을 주는 불도그 같은 남자로, 촬영용 배경과 진짜 앞마당으로 이루어진 세계에서 꾸준히 뚱뚱해져갔다. 사진들 중 한 장에 붙은 신문기사 스크랩을 보고 그 남자가 누구인지 알았다.

'가공의 전기를 쓰는 작가가 유능해 보이는 외모, 소박하고 착실하고 술은 입에도 대지 않는 독신자, 그런 신사의 사진들을 구합니다. 상기한 사항에 맞는 사람의 유년 시절, 청년 시절, 장년 시절의 사진을 보내주시면 사례하겠습니다.'

서배스천은 그 책을 쓰지는 않았지만, 말년에 새로 나온 차 옆에 행복한 모습으로 서 있는 H씨의 마지막 사진을 위해 그런 작업을 할 생각을 계속 품고 있었을 수도 있다. 그 사진에는 '1935년 3월'이라는 날짜가 박혀 있었고 서배스천은 일 년 후 죽었다.

갑자기 피로가 몰려오면서 기분이 울적해졌다. 그와 편지를 주고받은 러시아인의 얼굴을 보고 싶었다. 서배스천, 그의 모습이 담긴 사진이 보고 싶었다. 많은 것들을 보고 싶었다…… 그때, 방안을 정처 없이 떠돌던 시선이 책장 위쪽의 어둑한 그늘 속 액자에 담긴 사진 두 장에 가서 멈췄다.

나는 일어나서 사진들을 살펴보았다. 하나는 힘있게 목이 베어지는 찰나에 놓인 웃통을 벗은 중국인의 스냅사진을 확대한 것이었고, 또하나는 강아지와 장난치는 곱슬머리 어린아이를 찍은 흔해빠진 연습용 사진이었다. 그런 것들끼리 나란히 병치해놓은 취향이 의아했지만 서배스천이 그렇게 걸어둔 데에는 그 나름의 이유가 있었을 것이다.

책도 쓱 훑어보았다. 꽤 많은 책이 어수선하게 뒤죽박죽으로 모여 있었다. 그러나 책장 한 칸은 나머지보다 좀 깔끔했다. 거기에서 잠시 이상하게도 귀에 익은, 희미하게 음악적인 구절을 이루는 듯 이어지는 일련의 제목들이 눈에 띄었다. 『햄릿』 『아서왕의 죽음』 『산 루이스 레이의 다리』 『지킬 박사와 하이드 씨』 『남풍』 『개를 데리고 다니는 여인』 『마담 보바리』 『투명인간』 『잃어버린 시간을 찾아서』 『영어-페르시아어 사전』 『트릭시의 저자』 『이상한 나라의 앨리스』 『율리시스』 『말 구입하기』 『리어왕』……

그 멜로디는 조그맣게 휴 소리를 내고 희미해져갔다. 나는 다시 책상으로 돌아와 옆으로 밀쳐두었던 편지들을 분류하기 시작했다. 대부분은 사무적인 편지들이었고, 잘 읽어볼 필요가 있을 것 같았다. 서배스천의 직업과 관련이 있는 것도 있고 없는 것도 있었다. 온통 뒤죽박죽이었고 나로서는 영 의미를 파악할 수 없는 것도 많았다. 자기가 쓴 편지를 베껴두어 그가 어떤 책을 놓고 출판사와 주고받은 열정 넘치는 긴 대화를 내가 빠짐없이 다 알 수 있었던 경우도 있었다. 선택권을 달라고 아우성치는, 엄청나게 신경질적인 루마니아의 출판업자도 있었다…… 영국과 자치령들에서의 판매량도 알게 되었다…… 그리 대단한 것은 없었다. 하지만 적어도 한 가지 면에서는 완벽하게 만족스러웠다. 가까운 작가들로부터 받은 편지 몇 통이었다. 유명한 책을 딱 한 권 내놓은 어느 점잖은 작가가 (1928년 4월 4일에) 서배스천에게 '콘래드 같다Conradish'고 힐책하며 앞으로의 작업에서는 '사기con'는 그만 치고 '무radish'나 잘 길러보라고 제안했다. 참으로 바보 같은 아이디어였다.

마지막으로 맨 밑바닥에 있는 꾸러미에서 그의 대학 시절 친구 한 명에게서 온 편지 여러 통과 함께 어머니와 내가 보낸 편지들을 찾았다. 그 편지들을 붙잡고 좀 씨름을 하다가(오래된 편지들이라 잘 펼쳐지지 않았다) 다음에는 어디를 뒤져봐야 할지 퍼뜩 떠올랐다.

# 5

서배스천 나이트의 대학 시절은 그리 행복하지 않았다. 케임브리지에서 즐길 거리를 많이 찾아내기는 했다. 처음에는 그가 줄곧 간절히 동경해왔던 나라를 보고 냄새 맡고 느끼느라 정신이 없었다. 진짜 이륜마차가 그를 역에서 트리니티 칼리지로 데려다주었다. 그 마차는 그 순간까지 필사적으로 소멸에 맞서 버티면서 거기에서 오로지 그를 위해 기다리고 있다가 드디어 구레나룻과 큰주홍부전나비와 함께 기쁘게 사라져간 것처럼 보였다. 안개 낀 어둠 속에서 물기 어린 빛을 내뿜는 진창이 된 거리와 그것이 약속해주는 대위법적 효과—진한 차 한 잔과 충분한 난롯불—는 그가 기억에 담아두었던 조화를 빚어냈다. 도시 높은 곳에 걸린 시계탑에서 조금은 기묘하면서도 아주 익숙한 식으로 겹겹이 멀리까지 퍼져나가는 맑은 종소리가 신문팔이의 새된 외침과 뒤섞였다. 가운 입은 그림자들이 안개 속을 오가고 그의 앞에서 까딱거리는 짐꾼의 중산모자가 그레이트 코트의 웅장한 어둠 속으로 들어가자, 서배스천의 모든 감각이 다 깨어나 축축한 잔디에서 풍겨오는 건강한 냄새, 발꿈치가 석판에 부딪혀 울리는 예스러운 소리, 머리 위 어두운 벽의 흐릿한 윤곽, 그 모든 것이 다 느껴졌다. 그러한 특별한 흥분은 꽤 오랫동안 지속되었지만 뭔가 다른 것이 뒤섞였고 나중에는 후자가 더 우세해졌다. 서배스천은 새로운 환경이 아무리 교묘하고 달콤하게 그의 오랜 꿈에 비위를 맞춰준다 해도 그 자신, 아니면 그의 가장 소중한 부분만큼은 여전히 늘 그랬듯이 어찌할 도리 없이 홀로 남아 있으리라는 사실을 깨달으며 일종의 무력한 놀라움을 느꼈다(그는 영국이 그를 위해 해줄 수 있는 것보다 더 많은 것을 기대하고 있었으니까). 서배스천의 삶의 기조는 고독이었다. 운명이 친절하게 그가 원한다고 생각하는 것들을 경탄스러울 정도로 위조하여 안락하게 해주려고 할수록, 그는 그 그림에, 아니 그 어떤 그림에도 어울리지 못하는 자신의 무능함을 더 절실하게 의식했다. 마침내 그가 이 사실을 철저히 이해하고 마치 그것이 희귀한 재능이나 열정인 양 자의식을 무섭게 키워가기 시작했을 때에야 비로소 서배스천은 풍성하다못해 가공할 정도로 성장하는 그 자의식에서 만족감을 얻고 어색하게 어울리지 못하는 자신을 걱정하지 않게 되었다. 하지만 그것은 훨씬 나중의 일이다.

처음에는 해야 할 것을 하지 못할까봐, 그보다 더 나쁜 것은 서툴게 할까봐 끔찍이 걱정했던 것이 분명했다. 누군가가 그에게 학사모의 딱딱한 모서리 부분을 부러뜨리든가 아니면 아예 떼어내고 흐물거리는 검은 천만 남겨두어야 한다고 말해주었다. 그 말대로 하자마자 그는 자신이 최악의 '학부생'스러운 천박한 모습이 되었다는 것을, 완벽한 취향이란 누군가가 쓰거나 입고 있는 모자와 가운을 무시하는 것임을 알게 되었다. 이 무의미한 물건들은 실은 중요한 것일지 모르지만, 그렇게 무시함으로써 흠없이 멀쩡한 외관을 유지시키는 것이다. 날씨가 어떻건 모자, 우산은 모조리 다시 금기가 되었고 서배스천은 흠뻑 젖은 채 다니다가 감기에 걸렸다. 그러던 중 마침내 어느 날 유쾌하고 경박하며 게으르고 태평한데다가 소란스러우면서도 우아하고 재치 있기로 유명한 D. W. 고짓을 알게 되었다. 고짓은 모자에 우산까지 들고 태연하게 다녔다. 십오 년 후 내가 케임브리지를 방문하여 서배스천과 가장 친했던 대학 동창에게서(이제는 저명한 학자였다) 이 모든 이야기를 들었을 때, 나는 다들 그렇게 들고 다니는 것 같다고 말했다. "말씀하신 대로죠." 그가 말했다. "고짓의 우산이 발단이었죠."

내가 질문을 던졌다. "말씀 좀 해주세요, 게임에 대해서요. 서배스천은 게임을 잘했습니까?"

나의 정보원이 미소를 지었다.

그가 대답했다. "유감이지만 최악의 땅에 데이지 한두 송이가 핀 축축이 젖은 녹색 코트에서 가볍게 테니스를 좀 치는 정도 말고는 서배스천도 나도 그 방면으로는 그다지 뛰어나지 않았어요. 내 기억에 그의 라켓은 어마어마하게 비싼 것이었고, 운동복도 아주 잘 어울렸지요. 보통 서배스천은 아주 단정하고 근사해 보였어요. 하지만 그의 서브는 여자처럼 힘이 없었고 이리저리 뛰어다녀도 전혀 공을 받아치지 못했죠. 나라고 그보다 나을 것도 없었으니까 우리의 게임은 젖은 녹색 공을 되찾아와서 옆의 코트에서 테니스 치는 이들에게 도로 던져주는 게 다였답니다. 부슬비가 계속 내리는 와중에요. 그래, 그의 실력은 정말이지 형편없었어요."

"그 때문에 서배스천이 속상해했나요?"

"어느 정도는 그랬죠. 사실 그는 첫 학기에는 그런 면에서 처진다는 생각에 무척 힘들어했어요. 그가 고짓을 처음 만났을 때—내 방에서였죠—불쌍한 서배스천이 테니스 얘기를 하도 해대서 결국 고짓이 그에게 막대기로 게임을 하느냐고 물었을 정도였죠. 그는 처음부터 고짓이 마음에 들었고, 그 말에 그 역시 게임을 못한다고 생각하고서 좀 진정했답니다."

"정말 못했나요?"

"아, 그는 럭비 선수였지만 잔디 코트에서 하는 테니스는 아마 그리 좋아하지 않았을 거예요. 어쨌거나 서배스천은 곧 게임에 대한 콤플렉스를 떨쳐냈어요. 일반적으로 말해서—"

우리는 떡갈나무 벽널을 댄 불빛이 어둠침침한 방에 앉아 있었다. 안락의자가 너무 낮아서 카펫 위에 초라하게 놓인 찻잔에 쉽게 손이 닿았다. 서배스천의 유령이 벽난로의 청동 손잡이에 반사되어 반짝이는 불꽃과 함께 우리 주위를 떠돌고 있는 것 같았다. 나의 대화 상대는 서배스천을 너무나 속속들이 잘 알았다. 서배스천의 열등감이 영국인보다 더 영국인스러워지려고 노력했으나 결코 성공하지 못하고 계속 시도만 했던 데 기인했다는 그의 말이 옳다고 본다. 결국 서배스천이 자신을 배반한 것은 외적인 것들이나 유행하는 속어인 매너리즘이 아니라, 그가 복되게도 스스로의 자아 안에 외롭게 갇혀 살 운명을 타고 났는데도 남들처럼 되고 남들처럼 행동하려던 노력이었음을 깨달을 때까지.

하지만 그는 평범한 대학생이 되기 위해 최선을 다했다. 갈색 가운을 입고 낡은 펌프스를 신고 비누 상자와 세면도구 가방을 들고 겨울 아침에 모퉁이를 돌아 목욕탕으로 향했다. 기숙사에서 그레이트 코트 위 하늘만큼이나 탁한 회색빛 죽과 그곳 벽을 덮은 덩굴이랑 색이 완전히 똑같은 오렌지 마멀레이드로 아침을 먹었다. 나의 정보원이 부른 대로 '페달식 자전거'에 올라 가운을 어깨에 걸치고 강의실 곳곳으로 페달을 밟았다. 그는 피트에서 점심을 먹었다(내가 이해한 바로는 아마도 벽에 말 그림 같은 것이 걸려 있고 아주 늙은 웨이터들이 진하게요, 약하게요, 하는 질문을 영원히 계속될 수수께끼를 내듯 던지는 클럽 같은 곳이었다). 그는 파이브스(무슨 게임이든지) 혹은 다른 재미없는 게임을 좀 하고 나서 친구들 두셋과 함께 차를 마셨다. 대화는 다른 사람들이 꺼내지 않은 얘기는 조심스럽게 피해 가느라고 크럼핏 빵과 파이프 담배 사이를 따라 절뚝거리며 이어졌다. 저녁식사 전까지 강의가 한두 개 더 있었고, 그런 다음에는 다시 기숙사로 갔다. 저녁식사 때에 맞추어 나도 그곳으로 안내되었는데, 꽤 괜찮은 장소였다. 그때 마침 청소중이어서 헨리 8세의 살찐 흰 종아리가 간지럼을 타는 듯 보였다.

"그럼 서배스천은 어디에 앉았습니까?"

"저기, 벽에 기대앉았지요."

"근데 저기까지 어떻게 갔지요? 테이블이 꽤 멀어 보이는데."

"그는 바깥쪽 벤치 위로 올라서서 테이블 위를 걸어갔어요. 가끔 접시를 밟을 때도 있었지만 보통 그렇게들 했으니까."

저녁식사 후 그는 자기 방으로 돌아가거나 말없는 친구와 함께 서부 영화나 거구의 악당한테서 빠른 걸음으로 뻣뻣하게 도망쳐서는 길 모퉁이로 미끄러져 들어가는 찰리 채플린을 보여주는 시장통의 작은 영화관으로 향하곤 했다.

그런 식으로 서너 학기를 보낸 후 서배스천에게 이상한 변화가 찾아왔다. 그는 자기가 즐겨야 한다고 생각했던 것을 더이상 즐기지 않고 정말로 관심을 끄는 쪽으로 조용히 주의를 돌렸다. 표면상으로 이러한 변화는 그가 대학 생활의 리듬에서 떨어져나오는 결과를 가져왔다. 그는 나의 정보원을 제외하고는 아무도 만나지 않았다. 정보원은 아마도 서배스천의 삶에서 그가 솔직하고 자연스럽게 대할 수 있는 유일한 사람이었을 것이다. 멋진 우정이었고, 그 조용한 학자보다 더 다정하고 좋은 사람은 상상할 수도 없을 것 같았으므로 서배스천이 충분히 이해됐다. 둘 다 영문학에 관심이 있었고, 서배스천의 친구는 그때 벌써 이삼년 후 그에게 몽고메리 상을 안겨주게 될 『문학적 상상력의 법칙들』을 구상중이었다.

"고백할 것이 있어요." 그는 어디선가 나타나 그의 무릎 위에 편안히 자리잡고 앉은 청자색 눈의 부드러운 푸른색 고양이를 쓰다듬으며 말했다. "우리가 우정을 나누던 그 시기에 서배스천이 나를 다소 고통스럽게 했다는 점입니다. 강의실에서 그의 모습이 보이지 않아 그의 방으로 가보면 여전히 잠자는 아이처럼 몸을 말고 침대에 누워서 침울하게 담배를 피우고 있기 일쑤였죠. 담뱃재가 구겨진 베개에 온통 떨어지고 마룻바닥으로 흘러내린 시트는 잉크 자국투성이였답니다. 그는 내가 기운차게 인사를 던져도 대답은커녕 자세를 바꾸려고도 하지 않고 툴툴거렸어요. 주위를 서성이다가 그가 아픈 건 아니라는 데 안심하고서 점심을 먹으러 나갔다가 다시 그에게 가보면 옆으로 누워서 재떨이 대신 슬리퍼에 재를 떨고 있었어요. 그에게 뭐든 좀 먹으라고 권하곤 했죠. 그의 찬장은 항상 텅 비어 있었거든요. 바나나 한 송이를 갖다주었더니 원숭이처럼 기운을 차리고 즉시 삶, 죽음, 신에 관한 부도덕한 발언을 쏟아내 짜증을 돋웠어요. 그는 내가 그런 얘기를 짜증스러워하는 걸 알아서 더 그런 얘기를 좋아했어요. 그가 진심으로 그런 말을 한다고 생각한 적은 한 번도 없지만요.

마침내 오후 세시나 네시쯤 되면 그는 가운을 걸치고 발을 질질 끌면서 거실로 갔어요. 넌더리가 난 나는 불가에 몸을 웅송그리고 앉아서 머리를 벅벅 긁는 그를 놔두고 나와버리곤 했죠. 다음날 내가 셋방에 앉아 일을 하고 있노라면 갑자기 층계를 쿵쿵대며 올라오는 소리와 함께 서배스천이 깔끔하고 산뜻하고 원기 왕성한 모습으로 방금 막 완성한 시를 들고 방안으로 뛰어들어오곤 했어요."

이 모든 것이 딱 그답다고 믿는다. 그중 한 가지 사소한 것이 유난히도 내 마음에 애처롭게 느껴진다. 서배스천의 영어는 유창하고 자연스러웠지만 확실히 외국인의 것으로 보인다. r로 시작하는 단어를 말할 때면 거칠게 굴린다든가, 기묘한 실수를 하곤 했다. 예를 들면 '감기를 잡았어'라든가 좋은 친구라는 의미로 '그 녀석은 동정적이야'라고 말하는 식이다. 그는 '재미있다'나 '연구실' 같은 단어에서 악센트를 제대로 발음하지 못했다. '소크라테스'나 '데스데모나' 같은 이름도 틀리게 발음했다. 일단 교정하면 다시는 실수를 반복하지 않았지만, 어떤 단어들은 확신할 수가 없어서 엄청나게 스트레스를 받았다. 우연히 발음을 잘못해서 둔한 상대가 그의 말을 다 알아듣지 못하면 얼굴이 새빨개지곤 했다. 그 당시 그는 말하는 것보다 글쓰기에 훨씬 더 능했지만 그래도 그의 시에는 어딘가 애매하게 영어답지 않은 데가 있었다. 나는 한 편도 손에 넣지 못했다. 사실 그의 친구가 한두 편쯤 가지고 있다고 생각했지만……

그는 고양이를 내려놓고 서랍 속의 서류들을 잠시 뒤졌지만 찾아내지 못했다. "어쩌면 누님 집의 트렁크 속에 있을지도 모르겠군요." 그가 애매하게 말했다. "확실치는 않지만…… 그런 사소한 것들은 잊어버리기 쉽지요. 게다가 내가 알기로는 서배스천이라면 그것들이 없어지는 쪽을 오히려 좋아했을 겁니다."

내가 말했다. "어쨌든 선생님이 회상하신 과거는 기상학적으로 말해서 오늘 날씨만큼이나 음침한 것 같습니다[그날은 2월의 쌀쌀한 날씨였다]. 따듯하고 햇살 좋은 날은 하루도 없었나요? 서배스천 본인이 어딘가를 가리켜 아름다운 작은 강둑을 따라 서 있는 '커다란 밤나무의 분홍빛 촛대'라고 하지 않습니까?"

그렇다. 내 생각이 옳았다. 케임브리지에 거의 매년 봄과 여름이 찾아왔다(그 신비스러운 '거의'라는 단어가 특히 마음에 든다). 그렇다. 서배스천은 캠 강에서 사각형 평저선에 나른하게 누워 있는 것을 무척이나 좋아했다. 하지만 그가 무엇보다도 좋아한 것은 해질녘에 들판 주변을 지나는 길을 따라 자전거를 달리는 일이었다. 거기에서 그는 담장에 걸터앉아 저녁 하늘에 몇 줄기 연어색 구름이 흐릿한 구리색으로 변해가는 것을 바라보며 이런저런 생각에 잠기곤 했다. 무슨 생각을 했을까? 그가 한때 공원을 가로질러 따라다니고 말을 붙이고 키스했지만 다시는 보지 못한, 부드러운 머리카락을 땋아내린 그 런던 토박이 소녀? 어떤 구름의 모양? 러시아의 검은 전나무숲 너머 흐릿한 석양(아, 그에게 떠오르는 그런 기억에 관해서라면 내가 얼마든지 설명해줄 수 있을 텐데!)? 풀잎과 별의 내적 의미? 알려지지 않은 침묵의 언어? 이슬방울의 엄청난 무게? 수없이 많은 조약돌 가운데 한 조약돌의, 이해할 것 같으면서도 무슨 의미인지 알 수 없는 가슴이 터질 듯한 아름다움? 박명 속에서 기이하게 자꾸만 회피하려 드는 자신의 자아에게, 그리고 한 번도 진정으로 소개된 적 없는 신의 주변 세계를 향해 던지는, 당신이 누구인가라는 낡고 또 낡은 물음? 아니면 서배스천이 담장 위에 앉아 있을 동안 그의 마음속에 단어와 공상, 불완전한 공상과 충분치 않은 단어들이 소용돌이쳤지만, 그는 이것이, 이것만이 그의 삶의 현실이라는 것, 때가 되면 그가 가로질러갈 그 유령 같은 전쟁터 너머 자신의 운명이 놓여 있음을 이미 알고 있었다고 가정하는 편이 진실에 더 가까울지도 모른다.

"그의 책을 좋아하느냐고요? 오, 엄청나게 좋아합니다. 그가 케임브리지를 떠난 후로는 자주 보지 못했어요. 그는 나에게 한 번도 자기 작품을 보낸 적이 없지요. 아시다시피 작가들은 잘 잊어버리거든요. 어느 날 도서관에서 그의 작품 세 권을 가져와서는 사흘 동안 읽었어요. 그가 훌륭한 것을 써냈을 거라고 늘 믿었지만 그 정도로 훌륭할 줄은 미처 예상하지 못했죠. 그가 여기에서 보냈던 마지막 해에—왜 그러는지는 몰라도 이 고양이가 갑자기 우유가 뭔지도 모르는 것처럼 구는군요."

케임브리지에서 보낸 마지막 해에 서배스천은 공부를 많이 했다. 그의 연구 주제인 영문학은 광대하고 복잡한 영역이었다. 하지만 그 시기에 그는 대개 학교 당국의 허가도 받지 않고 런던으로 훌쩍 여행을 떠나곤 했다. 내가 알기로 그의 지도 교수였던 고故 제퍼슨 씨는 엄청나게 둔해빠진 늙은 신사였지만 훌륭한 언어학자여서 서배스천을 끝까지 러시아인으로 간주했다. 다시 말해서 그는 서배스천에게 몇 년 전 모스크바에 여행을 갔다 오면서 수집한, 자기가 아는 상당한 수의 까다로운 러시아어 단어들을 다 말하고 그에게 좀더 가르쳐달라고 부탁하여 그를 이성을 잃고 분노로 폭발하기 직전으로 몰아붙였다. 결국 어느 날 서배스천은 뭔가 착오가 있다고 불쑥 말했다. 실은 러시아가 아니라 소피아에서 태어났다고 말이다. 그 말에 신이 난 노인은 즉시 불가리아어로 말하기 시작했다. 서배스천은 자기가 아는 것은 특별한 방언뿐이라고 설득력 없는 대답을 늘어놓았다. 예를 들어보라는 말에 그는 얼떨결에 새로운 말을 꾸며냈고, 늙은 언어학자는 크게 당황했다가 마침내 서서히 사정을 이해했다.

"이만하면 저한테 들을 이야기는 다 들으신 것 같군요." 나의 정보원은 미소를 짓고 말했다. "내 추억담이 점점 바닥이 드러나고 실없어지네요. 서배스천이 일등을 했다는 것과 우리가 의기양양하게 사진을 찍었다는 얘기는 덧붙일 가치도 없는 것 같군요. 사진을 찾아보고, 찾게 되면 보내줄게요, 원한다면요. 이제 정말 떠나시나요? 백스*를 보지 않으실래요? 가서 서배스천이 '시인의 버섯'이라고 불렀던 크로커스를 보세요. 그의 말뜻을 이해하고 싶다면요."

하지만 비가 너무 거세게 쏟아졌다. 우리는 잠시 현관 아래 서 있었

* 캠 강과 케임브리지 대학 건물들 사이에 있는 공터.

다. 나는 가보는 게 좋겠다고 말했다.

"아, 여기를 보세요." 물웅덩이 사이로 나서는데 서배스천의 친구가 나를 불렀다. "이야기한다는 걸 깜박 잊었네요. 학장이 얼마 전에 누군가가 서배스천 나이트가 정말로 트리니티 학생이었느냐고 묻는 편지를 보내왔다고 하더군요. 그자 이름이 뭐였지? 아, 이런…… 기억을 세탁했더니 쪼그라들어버렸네요. 뭐, 그래도 용케 헹궈냈지요, 안 그래요? 하여간 내가 알기로 누군가가 서배스천 나이트에 대해 책을 쓰려고 자료를 모으고 있다는 겁니다. 재미있죠, 당신은 아닌 것 같은데—"

"서배스천 나이트라고요?" 안개 속에서 난데없이 목소리가 들렸다. "서배스천 나이트 얘기를 하는 사람이 누굽니까?"

# 6

이 말을 한 낯선 사람이 지금 다가오고 있었다. 아, 가끔은 순조롭게 잘 굴러가는 소설의 흐름이 얼마나 그리운지! 그 목소리가 귓불에 긴 털이 숭숭 나고 눈가의 주름은 지혜와 유머를 보여주는 그런 활달한 노교수의 것이었다면 얼마나 편했을까…… 마찬가지로 나의 주인공에 대해 알고 있지만 다른 각도에서 알고 있는 유용한 인물, 환영할 만한 행인이었다면 말이다. 그런 인물이라면 이렇게 말할 것이다. "그럼 이제 서배스천 나이트의 대학 시절에 관한 진짜 이야기를 들려드리지요." 그러고는 그 자리에서 이야기를 풀어내겠지. 그러나 슬프게도 그런 일은 일어나지 않았다. '안개 속에서 들려온 목소리'는 내 마음속의 가장 어둠침침한 통로에서 울려퍼진 것이다. 그것은 있을 법한 진실의 희미한 메아리, 혹은 때맞춰 기억을 일깨워주는 것일 뿐이었다. 현재의 입술에서 과거를 배울 수 있으리라 너무 확신하지 말라. 가장 정직한 브로커를 경계하라. 당신이 들은 것이 실제로는 세 겹임을 잊어서는 안 된다. 화자가 한 겹, 청자가 또 한 겹, 그리고 그 이야기의 망자가 둘에게 숨긴 것이 또 한 겹. "서배스천 나이트 얘기를 하는 사람이 누굽니까?" 그 목소리가 내 의식 속에서 다시 한번 되울렸다. 진짜로 누구일까? 그의 가장 친한 친구와 이복형제. 속세와 동떨어진 온화한 학자와 먼 나라를 찾아와 어색해하는 여행자. 그리고 제삼자는 어디에 있을까? 생다미에 묘지에서 평화롭게 썩어가고 있다. 다섯 권의 책 속에서 웃으며 살아 있다. 이 글을 쓰고 있는 내 어깨 너머로, 자신의 모습은 드러내지 않은 채 넘겨다보는 중이다(영원이라는 진부한 말 따위는 절대 믿지 않는 그는 지금 이 순간에도 자기 유령조차 믿지 않고 있겠지만).

어쨌거나 우정이 내줄 수 있는 전리품이 지금 여기 있었다. 여기에 서배스천의 짧은 편지 속에서 찾은 그 시기와 관련된 사소한 사실 몇 가지와 그의 책 여기저기 흩어진 대학 시절에 관한 우연한 언급들을 덧붙였다. 그러고는 다음 할 일을 빈틈없이 마련해둔 런던으로 돌아갔다.

마지막으로 만났을 때 서배스천은 1930년에서 1934년 사이 가끔씩 고용했던 어떤 비서 얘기를 잠깐 흘렸다. 요즘은 그런 경우가 거의 없지만(아니면 우리가 그저 자기 일을 아주 진취적으로 밀고 나가지 못한 사람들에 대해서는 잘 몰라서 그런 것일 수도 있다) 과거의 많은 작가들이 그랬듯이, 서배스천은 업무상의 문제에서는 우스꽝스러울 정도로 무력했다. 일단 조언을 구할 사람을 찾아내면(그런 사람이 사기꾼이거나 돌대가리, 혹은 둘 다인 경우도 있었다) 크게 안도하며 그 사람에게 자신을 완전히 내맡겨버렸다. 내가 행여 지금 그의 일을 맡아서 해주고 있는 아무개가 간섭하기를 좋아하는 늙은 사기꾼이 아니라고 굳게 확신할 수 있느냐고 물어보았다면, 그는 황급히 화제를 딴 데로 돌렸을 것이다. 그는 누군가의 농간을 알게 되어 자기가 게으름을 떨치고 행동을 취해야만 하는 상황이 올까봐 두려워했다. 한마디로 그는 최악의 조수라도 없는 것보다는 나았고, 자신의 선택에 전적으로 만족한다고 스스로와 주변 사람들을 설득하려 했다. 이런 말을 하면서 내가 하는 말 중 법적인 견지에서 비방이라고 할 만한 것은 단 한 마디도 없으며, 내가 언급하려 하는 이름이 이 특정 문단에서는 나온 적이 없음을 명백하게 밝혀두고자 한다.

내가 굿맨 씨한테서 바랐던 것은 서배스천의 말년에 대한 설명보다는—아직은 필요하지 않으니까—(나는 서배스천을 앞서가지 않고 그의 삶을 단계별로 따라갈 생각이다) 그저 서배스천의 케임브리지 이후 시절에 대해 뭔가 알고 있을 수도 있어서 만나볼 필요가 있는 사람들이 어떤 사람들인지 좀 도움을 얻자는 것이었다.

그래서 1936년 3월 1일, 플리트 스트리트에 있는 굿맨 씨의 작업실을 방문했다. 그러나 우리의 만남을 설명하기 전에 잠깐 다른 얘기를 좀 해야겠다.

앞서 말한 대로 서배스천의 편지들 가운데서 어떤 소설에 대해 그가 출판사와 주고받은 편지들을 발견했다. 서배스천은 첫번째 작품 『프리즘의 홈』(1925)에서 비중이 적은 인물 중 한 명을 가지고 자신이 다소 못마땅하게 여기던 어떤 현역 작가에 대해 극단적으로 우스꽝스럽고 잔인한 촌극을 만들었다. 당연히 출판사는 이를 즉시 알아차리고 심기가 몹시 불편해져서 그에게 전체 문단을 수정하라고 권했다. 그러자 서배스천은 한마디로 딱 잘라 거절하고 결정적으로 다른 곳에서 출판하겠다고 말했다. 그리고 결국은 그렇게 했다.

그는 한 편지에서 이렇게 적었다. "도대체 내가 왜 그랬는지 이해가 안 되시는 모양이군요. 다시 한번 말하지만(프루스트식의 삽입 어구에 대해 사과하려는 뜻은 아닙니다) 이제 막 싹트기 시작하는 작가(당신이 쓴 표현이지만 이 경우에는 맞지 않는 표현입니다. 당신의 진짜 싹트는 작가는 평생 싹만 틔우고 있을 테니까요. 나 같은 다른 작가들은 단번에 활짝 만개했는데 말입니다)를, 대체 왜 내가 멋진 현대식 청자를 가지고 가서(X를 보면 장터에서 요란하게 박살내고 싶어지는 싸구려 사기그릇이 생각나지만 말입니다) 그에게 내 산문의 탑에서 저 아래의 도랑으로 던져버리라고 하는지 의아해하는 것 같습니다. 당신은 그가 널리 존경받고 있다고 했지요. 독일에서의 판매 부수가 여기에서와 맞먹을 정도로 어마어마하다고도 했고요. 그가 쓴 예전 작품들이 『현대 걸작선』에 최근 수록되었다느니, Y와 Z와 더불어 '전후' 세대의 대표 작가 중 한 사람으로 손꼽힌다고 말했고, 마지막으로, 그러나 앞의 사항들 못지않게 중요한 것으로 그가 비평가로서 위험한 인물임을 언급했습니다. 당신은 우리가 그의 성공에 감추어진 어두운 비밀을 지켜줘야 한다고 넌지시 귀띔하려 한 것 같습니다. 삼등실 티켓으로 이등실을 타고 여행하는 거지요. 제 비유가 알아듣기 힘들다면 일반 독자 중 최하 부류의 비위를 맞추는 것이라고 해두지요. 탐정소설을 즐기는 부류들 말고, 그런 사람들은 순수하기나 하지—프로이트니 '의식의 흐름'이니 어쩌구 하는 것들이 넘쳐나는 현대식에 휩쓸려서 최악의 소설 나부랭이를 사들이고—오늘날의 냉소주의자는 마리 코렐리*의 조카딸들이나 늙은 그룬디 부인**의 조카들이라는 사실을 알지도 못하고 영원히 모를 사람들 말입니다. 왜 우리가 그런 수치스러운 비밀을 지켜주어야 합니까? 비밀결사도 아니고, 이따위 진부하기 짝이 없는 유대는 다 뭡니까—진짜 삼위일체라도 됩니까? 이런 말도 안 되는 잡신雜神들을 가지고! 그리고 당신은 또 나에게 와서 영향력 있고 존경받는 작가를 공격했다가는 나의 '작가로서의 경력'이 시작부터 아주 불리해질 것이라고 하지요. 하지만 '작가로서의 경력'이랄 것이 있고 내가 내 식대로 행동했다고 해서 자격을 잃게 된다 해도, 여전히 내가 쓴 것을 단 한 단어도 고칠 생각이 없습니다. 어떤 벌이 눈앞에 닥친다 해도 내가 즐거움을 좇는 것을 그만두게 만들 정도로 가혹할 수는 없을 테니까요. 특히나 이 즐거움이 진실의 젊고 단단한 가슴이라면 더욱 그렇습니다. 사실 삶에서 풍자의 기쁨에 견줄 만한 것은 많지 않지요. 그 협잡꾼이 그 구절을 읽고(분명 읽을 겁니다) 우리가 알고 있듯이 그것이 진실임을 알게 될 때 어떤 표정을 지을지 상상해보면, 그 기쁨은 절정에 달합니다. 덧붙이자면 나는 X의 내면세계(혼잡한 시간대의 지하철역이나 다를 바 없지요)뿐만 아니라 그가 잘 쓰는 말투와 행동 수법까지도 그대로 살려냈기 때문에, 그 작가건 다른 어떤 독자건 당신이 그토록 경악한 구절에서 일말의 천박함도 엿볼 수 없을 거라고 강력히 단언합니다. 그러니까 이제 그 문제는 그만 잊어버리십시오. 또한 당신이 나의 순진무구한 작은 책 때문에 진짜로 '곤란에 처하게' 된

* 20세기 초 큰 인기를 누린 영국의 대중소설가.

** 영국 극작가 토머스 모턴의 희극에 등장하는 인물로 '세상의 평판'을 대변한다.

다면 도의적이든 상업적이든 모든 책임을 내가 다 지겠습니다."

이 편지를 인용한 의도는(나중에 그의 가장 어두운 이야기들의 폭풍우 치는 음울함 너머 뜬 무지개로 남게 되는 밝은 소년 시절의 분위기를 보여줄 수 있다는 점은 차치하고) 다소 미묘한 문제를 해결하기 위해서다. 잠시 후 굿맨 씨 본인이 나타날 것이다. 독자들은 이미 내가 그 양반의 책을 얼마나 못마땅하게 여기는지 알고 있다. 그러나 우리가 처음(이자 마지막) 면담을 했을 당시에는 그의 책(잡동사니를 후다닥 엮은 것을 책이라 할 수 있다면)에 대해 아는 바가 전혀 없었다. 나는 아무런 편견 없이 굿맨 씨에게 다가갔다. 지금은 그렇지 않은데, 당연히 그런 변화가 나의 묘사에도 영향을 미칠 수밖에 없다. 게다가 그를 방문한 일을 설명하면서 굿맨 씨의 겉모습은 아니더라도 서배스천의 대학 친구의 경우에서처럼 그의 태도에 대해 조심스럽게라도 언급하지 않고는 넘어갈 수가 없을 듯하다. 내가 그 정도에서 멈출 수 있을까? 굿맨 씨가 이 부분을 읽을 때 그의 얼굴이 응당 그럴 법하게 짜증스러운 표정으로 갑자기 변하지 않을까? 나는 서배스천의 편지를 찬찬히 읽어보고 서배스천 나이트가 X씨에 관해서는 스스로에게 허용했을지라도 내가 굿맨 씨에 관해서 같은 짓을 하도록 허락하지는 않으리라는 결론에 이르렀다. 서배스천이야 천재이니 솔직할 수 있다 쳐도 나는 그럴 수 없다. 서배스천 같으면 멋진 재능을 발휘할 부분에서 나는 그저 무례하게 보일 뿐이다. 그러니까 나는 언제 꺼질지 모를 얼음판 위에 서 있는 셈이니 굿맨 씨의 서재로 들어가면서 긴장을 늦춰서는 안 된다.

"앉으시지요." 그가 말하며 책상 옆의 가죽 안락의자를 공손히 가리켰다. 도회적인 분위기를 뚜렷이 풍기면서도 눈에 확 띌 만큼 잘 차려 입은 남자였다. 얼굴은 검은 마스크로 가리고 있었다. "무슨 일로 오셨습니까?" 그는 여전히 손에 내 명함을 쥔 채로 눈구멍을 통해 나를 보았다.

그제야 내 이름을 보아도 그에게는 아무 생각도 떠오르지 않으리라는 걸 깨달았다. 서배스천은 완벽하게 생모의 성으로만 통했다.

나는 이렇게 대답했다. "저는 서배스천 나이트의 이복동생입니다." 짧은 침묵이 흘렀다.

굿맨 씨가 입을 열었다. "저기, 그러니까 그 유명한 작가인 고 서배스천 나이트를 말씀하시는 겁니까?"

"바로 그렇습니다." 내가 말했다.

굿맨 씨는 손으로 얼굴을 쓰다듬었다…… 마스크 밑에 가려진 얼굴 말이다…… 생각에 잠겨 쓰다듬고, 쓰다듬고, 또 쓰다듬었다.

그가 말했다. "죄송합니다만 뭔가 착오가 있는 것은 아닌가요?"

"착오 같은 것은 전혀 없습니다." 나는 이렇게 대답하고 되도록 간단히 서배스천과 나의 관계를 설명해주었다.

"아, 그렇습니까?" 굿맨 씨는 점점 더 깊이 생각에 잠기는 모습이었다. "정말로, 정말로 그런 생각은 꿈에도 해보지 못했습니다. 나이트가 러시아에서 나고 자랐다는 것은 물론 알고 있었습니다. 하지만 그의 이름에서 제가 놓친 부분이 있었군요. 예, 이제 알겠습니다…… 그래요, 당연히 러시아 이름이라야지요…… 그의 생모는……"

굿맨 씨는 잠시 멋진 흰 손가락으로 압지 철을 톡톡 두드리더니 가늘게 한숨을 뱉었다.

"자, 이제 지나간 일은 할 수 없고요, 덧붙이기에는 너무 늦었으니……" 그는 잽싸게 말을 이었다. "미리 그 문제를 깊이 파고들지 못한 제 잘못입니다. 그러니까 그의 이복동생이시라고요? 만나 뵙게 되어 반갑습니다."

내가 말했다. "우선 업무상 문제를 좀 해결하고 싶습니다. 나이트 씨의 서류들, 적어도 작가 활동에 관련된 것들은 정리가 잘 되어 있지 않아서 정확히 상황을 파악하기가 어렵습니다. 아직 그와 일했던 출판사에는 찾아가지 않았지만 적어도 그중 한 군데, 그러니까 『우스꽝스러운 산』을 냈던 회사는 이제 없다는 것은 알고 있습니다. 제 생각에 그 문제에 본격적으로 착수하기 전에 당신과 이야기를 좀 나누는 것이 좋을 것 같아요."

"그렇지요. 잘 모르실 수도 있겠지만 저는 나이트의 책 중에서 『우스꽝스러운 산』과 『잃어버린 자산』 두 권에 관심이 있습니다. 사정이 그러니 나이트 씨와 제가 맺은 계약서 복사본과 함께 당신에게 편지로 보내드릴 수 있는 정보들 몇 가지를 내일 오전까지 드리는 것이 가장 좋을 것 같습니다. 아니 나이트 씨를 다른 이름으로 불러야 할지……" 굿맨 씨는 마스크 아래로 미소를 지으며 우리의 간단한 러시아식 이름을 발음하려 했다.

"그리고 또 한 가지 문제가 더 있습니다." 나는 말을 이었다. "저는 그의 생애와 작품에 관한 책을 쓸 계획입니다. 정보가 꼭 좀 필요합니다. 혹시 당신이……"

굿맨 씨의 몸이 딱딱하게 굳어지는 듯했다. 그러더니 기침을 두어 번 하고 웅장해 보이는 책상 위에 놓인 작은 상자에서 블랙커런트 사탕을 골랐다.

그가 갑자기 앉은 자리에서 몸을 홱 돌리자 끈에 매달린 외알 안경이 빙그르르 돌았다. "선생, 우리 솔직하게 탁 터놓고 얘기해봅시다. 물론 나는 그 누구보다도 불쌍한 나이트에 대해 잘 알고 있지만…… 저기, 그 책 집필을 시작하셨습니까?"

"아뇨."

"그럼 접으십시오. 제가 너무 직설적으로 말하는 것을 용서해주십시오. 워낙 습관이 돼서 그렇습니다. 나쁜 습관이지요. 괜찮으시죠? 저, 그러니까 제 말은…… 어떻게 말해야 하나?…… 저기, 서배스천 나이트는 위대한 작가라고 할 만한 인물은 아니었어요…… 아, 네, 저도 압니다. 좋은 작가지요. 그런 거지요. 하지만 대중의 관심을 끌지는 못했어요. 그에 관한 책을 쓸 수 없다고 말하려는 것은 아닙니다. 쓸 수 있지요. 하지만 그 주제를 아주 흥미롭게 만들 수 있는 특별한 관점에서 써야 합니다. 그러지 않으면 완전히 실패할 수밖에 없습니다. 서배스천 나이트의 명성이 선생이 구상하고 있는 책 같은 것을 떠받쳐줄 수 있을 만큼 대단하다고는 생각지 않거든요."

나는 이런 폭탄선언에 어안이 벙벙해져 아무 말도 하지 못했다. 그러자 굿맨 씨가 하던 말을 계속했다.

"제가 직설적으로 말했다고 기분 상해하시지는 않으리라 믿습니다. 저는 선생의 이복형과 절친한 사이였으니 제 마음은 잘 아실 테지요. 접으십시오, 선생, 접으세요. 그런 일은 전문가들, 책 시장을 아는 사람에게 맡겨두십시오. 그런 사람이라면 나이트의 생애와 작품에 대한 철저한 연구를 완성하려고 해봤자 저자와 독자의 시간을 낭비하게 될 뿐이라고 선생에게 말해줄 겁니다. 아, 작고한 ……〔유명한 이름을 댔다〕에 대한 아무개의 책조차 그렇게 사진과 복사 자료를 많이 넣었는데도 잘 안 팔렸답니다."

나는 굿맨 씨에게 조언에 대한 감사를 전하고 모자로 손을 뻗었다. 그는 결국 도움을 줄 인물이 못 되었고 내가 헛짚었다는 느낌이 들었다. 어쩐지 그에게 서배스천과 '절친한 사이'였던 시절을 자세히 이야기해달라고 부탁하고 싶은 마음이 들지 않았다. 그에게 비서직 이야기를 해달라고 부탁했다면 뭐라고 대답했을지 궁금하기는 하다. 아주 화기애애하게 악수를 나눈 후, 그는 내가 주머니에 넣은 검은 마스크를 다시 썼다. 아마 다른 경우에도 그것이 쓸모 있을 때가 있을 것이다. 그는 나를 제일 가까운 유리문까지 배웅해주었고 거기에서 우리는 헤어졌다. 계단을 막 내려오려는데 어느 방에선가 계속 타자를 치고 있던 활달해 보이는 여자가 내 뒤를 급히 쫓아와 나를 불러세웠다(이상하다—서배스천의 케임브리지 동창도 나를 뒤에서 불러세웠는데).

그녀가 말했다. "헬렌 프랫이라고 해요. 선생님의 대화를 참고 들을 수 있을 만큼만 엿들었는데 별건 아니지만 말씀드리고 싶은 게 있어요. 저는 클레어 비숍이랑 아주 친해요. 그녀가 알고 싶어하는 것이 있어서요. 조만간 연락 좀 드려도 될까요?"

나는 물론 좋다고 대답하고 시간을 정했다.

"전 나이트 씨를 아주 잘 알고 지냈답니다." 그녀가 밝게 빛나는 동그란 눈으로 나를 바라보며 덧붙였다.

"아, 그러셨군요." 나는 달리 뭐라고 말하면 좋을지 몰라 이렇게 대꾸했다.

그녀가 말을 이었다. "예. 그분은 정말 대단한 분이셨어요. 솔직히 말씀드리면 전 그분에 대한 굿맨 씨의 책이 끔찍하게 싫어요."

"무슨 말씀이십니까? 무슨 책 말인가요?"

"아, 최근에 쓴 책 말이에요. 지난주에 굿맨 씨와 함께 교정쇄를 검토했거든요. 아, 빨리 가봐야겠어요. 정말 감사해요."

그녀가 황급히 자리를 뜬 후 나는 아주 천천히 계단을 내려왔다. 굿맨 씨의 크고 부드러운 분홍빛 도는 얼굴은 놀랄 만큼 암소 젖통을 닮았고, 지금도 그 생각에는 변함이 없다.

# 7

굿맨 씨의 책 『서배스천 나이트의 비극』은 언론의 주목을 한몸에 받았다. 주요 일간지와 주간지에 긴 서평이 실렸다. '인상 깊고 설득력 있다'는 평이었다. 저자는 '근본적으로 현대적인' 인물에 대한 '깊은 통찰력'을 보여주었다는 찬사를 받았다. 작은 부분까지 효율적으로 다루는 그의 솜씨를 보여주기 위해 여러 구절이 인용되었다. 어느 비평가는 굿맨 씨에게 경의를 표하기까지 했다*—덧붙이자면 굿맨 씨는 이야기하는 내내 모자를 쓰고 있었는데 말이다. 한마디로 굿맨 씨는 비난을 받아 마땅한 때에 칭찬을 받은 것이다.

그 책이 그저 다음 봄이면 다른 책들과 함께 잊힐 운명에 처한 또 한

* 관용적 표현으로 원문은 다음과 같다. 'to take his hat off to Mr Goodman'.

권의 좋지 않은 책이었다면 그저 무시해버릴 수도 있었다. 망각의 도서관에는 이미 셀 수도 없이 많은 책이 있지만, 애석하게도 굿맨 씨의 노고가 없으면 미완으로 남을 수밖에 없다. 그런데 아무리 좋지 않은 책일지라도 또다른 문제가 있다. 주제의 성격상 그런 책은 다른 인물의 명성이 지속되는 한 자동으로 위성 같은 존재가 될 수밖에 없다. 서배스천 나이트의 이름이 사람들에게 기억되는 한, 학식 있는 연구자라면 언제나 고드프리 굿맨의 『인간의 추락』과 새뮤얼 굿리치의 『한 생애의 회상』 사이에서 『서배스천 나이트의 비극』이 반쯤 깨어 있는 곳까지 성심껏 사다리를 타고 올라갈 것이다. 그러니까 내가 그 주제에 대해 계속 지겹게 떠든다면 그것은 어디까지나 서배스천 나이트를 위해서다.

굿맨 씨의 방법은 그의 철학만큼이나 단순하다. 그의 유일한 목적은 '불쌍한 나이트'를 그가 '우리 시대'라고 부른 것의 산물이자 희생자로 보여주는 것이다. 왜 어떤 이들은 남들도 같은 시간 개념을 공유하게 만들려고 그리도 기를 쓰는지 나로서는 알다가도 모를 일이지만. '전후의 불안' '전후 세대'는 굿맨 씨에게는 모든 문을 다 열 수 있는 마법의 주문이다. 하지만 결쇠보다도 마력이 떨어지는 그런 '열려라 참깨'도 있는 법이다. 안타깝지만 굿맨 씨의 주문이 바로 이런 경우에 속한다. 그러나 일단 자물쇠가 잠겨 있으면 뭔가를 찾아냈다고 생각한 그가 틀렸다. 굿맨 씨가 생각을 한다고 말하려는 의도는 아니다. 그는 시도는 했을지 몰라도 생각할 수가 없었다. 그의 책은 그가 보여주었듯이 (상업적으로) 평범한 정신들을 홀리는 그런 아이디어들 말고는 관심이 없다.

굿맨 씨에게 '케임브리지의 조각된 번데기로부터 갓 출현한' 젊은 서배스천 나이트는 잔인하고 냉혹한 세계에서 극히 예민한 감수성을 지닌 청년이었다. 이런 세상에서 외부의 현실들이 가장 은밀한 꿈속으로 너무나도 거칠게 덮치고 들어와서 젊은이의 영혼을 포위하고 결국 산산이 무너뜨린다. 굿맨 씨는 얼굴도 붉히지 않고 이렇게 말한다. '전쟁이 세계의 얼굴을 바꾸어놓았다.' 그러고는 한 젊은이가 '고난으로 가득찬 작가 생활 초기'에 맞닥뜨린 전후 생활의 특별한 국면들을 열정적으로 묘사해나간다. 뭔가 엄청나게 기만당했다는 느낌, 지치고 피로한 영혼과 열에 들뜬 육체적 흥분감('폭스트롯이 풍기는 김빠진 외설적 분위기'와 같은), 모든 것이 헛되다는 느낌, 그리고 그 결과로 생긴 엄청난 방종. 잔인함도 있었다. 아직도 공기 중에 떠도는 피비린내, 번쩍번쩍한 영화관들, 어두운 하이드파크에서 희미하게 보이는 연인들, 획일화가 이룬 장관들, 기계에 대한 숭배, 아름다움, 사랑, 명예, 예술의 타락…… 등등. 내가 알기로는 굿맨 씨도 서배스천과 동년배인데, 본인은 이런 엄청난 세월을 어떻게 뚫고 살아냈는지 그저 놀라울 따름이었다.

그러나 굿맨 씨는 견뎌낼 수 있었는지 몰라도 그의 서배스천 나이트는 확실히 그럴 수가 없었다. 1923년, 유럽 대륙으로의 짧은 여행을 다녀온 후 런던의 아파트에서 안절부절못하고 방들을 왔다갔다하는 서배스천의 모습을 떠올려보자. 유럽은 '그에게 천박하면서도 화려한 도박장의 모습으로 형언할 수 없는 충격을 주었다'. 그렇다, '이리저리 서성이면서…… 관자놀이를 부여잡고…… 견딜 수 없는 불만에 가득차…… 세계에 대한 분노로…… 홀로…… 뭔가를 하고 싶어 미칠 지경이지만 약해서, 나약해서……' 점들은 굿맨 씨가 넣은 트레몰로가 아니라 내가 친절하게 삭제한 문장들을 표시한 것이다. 굿맨 씨는 이렇게 글을 이어간다. '아니다, 이곳은 예술가가 살 세계가 아니었다. 자신 있는 얼굴을 과시하고, 나이트의 초기작에서 그렇게 짜증을 돋우고 마지막 두 권에서는 읽는 이를 그렇게 괴롭게 만들었던 그 냉소주의를 훌륭하게 드러내기에는 아주 좋았다…… 경멸하는 태도로 대단히 지적인 척하기에는 아주 좋았지만, 거기에는 가시가 있었다. 독을 품은 날카로운 가시.' 왜 그런지는 모르겠지만 이 (전적으로 허구인) 가시의 존재가 굿맨 씨에게 음침한 만족감을 주는 것 같다.

『서배스천 나이트의 비극』의 첫 장이 온통 걸쭉하게 흐르는 철학적인 당밀로만 이루어져 있다는 식으로 말한다면 공정치 못할 것이다. 책의 핵심을 이루는(즉 굿맨 씨가 서배스천의 삶에서 그를 직접 만났던 시기에 도달하면) 그림을 보는 듯 생동하는 문장과 일화도 록 케이크에 뿌린 시럽처럼 있기는 하다. 굿맨 씨는 보즈웰*이 아니었다. 하지만 공책을 갖고 다니면서 자기 고용주에 대해 뭔가를 적었던 것은 확실하다. 그중에는 분명히 주인의 과거에 관한 것도 있을 것이다. 다시 말하면, 서배스천이 일하던 중 이런 말을 하는 장면을 상상할 수 있다. 이봐 굿맨, 이걸 보니 몇 년 전 어느 날이 생각나는군…… 그리고 이야기가 나올 것이다. 굿맨 씨에게는 이런 것들 대여섯 가지면 그에게는 공백인 부분, 즉 서배스천이 영국에서 보낸 청년 시절을 채워넣기에는 모자람이 없었던 것 같다.

* 18세기 영국의 전기 작가.

이런 이야기들 중 첫번째(굿맨 씨가 대단히 전형적인 '전후의 대학 생활'로 보았던 것)는 서배스천이 런던에서 온 여자친구에게 케임브리지의 풍경을 보여주는 장면을 묘사하고 있다. '그리고 이건 학장실 창문이야.' 그가 말했다. 그러고는 돌멩이 한 개를 던져 창을 박살내고는 이렇게 덧붙였다. '그리고 이게 학장이지.' 두말할 것도 없이 서배스천은 굿맨 씨에게 농담을 했던 것이다. 그 이야기는 대학의 역사와 맞먹을 만큼 오래된 이야기다.

두번째 이야기를 보자. 독일로 짧은 휴가를 갔을 때(1921년? 1922년?) 서배스천은 어느 날 밤 거리에서 들려오는 고양이 울음소리에 짜증이 나서 계란 등 이것저것을 그쪽으로 던지기 시작했다. 곧 경찰관이 계란만 빼고 던졌던 물건들을 전부 들고 그의 방문을 두드렸다.

이것은 오래전(아니면 굿맨 씨가 말했듯이 '전쟁 전의') 제롬 K. 제롬의 책에 나온 이야기다. 또 장난친 것이다.

세번째 이야기는 이렇다. 서배스천은 첫번째 소설(출판하지 않고 폐기해버렸다)에 대해 말하며 어떤 뚱뚱한 어린 학생이 고향으로 돌아갔더니 어머니가 삼촌과 결혼했더라는 이야기라고 설명했다. 귀 전문의인 삼촌이 학생의 아버지를 살해했다는 것이다.

굿맨 씨는 농담을 알아듣지 못했다.

네번째 이야기. 서배스천은 1922년 여름 과로로 환각에 시달리면서 유령을 보곤 했다. 검은 장옷을 입은 수도사였는데 하늘에서 그를 향해 잽싸게 내려왔다.

이것은 약간 어렵다. 체호프의 단편이다.

다섯번째.

하지만 이쯤에서 그만두는 게 좋겠다. 계속했다가는 굿맨 씨가 지네가 되겠다. 다리 네 개 정도 달아주고 끝내기로 하자. 좀 안됐지만 어쩔 수 없다. 그가 온갖 추측을 잔뜩 달아가며 이러한 '기기묘묘한 사건과 공상들'을 장황하게 주워섬기지만 않았던들! 저거노트Juggernauts, 열기구 조종사aeronauts, 무가치한 것들naughts 등등의 악의적인naughty 세계에서 고투하는 무례하고 변덕스러우며 미친 서배스천…… 자, 자, 그 속에 뭔가 있을지도 모른다.

나는 과학적으로 정확성을 기하고 싶다. 조사하던 중 어느 지점에서 쓰레기를 뒤죽박죽 뒤섞어놓은 것을 만나 이성을 잃을 만큼 격분했다고 해서 아무리 티끌 같은 조각일지라도 진실 앞에서 멈칫하기는 싫다…… 서배스천 나이트에 대해 이야기하는 사람이 누구인가? 그의 전 비서다. 그들은 친구 사이였나? 아니다—우리가 나중에 알게 되겠지만. 연약하고 열성적인 서배스천과 사악하고 피폐한 세계 사이의 대조에 실제로 있었던 것이건 있었을 법한 것이건 뭔가가 있나? 아무것도 없다. 그러면 다른 틈새, 균열, 구멍이 있었을까? 있었다.

『잃어버린 자산』 첫 삼십 쪽 정도만 넘겨봐도 굿맨 씨(공교롭게도 자신의 오류투성이 책의 요지와 충돌을 빚을 수도 있는 것은 전혀 인용하지 않았다)가 외부 세계에 관한 서배스천의 내면의 태도를 얼마나 곡해하고 있는지 알 수 있다. 서배스천에게 시간은 1914년이나 1920년이나 1936년이 아니었다. 항상 1년이었다. 신문 1면 머리기사, 정치이론, 유행하는 사상들은 그에게는 비누나 치약 포장지에 수다스럽게 인쇄해놓은 안내문(세 개 언어로, 실수가 있어도 최소 두 개 언어로)이나 마찬가지였다. 비누 거품이 더 잘 날 수도 있고 안내문은 그럴듯하지만 그뿐이다. 그는 예민하고 지적인 사상가들은 중국에서 일어난 지진 때문에 잠 못 이룰 수도 있다는 사실을 너무나 잘 이해했다. 하지만 그로서는 왜 똑같은 사람들이 멀리 떨어진 중국에서 일어난 것과 비슷한 재난이 오래전 일어났을 경우에는 똑같이 거센 슬픔의 발작에 휩싸이지 않는지는 이해할 수가 없었다. 그에게 시간과 공간은 똑같은 영원을 재는 척도였으므로, 굿맨 씨가 '전후 유럽의 분위기'라고 한 것에 그가 어떤 식으로든 특별히 '현대적으로' 반응했다는 생각은 말도 안 되는 얘기다. 그는 여행자가 항해하며 보는 광경에 신이 나 어쩔 줄 몰라하면서도 거의 동시에 뱃멀미에 시달릴 수도 있듯이, 자기가 태어난 세계에서 가끔씩은 행복해하고 가끔씩은 불편해했다. 서배스천은 어떤 시대에 태어났건 똑같이 무언극 공연을 보면서 간간이 내일 치과에 가야 한다는 것을 떠올리는 어린아이처럼 재미있어하는 한편으로 불행해하고, 즐거워하면서 불안해했을 것이다. 그가 불편을 느꼈던 이유는 부도덕한 시대를 사는 도덕적인 인물이어서도 아니고, 도덕적인 시대를 사는 부도덕한 인물이어서도 아니다. 너무 빠른 속도로 장례식과 불꽃놀이가 이어졌던 시대여서 자신의 젊음을 꽃피우지 못했다는 갑갑한 느낌도 아니었다. 그저 그의 내적 존재의 리듬이 다른 영혼들보다 훨씬 더 풍부하다는 것을 인식했기 때문일 뿐이다. 케임브리지 시절이 막 끝난 무렵인 그때도, 어쩌면 그 이전부터도 그는 자신의 아주 사소한 생각이나 감정조차 늘 주변 사람들보다 적어도 한 차원 이상을 갖고 있다는 것을 알았다. 그의 천성에 조금이라도 과한 데가 있었다면 이를 떠벌리고 자랑했을지도 모른다. 그런 점은 없었기에 그는 그저 계속 유릿조각 틈에 섞인 수정, 동그라미 속에 섞인 공 같은 어색함을 느끼며 살았다(하지만 그가 결국은 작가로서 정착했을 때 겪었던 일들에 비하면 그 정도는 아무것도 아니었다).

서배스천은 『잃어버린 자산』에서 이렇게 적었다. '나는 수줍음을 너무 많이 타서 아무리 실수를 피하려 애써보아도 항상 결국은 실패했다. 주변의 환경과 색깔을 맞춰보려는 나의 처참한 시도는 색맹 카멜레온에 비할 수 있을 것이다. 내가 여드름투성이의 후줄근한, 평범한 사춘기 소년이었다면 나에게나 다른 사람들에게나 내 수줍음은 훨씬 참아줄 만했을 것이다. 많은 소년들이 이런 단계를 거치고, 아무도 그것을 마음에 두지 않는다. 그러나 나의 경우에는 그것이 사춘기의 고통과는 아무런 관계도 없는 병적인 비밀스러운 형태를 띠었다. 고문실에서 고안해낸 것 중 가장 진부한 고문 중 하나가 죄수에게 잠을 재우지 않는 것이다. 대부분의 사람들은 비몽사몽을 오가는 행복한 상태에서 자기 마음의 이런저런 부분과 더불어 하루를 보낸다. 굶주린 사람이 스테이크를 먹을 때는 음식에만 관심이 있지 칠 년 전 우연히 보았던 실크해트를 쓴 천사들에 관한 꿈의 기억 따위에는 관심이 없다. 하지만 나의 경우에는 정신의 모든 덧문과 뚜껑과 문이 온종일 죄다 활짝 열려 있는 셈이다. 대부분의 뇌는 휴일이 있지만, 나의 뇌는 반공일조차 거부했다. 이렇게 한시도 잠들지 않고 깨어 있는 상태는 그 자체로도 그렇지만 그로 인한 직접적인 결과와 관련해서도 견딜 수 없이 고통스러웠다. 평상시에 내가 수행해야 하는 일상적인 행동 하나하나가 이렇게 복잡한 외양을 띠고, 내 마음에서 꼬리에 꼬리를 물고 이어지는 생각들을 불러냈다. 이러한 연상들은 너무나 다루기 곤란하고 이해하기도 힘들며, 현실에 적용하는 데에는 아무런 쓸모도 없었으므로 나는 눈앞에 닥친 일도 회피하거나 겁에 질려 엉망진창으로 만들어놓기 일쑤였다. 어느 날 아침 한 평론지의 편집자를 만나러 갔다. 그는 내 케임브리지 시편 중 일부를 출판해줄 것도 같았다. 그런데 그의 특이한 말 더듬는 버릇이 유리창의 흠 탓에 살짝 왜곡되어 보이는 굴뚝과 지붕의 패턴에서 나타나는 어떤 각도의 조합과 뒤섞이고 여기에 방의 기묘한 곰팡내까지 뒤섞이니(휴지통에서 썩어가는 장미꽃 냄새랄까?) 길고도 복잡한 다른 상념으로 정신이 흘러가버렸다. 그리하여 원래 하려고 마음먹은 말 대신 이 처음 본 사람에게 우리 둘 다 아는 어느 친구의 작품 구상에 대해 불쑥 말해버렸다. 말하고 나서야 뒤늦게 그 친구가 비밀로 해달라고 부탁했던 것이 떠올랐다……

……내 의식이 위험스럽게도 제멋대로 흘러다닌다는 사실을 잘 알고 있었으므로 사람을 만나기가 겁이 났고 남의 감정을 상하게 할까, 그들 눈에 내가 우스꽝스럽게 비치지는 않을까 두려웠다. 그러나 소위 삶의 실제적인 면을 (우리끼리니까 얘기한다면 부기나 책 판매나 별빛 속에서는 유난히 비현실적으로 보이지만) 대면하게 될 때는 나를 그토록 괴롭혔던 바로 이 특징이랄지 결함이랄지가 고독에 굴복하기만 하면 언제나 격렬한 쾌락의 도구가 되어주었다. 나는 내 집이 된 나라를 깊이 사랑하게 되었다(내 천성상 집이라는 개념을 허용할 수 있다면). 나는 키플링이 된 것 같은 기분을 느낄 때도 있고, 루퍼트 브룩이 된 것 같은 기분일 때도 있고, 하우스먼이 된 것 같은 기분일 때도 있다. 해러즈 근처 장님의 개나 보도에 그림을 그리는 거리 화가의 색분필, 뉴포레스트의 길 위의 낙엽들이나 빈민가의 검은 벽돌담 위 바깥에 내건 양철 목욕통, 『펀치』에 실린 사진이나 『햄릿』의 미사여구, 그 모든

것들이 뚜렷한 조화를 이루고 나 역시 그 속에서 한 장소의 그림자를 차지한다. 젊은 시절 런던에 대한 나의 기억은 끝없이 발길 닿는 대로 헤매던 기억, 파란 아침 안개를 갑자기 관통하는 햇살에 눈부시게 반짝이는 유리창이나 빗방울을 매단 아름다운 검은 전선들에 대한 기억이다. 나는 유령 같은 잔디밭을 가로질러 하와이 음악의 선율로 가득 찬 댄스홀을 지나 예쁜 이름들이 붙은 칙칙하고 좁은 거리를 막연한 발걸음으로 지나가 마침내 나의 자아 중에서도 가장 내밀한 부분이 어둠 속에 웅크리고 있는 어느 따스한 구멍에 당도하는 듯하다……'

굿맨 씨가 이 구절을 숙독할 여유가 없었다니 안된 일이다. 그랬더라도 그가 내적인 의미를 파악했을지는 의심스럽지만.

그는 친절하게도 나에게 자기 책을 한 권 보내주었다. 동봉한 편지에서 그는 실제 대화에서라면 다정하게 윙크를 보내는 듯한 매우 정감어린 말투로 우리의 만남에서 자신이 이 책을 언급하지 않은 것은 어디까지나 깜짝 놀래주고 싶어서였다고 설명했다. 그의 말투, 요란한 너털웃음, 젠체하는 재치, 그 모든 것이 막내에게 줄 귀한 선물을 들고 나타난 가족의 걸걸한 오랜 친구인 척하려는 낌새였다. 그러나 굿맨 씨는 썩 훌륭한 배우가 못 되었다. 단 한순간도 그는 내가 자기가 쓴 책을 보고, 혹은 우리 가족 중 한 명의 이름을 광고하기 위하여 그가 엄청난 노력을 했다는 사실에 기뻐하리라고는 생각지 않았다. 그는 내내 자기 책이 쓰레기인 줄 알고 있었고, 책의 제본도 커버도 커버의 광고문도 언론의 그 어떤 서평도 광고도 나를 속이지 못할 것임을 알고 있었다. 왜 나에게 말하지 않는 편이 더 현명하다고 생각했는지는 확실치 않다. 어쩌면 내가 못되게도 후딱 책을 써서 때맞춰 자기 책과 맞붙게 할지도 모른다고 생각했을 수도 있다.

그러나 그는 나에게 자기 책만 보낸 것이 아니었다. 나에게 약속했던 설명도 내놓았다. 그 문제를 여기에서 거론하기는 적절치 않다. 나는 그 문제들을 내 변호사에게 넘겼고, 그는 이미 나에게 자신이 내린 결론을 알려주었다. 여기에서는 실제적인 문제들에 대해 서배스천이 취했던 솔직함이 가장 거친 방식으로 이용당했다는 것만 밝혀두겠다. 굿맨 씨는 단 한 번도 정규적으로 출판 에이전트로 일한 적이 없었다. 그는 단지 책에 돈을 걸었을 뿐이다. 그는 그런 지적이고 정직하며 근면 성실한 직업군에 속하지 않는다. 이쯤에서 멈추기로 하자. 그러나 나는 아직 『서배스천 나이트의 비극』이라기보다는 『굿맨 씨의 소극』을 끝내지 않았다.

# 8

서배스천을 다시 만난 것은 어머니가 돌아가시고 이 년이 지나서였다. 그동안 내가 그에게서 받은 것은 그가 고집을 부려 나에게 보내준 수표들을 빼고는 그림엽서 한 장이 전부였다. 1924년 11월인가 12월인가 어느 칙칙한 잿빛 오후 샹젤리제에서 에투알 쪽으로 걸어가다가 인기 있는 카페 전면 유리창 너머로 서배스천의 모습을 우연히 보았다. 파리에 왔으면서도 내게 연락도 하지 않았다는 데 퍼뜩 생각이 미치자 마음이 너무 괴로워져서 처음에는 가던 길을 계속 가고 싶은 충동을 느꼈던 기억이 난다. 그러나 생각을 고쳐먹고 안으로 들어갔다. 서배스천의 윤기 흐르는 검은 뒤통수와 그의 맞은편에 앉은 안경을 끼고 눈을 내리뜬 소녀의 얼굴이 보였다. 내가 다가갔을 때 그녀는 편지를 읽고 있다가 살짝 미소를 지으며 그에게 편지를 도로 건네주고는 뾜테 안경을 벗는 참이었다.

"화려하지 않아?" 서배스천이 물었다. 바로 그때 내가 그의 여윈 어깨에 손을 얹었다.

"오, 안녕, V." 그가 위를 올려다보며 말했다. "내 동생이야, 비숍. 편하게 앉아." 비숍은 옅은 색 주근깨가 보일락 말락 있고 살짝 꺼진 뺨에 근시인 눈은 청회색이고 입매는 얇은 조용하고 예쁘장한 소녀였다. 그녀는 회색 맞춤 정장에 파란색 스카프를 두르고 조그만 삼각형 모자를 썼다. 머리는 단발이었던 것 같다.

"너한테 막 전화하려던 참이었어." 서배스천은 이렇게 말했지만 그다지 참말처럼 들리지는 않았다. "딱 하루 일정으로 온 거고, 내일 런던으로 돌아가야 해. 뭐 마실래?"

그들은 커피를 마시고 있었다. 클레어 비숍은 속눈썹을 깜박이면서 가방 속을 뒤져 손수건을 찾았고 분홍빛 콧구멍을 이쪽저쪽 번갈아 가볍게 눌렀다. "감기가 점점 더 심해지네." 그녀는 이렇게 말하고 가방을 딸깍 닫았다.

"아, 화려하지." 서배스천은 명확한 질문에 대한 대답인 듯 이렇게 말했다. "사실 이제 막 소설을 하나 다 썼는데, 내가 택한 출판업자가 보낸 고무적인 편지로 보건대 그쪽에서도 마음에 들어하는 것 같아. '수컷 울새가 되받아치다'라는 제목에도 동의하는 것 같더라고. 클레어 의견은 다르지만."

"바보같이 들려요." 클레어가 대꾸했다. "게다가 새는 칠 수 없어요."

"유명한 전래 동요에 대한 인유야." 서배스천이 나를 위해 설명해주었다.

"바보 같은 인유예요." 클레어가 말했다. "처음 제목이 훨씬 나아요."

"모르겠는데…… 프리즘…… 프리즘의 모서리……" 서배스천이 중얼거렸다. "그건 내가 원하는 것이 아니야…… 불쌍한 수컷 울새가 너무 인기가 없군……"

클레어가 말했다. "제목은 책의 색깔을 전달해야 해요, 주제가 아니라."

서배스천이 내 앞에서 문학적인 문제를 놓고 논하는 것을 듣기는 그때가 처음이자 마지막이었다. 이렇게 가볍고 편안한 분위기에서 그를 본 것도 드문 일이었다. 그는 말쑥한 차림에 건강해 보였다. 턱에 거무스레 수염이 돋아난(그는 식사하러 나가려면 하루에 면도를 두 번 해야 하는 운 나쁜 남자들 축에 속했다) 섬세한 흰 얼굴에서 종종 비치던 병든 기색은 보이지 않았다. 다소 큼직하고 살짝 각이 진 그의 귀는 신이 나서 흥분할 때면 발갛게 달아올랐다. 나로 말하자면 입을 봉하고 뻣뻣하게 굳어 있었다. 왠지 내가 불쑥 끼어든 기분이 들었다.

"영화관에라도 갈까요." 서배스천이 두 손가락으로 조끼 주머니 속을 더듬으며 말했다.

"좋으실 대로." 클레어가 말을 받았다.

"가-송," 서배스천이 웨이터를 불렀다. 그전에 이미 나는 서배스천이 진짜배기 양식 있는 영국인처럼 프랑스어를 발음하려 한다는 것을 알아챘다.

잠시 우리는 클레어의 장갑 한 짝을 찾느라 테이블 밑과 플러시 천을 씌운 의자 밑을 뒤졌다. 클레어는 향이 시원한 멋진 향수를 뿌렸다. 드디어 나는 흰색으로 테를 두르고 가장자리에 장식을 단 회색 스웨이

드 장갑을 찾아냈다. 그녀는 우리가 회전문을 밀고 나갈 동안 느긋하게 장갑을 꼈다. 키가 큰 편이고 등이 쭉 곧았으며 발목은 보기 좋았고 단화를 신고 있었다.

내가 입을 열었다. "저, 같이 영화 보러 가기는 힘들 것 같아요. 정말 죄송한데 할 일이 좀 있어서요. 어쩌면…… 그런데 형은 정확히 언제 떠나는 거야?"

서배스천이 대답했다. "아, 오늘밤. 하지만 곧 다시 올 거니까…… 너한테 미리 알리지 않다니 나도 참 바보 같지. 어쨌거나 같이 좀 걷는 건 괜찮겠지……"

"파리는 잘 아시나요?" 내가 클레어에게 질문을 던졌다……

"내 소포" 하고 클레어가 갑자기 우뚝 멈춰 섰다.

"아, 알았어, 내가 가져올게." 서배스천이 이렇게 말하고는 카페로 되돌아갔다.

우리 둘은 넓은 보도 쪽으로 아주 천천히 걸음을 옮겼다. 나는 자신 없게 질문을 다시 한번 꺼냈다.

"네, 꽤 잘 알지요." 그녀가 대답했다. "여기에 친구들도 있어요. 크리스마스까지는 친구들이랑 있을 거예요."

"형은 아주 얼굴이 좋아 보이네요." 내가 말했다.

"네, 저도 그렇게 생각해요." 클레어는 뒤를 한 번 돌아보고는 다시 내게로 눈길을 돌렸다. "처음 만났을 때는 인생 다 산 사람 같은 꼴이더니."

"언제 처음 만나셨나요?" 지금 그녀의 대답이 기억나는 것으로 보아 이렇게 물었던 것 같다. "올봄 런던의 끔찍한 파티에서 만났답니다.

근데 그는 항상 파티에서는 형편없는 꼴을 하고 있어요."

"당신 과자 가지고 왔어." 서배스천의 목소리가 뒤에서 들렸다. 나는 그들에게 에투알 지하철역으로 가야 한다고 말했고 우리는 왼쪽으로 둘러서 그곳에 갔다. 클레베 대로를 막 건너가려는데 클레어가 하마터면 자전거에 치일 뻔했다.

"이런 바보 아가씨" 하고 서배스천이 그녀의 팔꿈치를 잡으며 말했다.

"비둘기가 너무 많잖아." 모두 보도에 올라서자 그녀가 말했다.

"맞아, 냄새도 나고." 서배스천이 덧붙였다.

"무슨 냄새? 난 코가 막혀서." 그녀가 코를 킁킁대며 우리 발치에서 활보하는 살진 비둘기떼를 유심히 들여다보며 물었다.

"아이리스랑 고무 냄새." 서배스천이 대답했다.

화물차가 가구 실은 밴을 피해 가면서 내는 소리에 새들이 하늘로 날아올랐다. 새들은 개선문의 청회색과 검은색 띠 장식 사이에 내려앉았다. 그중 몇 마리가 날개를 퍼덕이며 다시 날아오르자 조각된 기둥 윗부분이 마치 생명을 갖고 조각조각 떨어져나가는 것처럼 보였다. 몇 년 후 서배스천의 세번째 책에서 '날개 속으로 녹아드는 그 돌'이라고 표현된 그 장면을 발견했다.

우리는 더 많은 대로들을 지나 지하철역의 흰색 난간까지 왔다. 거기에서 우리는 헤어졌다. 아주 유쾌하게…… 멀어져가던 서배스천의 레인코트와 클레어의 청회색 실루엣이 기억난다. 그의 팔을 잡은 그녀는 성큼성큼 거침없이 발을 옮기는 그의 걸음걸이에 보조를 맞추었다.

이제 프랫을 통해 많은 것을 알고 나니 더 알고 싶은 마음이 들었다. 그녀가 나에게 관심을 보인 목적은 클레어 비숍이 서배스천에게 보낸 편지가 그의 유품들 가운데 남아 있는지를 알고 싶어서였다. 그녀는 이것이 클레어 비숍의 부탁이 아니라는 점을 강조했다. 실은 클레어 비숍은 우리가 만난 일에 대해서는 전혀 알지도 못했다. 그녀는 삼사년 전에 결혼했고 이제는 자존심 때문에 과거 일에 대한 언급은 삼갔다. 프랫은 서배스천의 부고가 신문에 실리고 일주일쯤 지나서 그녀를 만났다. 두 여자는 아주 오래된 친구 사이였지만(그러니까 서로가 상대방이 안다고 생각하는 이상으로 서로에 대해 잘 알고 있다) 클레어는 그 일을 여러 번 곱씹지는 않았다.

"그가 너무 불행하지는 않았기를 바라." 그녀는 조용히 말하고는 이렇게 덧붙였다. "그가 내 편지를 가지고 있을까?"

클레어가 그 말을 하던 태도며 눈을 가늘게 뜨면서 짧게 한숨을 내쉬고 화제를 바꾼 것으로 보아, 친구는 편지가 파기되었다는 사실을 클레어가 알게 된다면 크게 안심할 것이라고 믿게 되었다. 나는 프랫에게 클레어와 연락할 수 있을지, 클레어를 잘 구슬러 서배스천에 대한 이야기를 좀 얻어들을 수 있을지 물어보았다. 프랫은 클레어를 아니까 하는 말인데 내 부탁을 전하는 것조차 힘들겠다고 대답했다. "기대하지 마세요." 그녀의 대답이었다. 그녀를 만나고 싶은, 그저 내가 그 이름을 입에 올리면 그녀의 얼굴에 스쳐지나갈 그림자를 보고 싶은 열망이 너무나 강렬한 나머지, 잠시 비열하게도 내 수중에 편지들이 있으며 클레어가 나와의 개인적인 면담을 허락해준다면 편지를 넘겨주겠노라고 슬쩍 흘리고 싶은 유혹을 느꼈다. 그러나 안 될 말이었다. 서배스천의 과거를 가지고 협박할 수는 없었다. 말도 안 되는 일이다.

"편지는 불태웠습니다." 나는 이렇게 말했다. 그러고는 계속해서 간

청했다. 절대로 해가 될 일은 없을 것이다, 우리가 나눈 얘기를 전하면서 아주 잠깐만 만나주면 되고 다른 뜻은 전혀 없다고 설득해줄 수는 없겠느냐고 몇 번이고 거듭해서 부탁했다.

"정확히 알고 싶으신 게 뭔가요?" 프랫이 물었다. "저도 꽤 알려드릴 수 있을 텐데요."

그녀는 클레어와 서배스천에 대해 한참 동안 이야기해주었다. 보통 여자들이 그렇듯 과거를 회상하면서 다소 설교조로 흐르는 경향이 있기는 해도 아주 잘 얘기해주었다.

나는 그녀의 이야기 도중 말을 끊고 이런 질문을 던졌다. "그 다른 여자의 이름이 뭔지는 아무도 끝내 알지 못했다는 말씀입니까?"

"그렇지요." 프랫이 말했다.

"하지만 제가 어떻게 그녀를 찾아낼 방법이 없을까요" 하고 내가 외쳤다.

"절대 못 찾을걸요."

"언제부터 시작된 겁니까?" 그녀가 그의 병에 대해 이야기할 때 다시 한번 끼어들었다.

"그건 저도 잘 모르겠어요. 제가 목격한 것이 첫번째 발작은 아니었어요. 어떤 식당에서 나오던 중이었어요. 아주 추운 날이었고 그는 택시를 잡지 못했어요. 초조하고 화가 나 있었죠. 그는 약간 떨어진 곳에서 있던 택시 쪽으로 뛰어가기 시작했어요. 그러다 갑자기 걸음을 멈추더니 기분이 좋지 않다고 했어요. 작은 상자에서 알약 같은 것을 꺼내어 흰색 실크 스카프에 으스러뜨려서 코에다 갖다댔던 게 기억나요. 그때가 스물일곱이었나 스물여덟이었나 그랬을 거예요."

나는 몇 가지 질문을 더 했다. 그녀는 변함없이 성심성의껏 질문에 다 대답해주고 자신의 울적한 이야기를 이어갔다.

그녀가 가고 난 후 그 내용을 다 적었다. 그러나 그것은 죽은 이야기들이었다. 클레어를 만나봐야만 했다! 한 번의 시선, 한 개의 단어, 그녀의 목소리만으로도 과거를 되살리기에는 충분할(그리고 필요하다, 반드시 필요하다) 것이다. 마치 몇 주 전 어느 잊을 수 없는 날에 죽어가는 사람이 살아서 의식이 돌아온 것을 볼 수 있다면 그 어떤 인간도 아직 깨치지 못했던 것을 알 수 있게 되리라고 어째서 그토록 확신했는지 도저히 이해가 안 가듯이, 왜 그랬는지는 나도 알 수 없다.

어느 월요일 아침에 방문했다.

하녀가 나를 작은 응접실로 안내했다. 클레어는 집에 있었다. 그 혈색 좋고 투박해 보이는 처녀에게서 적어도 그 사실 하나는 알게 되었다. (서배스천이 어디에선가 영국 소설가들은 하녀들을 묘사할 때 꼭 쓰는 판에 박힌 어조에서 벗어나지 않는다는 말을 한 적이 있다.) 반면 프랫으로부터는 비숍 씨가 주중에는 시티에서 바쁘다고 들었다. 신기하게도 클레어는 자기와 성이 같은 남자와 결혼했다. 친척도 아니고 그저 순전히 우연의 일치일 뿐이다. 그녀가 나를 만나줄까? 꽤 유복해 보인다고 해야겠지만, 그다지…… 일층에는 L자 모양의 거실이 있고 위층에 침실이 두 개 있는 것 같았다. 거리 전체가 다 이런 좁아터진 집들로 이루어져 있었다. 그녀가 마음의 결정을 내리는 데 오래 걸린다…… 위험을 무릅쓰고라도 먼저 전화를 할 걸 그랬나? 프랫이 벌써 편지 얘기를 전한 것일까? 갑자기 계단을 내려오는 부드러운 발걸음 소리가 들리더니 자주색 테두리가 있는 검은색 가운 차림의 덩치 큰 남자가 방으로 들어왔다.

"옷차림이 이 모양이라 죄송합니다." 남자가 말했다. "독감으로 고생하는 중이라서요. 저는 비숍입니다. 제 처를 만나러 오셨다고요."

잠시 이상한 상상이 스쳐지나갔다. 내가 십이 년 전 보았던 발개진 코에 목이 쉰 클레어한테서 감기가 옮았을까?

"아, 예. 부인께서 저를 아직 기억하고 있다면요. 파리에서 딱 한 번 만난 적이 있지요."

"오, 당신의 이름을 바로 기억해내더군요." 비숍 씨가 나를 똑바로 마주보며 말했다. "그런데 죄송합니다만 당신을 만날 수는 없다는군요."

"다음에 와도 될까요?" 내가 물었다.

잠시 침묵이 흐르고, 비숍 씨가 이렇게 물었다.

"당신이 찾아오신 이유가 형님의 죽음과 관계가 있다고 봐도 되겠습니까?" 그는 내 앞에 서서 양손을 가운 주머니에 찔러넣고 금발머리는 거칠게 빗질해서 뒤로 넘긴 모습으로 나를 바라보았다. 좋은 사람, 점잖은 사람일 것이다. 내가 여기에서 이렇게 말해도 그가 개의치 않기를 바란다. 덧붙이자면 바로 얼마 전 아주 슬픈 상황에서 우리 사이에 편지가 오갔고, 첫 대화에서 슬며시 끼어들었을지도 모를 나쁜 감정은 깨끗이 다 사라졌다.

"그 때문에 저를 만나지 않겠다는 겁니까?" 이번에는 내가 물었다. 내가 생각해도 바보 같은 말이었다.

"어쨌거나 제 처를 만나지는 못하실 겁니다." 비숍 씨가 말했다. "죄송하군요." 내가 곱게 떠날 거라고 느꼈는지 그는 약간 수그러들어 이렇게 덧붙였다. "상황이 달랐더라면…… 하지만 제 아내가 과거의 친분을 기억해내기를 그리 좋아하지 않는다는 것을 알아주셨으면 합니다. 제가 이렇게 말해도 기분 상하지 않으셨으면 좋겠는데, 솔직히 말씀드리자면 안 오시는 편이 나았으리라 봅니다."

나는 일을 아주 그르쳐버렸다고 느끼며 발걸음을 돌렸다. 혼자 있는 클레어를 발견한다면 그녀에게 무슨 말을 할지 머릿속으로 그려보았다. 그녀가 혼자 있었더라면 나를 만나주었을 거라고 애써 스스로를 납득시켰다. 예상치 못한 장애물은 누구나 상상했던 장애물을 하찮게 만드는 법이다. 만났더라면 이렇게 말했을 것이다. "서배스천 얘기는 치워둡시다. 파리 얘기나 할까요. 파리를 잘 아십니까? 그 비둘기 기억하세요? 요즘 어떤 책을 읽고 있는지 말해주세요…… 그리고 영화는요? 아직도 장갑이며 소포를 잃어버리시나요?" 아니면 더 대담한 수법, 직접적인 공격에 기대어볼 수도 있었을 것이다. "예, 당신이 그 일에 대해 어떻게 생각할지 알고 있습니다. 하지만 제발 형 이야기를 좀 해주세요. 형을 생생히 그려낼 수 있게요. 형에 대한 내 책을 위해 당신이 들려주지 않는다면 떠돌다가 사라져버릴 그런 소소한 것들을 위해서요." 아, 확신하건대 그녀는 결코 거부하지 못할 것이다.

마음속에 이 마지막 뜻을 굳게 품은 채, 나는 이틀 후 다시 한번 시도했다. 이번에는 훨씬 더 신중하게 접근하기로 마음먹었다. 화창한 아침이고 아직 이른 시간이었다. 그녀가 집안에 머물러 있지는 않을 거라고 확신했다. 나는 남들 눈에 띄지 않게 그녀가 사는 거리 모퉁이에 자리를 잡고 남편이 시내로 떠나고 그녀가 나오기를 기다렸다가 다가가 말을 걸어볼 생각이었다. 그러나 일이 내가 기대했던 대로 흘러가지는 않았다.

그 모퉁이에 미처 닿기도 전에 클레어 비숍이 불쑥 나타났다. 그녀는 내가 서 있는 쪽 거리에서 반대편 보도로 막 길을 건너려는 참이었다. 그녀를 오래전 딱 삼십 분쯤 본 것이 전부인데도 나는 그녀를 보자마자 알아보았다. 얼굴은 이제 초췌해졌고 몸은 이상할 정도로 불었어도 알아볼 수 있었다. 그녀는 느릿느릿 무겁게 발을 옮겼다. 그녀 쪽으로 길을 건너서야 그녀가 만삭이라는 사실을 알았다. 곧잘 샛길로 빠지곤 하는 충동적인 성격 탓에 나도 모르게 반가운 미소를 띠고 그녀 쪽으로 걸어갔다. 그러나 곧 어떤 식으로든 그녀에게 말을 걸 수도 없고 인사를 할 수도 없다는 것을 확실히 깨닫고 할말을 잃었다. 서배스천과도, 내 책과도, 비숍 씨와 한 얘기하고도 관계가 없었다. 그저 사람을 압도하는 그녀의 집중력 때문이었다. 그녀에게 알은척조차 해서는 안 된다는 것을 알았다. 하지만 말했듯이 충동적인 성격을 이기지 못하고 거리를 건너가서 거의 그녀와 부딪칠 정도로 보도로 바짝 다가갔다. 그녀는 무겁게 옆으로 발을 옮기고 근시의 눈을 들어올렸다. 아, 다행히도 그녀는 나를 알아보지 못했다. 그녀의 창백하고 무미건조한 얼굴의 엄숙한 표정에는 무언가 가슴이 미어지게 하는 것이 있었다. 우리는 그 자리에 우뚝 멈춰 섰다. 어처구니없게도 나는 주머니에서 손에 맨 처음 잡히는 대로 아무거나 끄집어냈다. "실례지만 이것을 떨어뜨리지 않으셨나요?"

"아닌데요." 그녀는 기계적으로 미소를 지었다. 그것을 잠시 눈앞에 바짝 가져다대고는 "아니에요" 하고 다시 한번 되풀이하고는 나에게 돌려준 다음 가던 길을 갔다. 나는 마치 방금 막 보도에서 주워올린 것처럼 손에 열쇠를 들고 서 있었다. 그것은 서배스천의 아파트 현관열

쇠였다. 그녀가 순진무구한 눈먼 손가락으로 그 열쇠를 만졌다는 것을 이제 깨달으며 기이한 통증을 느꼈다……

# 9

그들의 관계는 육 년간 지속되었다. 그 기간 동안 서배스천은 첫 소설 두 권, 『프리즘의 홈』과 『성공』을 완성했다. 첫 작품을 쓰는 데에는 일곱 달이 걸렸고(1924년 4월부터 10월까지) 두번째 작품은 22개월이 걸렸다(1925년 7월부터 1927년 4월까지). 1927년 가을부터 1929년 여름까지 나중에(1932년) 『우스꽝스러운 산』이라는 제목으로 묶여 재출간되는 세 개의 이야기를 썼다. 다시 말해서 클레어는 그의 전 작품 집필 과정 중 첫 5분의 3을 바로 곁에서 지켜본 셈이다(케임브리지 시절의 시편 같은, 그가 제 손으로 파기한 젊은 시절의 작품은 건너뛰기로 한다). 위에 언급한 책들 사이의 기간에 서배스천은 쉬지 않고 이런저런 창의적인 계획들을 비틀어보고 옆으로 제쳐놓았다가 다시 비틀어보았기 때문에, 그 육 년이라는 기간 동안 내내 일에 사로잡혀 있었다고 봐야 옳을 것이다. 그리고 클레어는 그의 작업을 사랑했다.

그녀는 그저 그 방이 자기 방이랑 닮아 보여서 방을 잘못 찾아들어간 사람처럼 노크도 없이 그의 삶에 들어갔다. 출구를 잊어버린 그녀는 그곳에서 발견한 이상한 생물체들에 조용히 익숙해져서 그대로 남았고 놀라운 형상에도 불구하고 그들을 귀여워해주었다. 딱히 행복해지겠다거나 서배스천을 행복하게 만들어주겠다는 의도도 없고, 다음에는 무슨 일이 일어날지 불안해하는 법도 전혀 없었다. 서배스천이 없는 삶은 달에 있는 산에 지구인이 친 캠핑용 텐트보다도 상상하기 힘든 것이었으므로 그와의 삶을 자연스럽게 받아들였을 뿐이었다. 가장 그럴듯한 추측은 그녀가 그에게 아이를 낳아주었더라면 셋 다를 위한 가장 쉬운 방법으로 결혼을 했을 것이다. 그러나 그런 일은 일어나지 않았으므로 그들은 충분히 생각해보았더라면 아마도 마음에 들었을 그 건전한 형식적 절차를 따라보려는 생각을 하지 못했다. 서배스천에 대해서는 어느 하나라도 앞질러 예단해서는 안 된다. 그는 도덕률에 대한 경멸을 과시하는 짓은 남모르게 제 잘난 척을 하고 편견을 거꾸로 뒤집어 보여주는 것에 지나지 않음을 너무나 잘 알고 있었다. 그는 대개 자기가 선택한 목표에 닿는 가장 빠른 지름길이라는 단순한 이유에서 윤리적인 면에서는 가장 쉬운 길(미학적으로는 가장 험난한 가시밭길을 선택하는 것과 마찬가지로)을 택했다. 그는 일상생활에서는 엄청나게 게을러서(미학적인 삶에서는 엄청나게 근면 성실한 것과 마찬가지로) 남들이 내고 푸는 문제는 제쳐두었다.

클레어는 스물두 살 때 서배스천을 만났다. 그녀는 자기 아버지를 기억하지 못했고, 어머니도 돌아가셨다. 양아버지는 재혼했다. 그래서 그 부부가 그녀에게 보여준 가정이라는 희미한 관념은 바뀐 손잡이와 바뀐 칼날이라는 낡은 궤변에 비유할 수 있었다. 물론 그녀는 원래 부분을 찾아내어 맞출 수 있으리라는 기대는 거의 할 수도 없었지만. 적어도 '영원'의 이쪽 편에서는. 그녀는 런던에서 혼자 살면서 하고많은 일들 중 미술학교에 좀 다니고 동양 언어 수업을 듣기도 했다. 시선을 끄는 아련한 얼굴에 부드럽고 허스키한 목소리를 지녔고, 은근히 매력이 있어서 사람들의 호감을 샀다. 남들에게 기억되는 재능을 타고나기라도 했는지 누구의 기억에나 잊히지 않고 남았다. 타인의 마음속에 선명하게 남아 연상 작용을 일으키는 기호가 되었다. 제법 크고 관절이 굵은 손마저도 독특한 매력이 있었고, 소리 없이 가볍게 춤을 잘 췄다. 그러나 무엇보다도 그녀는 세상을 당연하게 받아들이지 않고 일상적인 것들을 그저 자신의 여성성을 비추는 익숙한 거울로만 보지 않는 드문, 정말 희귀한 여성에 속했다. 그녀에게는 영혼의 근육이라 할 수 있는 상상력이 있었고, 그녀의 상상력은 유달리 강해서 남성적인 자질이라 해도 좋았다. 또한 그녀는 항시 기꺼운 마음으로 예술보다는 프라이팬에 감도는 원광圓光이나 수양버들과 스카이 테리어 사이의 유사성을 인지하려는 데 보다 가까운 진정한 미적 감각을 가지고 있었다. 그리고 마지막으로, 그녀는 뛰어난 유머 감각을 타고났다. 두말할 것도 없이 그녀는 서배스천의 삶에 너무도 잘 들어맞았다.

그들은 서로 아는 사이가 된 첫번째 계절에 이미 자주 만났다. 가을에 그녀는 파리로 갔고 내 생각에는 그가 한 번 이상은 그녀를 찾아갔던 것 같다. 그즈음 그의 첫번째 책이 준비되었다. 그녀는 타자 치는 법을 배웠다. 1924년 여름 저녁은 그녀에게 타자기의 슬릿 사이로 여러 페이지가 미끄러져 들어갔다가 검은색과 보라색의 단어들로 살아서 다시 밀려나오는 날들의 연속이었다. 그녀가 열린 창 너머 어두운 느릅나무 위에 타닥거리며 떨어지는 다스한 소나기 소리에 맞추어 반짝이는 키를 치는 모습을 상상해본다. 옆에서는 방안을 왔다갔다하는 서배스천의 느리고 진중한 목소리가 들린다(프랫의 말에 따르면 그는 그저 구술을 하는 것이 아니라 제식을 진행하고 있었다). 그는 하루 대부분을 글을 쓰는 데 보냈지만 앞으로 나아가기가 너무나 힘들어 저녁에 그녀가 새로 타자를 쳐야 하는 분량은 두어 쪽을 넘는 일이 드물었고 그마저도 다시 고쳐 써야 했다. 서배스천은 미친듯이 수정을 하고 또 하는 데 빠져들곤 했기 때문이다. 때로는 아마 다른 어떤 작가도 해본 일이 없는 짓까지 했을 것이다. 영어로는 보이지 않는 비스듬히 기운 필체로 타자 친 내용을 베껴서 다시 구술하기도 했다. 그에게 단어들과의 고투는 유난히도 고통스러웠는데 여기에는 두 가지 이유가 있었다. 하나는 그와 같은 유형의 작가들에게 흔한 것으로, 표현과 생각 사이의 심연을 이어보려는 노력 탓이다. 딱 맞는 단어, 유일한 단어가 멀리 안개 속 건너편 둑에서 나를 기다리고 있을 것만 같은 미칠 듯한 기분, 심연의 이쪽 편에서 여전히 벌거벗은 생각이 그들을 향해 고함을 지르고 있다는 소름 끼치는 느낌이다. 그가 말하고자 하는 것은 유례를 찾기 힘든 것들이기에 그는 이미 존재하는 문구를 싫어했다. 동시에 그것에 잘 들어맞는 단어들이 만들어지지 않는다면 어떤 진정한 생각도 존재한다고 할 수 없다는 사실도 알고 있었다. 그래서 (더 유사한 비유를 쓰자면) 그저 벌거벗고 있는 듯이 보이는 생각은 눈에 보일 수 있도록 입을 옷을 달라고 애원하고 있을 뿐이며, 멀리 숨어 있는 단어들은 겉보기처럼 텅 빈 껍질이 아니라 그들이 이미 숨기고 있는 생각이 불을 붙이고 활기를 불어넣어주기를 기다리고 있을 뿐이었다. 때때로 그는 뒤죽박죽 뒤엉킨 전선 한 뭉치를 가지고 빛의 경이를 만들어내라는 명령을 받은 어린아이 같은 기분이 들었다. 그리고 그는 정말로 그 일을 해냈다. 가끔씩 자기도 이해할 수 없는 방법으로 성공할 때가 있었다. 몇 시간 동안이나 가장 논리적이라 생각되는 방법으로 전선을 집적여도 결국 아무것도 이루어내지 못할 때도 있었다. 그리고 평생 한 번도 창의적인 산문이나 시 한 줄 뽑아내본 적 없는 클레어가 서배스천의 고투를 샅샅이 완벽하게 이해했다(그것이 그녀만의 기적이었다). 그녀가 타자로 친 단어들은 그녀에게는 자연스러운 감각을 전달해주는 도구라기보다는 어떤 이상적인 표현의 선을 따라 서배스천이 더듬어간 궤적을 보여주는 곡선과 틈새, 갈지자 흔적들이었다.

그러나 그것이 다가 아니었다. 나는 안다, 우리가 같은 아버지에게서 태어났다는 사실을 아는 것만큼이나 분명하게, 서배스천에게는 러시아어가 영어보다 더 쓰기 편하고 자연스러운 언어였다는 것을 안다. 오 년 동안 러시아어를 말하지 않았으니 스스로 러시아어를 잊어버렸다고 믿으려 했을지도 모른다. 그러나 언어는 그렇게 쉽사리 무시해버릴 수 없는 살아 있는 몸을 지닌 대상이다. 게다가 그가 첫 책을 내기 오 년 전, 그러니까 러시아를 떠나던 때는 그의 영어 실력도 나 못지않게 변변찮았다는 사실을 잊지 말아야 한다. 나는 그후 의식적으로 노력하여 영어 실력을 향상시켰다(외국에서 힘들게 공부한 덕분에). 그는 주변 환경 속에서 자연스럽게 실력을 키우려고 노력했다. 확실히 영어는 놀랍도록 늘었지만 그래도 그가 처음부터 러시아어로 글을 썼더라면 그런 언어상의 고투는 면했을 것이다. 한마디 덧붙이자면 나에게 그가 죽기 얼마 전에 쓴 편지 한 통이 있다. 그 짧은 편지는 그가 자신의 책에서 아무리 아름다운 표현을 만들어냈다 해도, 그가 영어로 썼던 그 어떤 글보다 더 순수하고 풍요로운 러시아어로 쓰여 있다.

또한 클레어가 그가 원고에서 풀어낸 단어들을 기록하면서 가끔씩 타자 치던 손을 멈추고 얼굴을 살짝 찌푸린 채, 타자기에 끼워진 종이에서 밖으로 삐져나온 것을 살짝 들어올리고 한 줄을 다시 읽었다는 것도 알고 있다. "아니, 영어로는 이렇게 말하면 안 돼." 그러면 그는 잠시 클레어를 노려보다가 그녀가 무릎 위에 가만히 손을 포개고 앉아서 조용히 기다리는 동안 다시 방안을 서성이며 내키지 않는 듯 그녀의 말을 곰곰이 되짚어보곤 했다. 그러다가 결국에는 이렇게 중얼거렸다. "달리 표현할 방법이 없는데." "그럼 예를 들어 이렇게 하면 어떨까." 그녀는 정확한 제안을 내놓았다.

"아, 좋아, 당신이 좋다면." 그는 이렇게 대답하곤 했다.

"꼭 이렇게 해야 한다는 뜻은 아니야. 당신이 원하는 대로 해. 문법이 좀 틀려도 개의치 않는다면……"

"아, 계속해." 그가 외쳤다. "당신 말이 맞아. 그렇게 해……"

1924년 11월 『프리즘의 홈』이 완성되었다. 그 책은 이듬해 3월 출간되었으나 아무런 반응도 얻지 못했다. 그 당시 신문을 뒤져 찾아낸 바로는 딱 한 번 언급되었다. 어느 일요판 신문에 다른 책들을 논하는 중간에 다섯 줄 반이 실렸다. '『프리즘의 홈』은 분명 첫 작품이고 그런 만큼 (앞에 언급한 아무개 씨의 책만큼) 엄격한 잣대를 들이대어서는 안 될 것이다. 이 책의 재미란 내 눈에는 애매모호해 보이고 그러한 애매모호함이 재미있기는 하지만, 세세한 부분까지 영영 이해가 되지 않을 그런 소설도 존재할 수는 있을 것이다. 하지만 그런 종류의 책을 좋아하는 독자들을 위하여 한마디 덧붙이자면, 나이트 씨는 가르마 타듯 서슴없이 부정사를 갈라놓는다.'

그해 봄이 아마도 서배스천의 삶에서 가장 행복한 시기였을 것이다. 그는 책 한 권을 냈고 벌써 다음 권의 진통을 느끼고 있었다. 건강 상태도 최고였다. 정말 사랑스러운 벗도 있었다. 이전에는 대농장에 퍼지는 개미떼처럼 끈질기게 그를 괴롭혔던 소소한 근심거리들도 전혀 없었다. 클레어가 그를 위해 편지를 부쳐주고, 세탁물이 돌아왔는지 확인해주고, 면도날, 담배, 그가 특히 사족을 못 쓰고 좋아하는 소금에 절인 아몬드가 충분히 비축되어 있는지를 확인했다. 그는 그녀와 함께 외식을 하고 연극을 보러 가곤 했다. 그는 거의 예외 없이 연극을 보다가 이내 몸을 뒤틀며 신음 소리를 흘리곤 했지만, 진부한 내용을 난도질하는 데에서 병적인 쾌감을 얻었다. 탐욕스러움이나 사악한 열망의 표현에 대해서는 콧구멍을 벌름거렸지만, 시시하고 사소한 문제들에 덤벼들 때는 치솟는 혐오감에 어금니를 갈았다. 프랫은 언젠가 한 번 한때 영화 산업에 자금을 투자했던 그녀의 아버지가 서배스천과 클레어를 초대하여 아주 화려하고 제작비가 많이 들어간 영화를 보여주었던 일을 떠올렸다. 호화스러운 터번을 쓴 주연배우는 눈이 번쩍 뜨일 만큼 잘생긴 청년이었고 플롯은 굉장히 극적이었다. 긴장이 최고조에 달했을 때 서배스천이 갑자기 몸을 흔들어가며 폭소를 터뜨려 프랫 씨는 크게 놀라는 한편 화가 났다. 클레어도 웃음이 터져나왔지만 그의 소매를 잡아당겨 그를 진정시키려고 애썼다. 그들 둘에게는 눈부시게 아름다운 시간이었을 것이다. 그런 따스함, 다정함, 아름다움이 어딘가에 어떻게든 차곡차곡 모여 필멸하는 삶에 대한 불멸의 증인이 간직하게 될 거라고 믿지 않을 수 없었을 것이다. 그들이 큐 식물원이나 리치먼드 공원(나는 거기 가본 적이 없지만 왠지 끌리는 이름이다)을 거니는 모습, 시골에서 여름 산책을 하다가 어느 예쁜 식당에서 햄과 달걀을 먹는 모습, 라벤더와 가죽을 배경으로 희미하게 톡 쏘는 냄새가 벌써 공기 중을 가득 채운 영국식 크리스마스 분위기와 기분좋게 타오르는 불이 있는 자신의 서재에 놓인 널찍한 긴 의자에서 책을 읽는 서배스천의 모습이 틀림없이 누군가의 눈에 띄었을 것이다. 그리고 서배스천이 다음 책 『성공』에서 표현하려 하는 기발한 것들에 대해 그녀에게 이야기하는 것을 우연히 들은 사람도 있을 것이다.

1926년 여름 어느 날, 서배스천은 유난히도 잘 안 풀리는 장에 맞서 씨름하느라 진이 다 빠지고 정신이 멍해져 한 달 정도 해외에서 휴식을 취해야겠다고 생각했다. 클레어는 런던에서 볼일이 좀 있어서 일이 주 후에 그와 합류하기로 했다. 마침내 서배스천이 고른 독일의 해변 휴양지에 도착했을 때, 그녀는 뜻밖에도 그가 행선지를 밝히지 않고 떠났지만 한 이틀 후에는 돌아올 거라는 말을 호텔에서 전해 들었다. 프랫에게 나중에 들려준 바로는 당혹스럽기는 했지만 몹시 걱정되거나 괴롭지는 않았다고 했다. 파란색 매킨토시 코트를 입고(날씨가 흐리고 궂었다) 근심 걱정 없는 아이들 몇을 제외하고는 인적이 드문 산책로나 모래사장을 정처 없이 거니는 키가 크고 날씬한 모습, 잦아드는 바람에 애처롭게 휘날리는 삼색기, 여기저기에서 거품으로 부서지는 강철 같은 회색빛 바다를 그려볼 수 있을 것이다. 해변을 따라 멀리

너도밤나무 한 그루가 있고 기복이 있는 갈색 땅 군데군데 퍼진 덩굴 말고는 덤불도 없이 깊고 어두웠다. 기이한 갈색의 정적이 곧게 뻗은 매끄러운 나무둥치들 사이에서 기다리고 있었다. 그녀는 움푹 꺼진 곳에 쌓인 낙엽들 사이로 반짝이는 눈으로 자기를 엿보는 빨간 모자를 쓴 독일 땅속 요정을 발견할지도 모른다고 생각했다. 수영 도구를 풀어놓고 부드러운 흰 모래사장에 누워 유쾌하지만 좀 나른한 하루를 보냈다. 다음날 아침 또 비가 내려서 점심시간까지 존 던의 시를 읽으며 방에서 시간을 보냈다. 존 던은 그후로도 언제까지나 그녀에게는 축축하고 흐릿한 날의 옅은 회색빛, 복도에서 놀고 싶어하는 아이의 징징대는 소리를 연상시키는 존재로 남았다. 이내 서배스천이 도착했다. 그는 물론 그녀를 보고 반가워했지만 뭔가 그의 태도에는 자연스럽지 못한 데가 있었다. 초조하고 불안해하는 모습이었고, 그녀가 표정을 살피려 할 때마다 얼굴을 돌렸다. 러시아에서 오래전 알았던 사람을 우연히 만나서 그의 차를 타고 갔다며 해변에서 몇 마일 떨어진 곳의 이름을 댔다. "당신, 무슨 일 있어요?" 그녀가 그의 부루퉁한 얼굴을 살피며 물었다.

"아, 아니, 아무 일도 없어." 그가 짜증스레 소리쳤다. "가만히 손놓고 앉아 있을 수는 없어. 일을 하고 싶어." 그는 이렇게 덧붙이고 시선을 피했다.

"솔직하게 얘기하고 있는 것 같지 않은데." 그녀가 말했다.

그는 어깨를 으쓱하고는 손바닥 가장자리로 들고 있던 모자에 파인 홈을 쓸어내렸다.

"가자," 그가 입을 열었다. "점심 먹고 런던으로 돌아가자."

그러나 저녁 전까지는 탈 만한 기차 편이 없었다. 날씨가 갰기 때문에 그들은 산책하러 나갔다. 서배스천은 한두 번은 평소처럼 밝은 태도로 그녀를 대하려 했으나 이래저래 흐지부지해져 다시 둘 다 침묵에 잠겼다. 그들은 해변가의 숲까지 갔다. 여전히 신비스럽고 음침한 긴장감이 흘렀다. 그녀는 이미 거기 가봤다는 말을 그에게 하지 않았지만, 그가 이렇게 말했다. "정말 이상할 정도로 조용한 곳이야. 으스스하지 않아? 낙엽과 메꽃 틈에서 꼬마 요정이라도 나타날 것 같아."

"여기 좀 봐요, 서배스천." 그녀가 그의 어깨를 잡고 갑자기 외쳤다. "무슨 일이 있는지 알고 싶어요. 아마 나에 대한 애정이 식었나보군요. 그런 건가요?"

"오 당신, 그런 말도 안 되는 소리를." 그는 진심으로 말했다. "하지만…… 당신이 꼭 알아야겠다면…… 저…… 난 거짓말을 잘 못해, 당신에게 말하는 편이 낫겠어. 실은 가슴과 팔에 갑자기 통증이 와서 빨리 베를린으로 가서 의사를 만나야겠다고 생각했어. 의사가 나를 입원시켰어…… 심각하냐고? 아니, 그렇지는 않을 거야. 관상동맥이랑 혈액 공급이랑 대동맥동大動脈洞 얘기를 했는데 그 의사는 뭐든지 다 아는 척하는 노인네인 것 같았어. 오늘은 또 아주 멀쩡한 기분이지만, 런던에 가서 다른 의사한테 가보고 다른 의견도 들어보려고……"

서배스천은 자신을 괴롭히는 심장질환이 어떤 것인지 이미 알고 있었던 것 같다. 그의 어머니도 다소 드문 협심증에 속하는, 일부 의사들은 '레만병'이라고 부르는 똑같은 병으로 죽었다. 그러나 첫번째 발작이 일어난 후로 가끔씩 왼쪽 팔 안쪽으로 가려움처럼 찌르르하는 묘한 통증을 느끼기는 했어도 적어도 일 년은 잠잠했던 것 같다.

그는 다시 하던 일로 돌아가서 가을, 봄, 겨울 내내 꾸준히 계속해 나갔다. 첫 작품은 비할 바가 못 되게 『성공』의 집필은 고된 작업이었다. 길이는 비슷했는데도 시간은 훨씬 더 많이 걸렸다. 나는 운좋게도 『성공』이 완성된 날의 생생한 묘사를 들었다. 나중에 만나게 된 사람 덕분인데, 이 장에서 내가 풀어낸 인상들 중 상당 부분은 모두 런던의 거리에서 무거운 발걸음을 옮기던 클레어 비숍에게서 슬쩍 엿보았던 어떤 수수께끼 같은 태도에서 그 불꽃을 얻은 것이기는 하지만, 프랫의 진술에 서배스천의 또다른 친구의 이야기를 보탠 것이기도 하다.

문이 열린다. 서배스천 나이트는 서재 바닥에 대자로 누워 있다. 클레어가 책상 위의 타자 친 종이들을 모아 정리하고 있다. 방에 들어오던 사람이 그 자리에 우뚝 멈춰 선다.

"아냐, 레슬리," 서배스천이 바닥에 누운 채 말한다. "난 죽지 않았어. 방금 막 하나의 세계를 다 지은 참이야, 그리고 이건 나의 안식일 휴식이야."

# 10

『프리즘의 홈』은 서배스천이 처음으로 진짜 성공을 거둔 덕에 다른 회사(브론슨)에서 재출간되고서야 겨우 그 진가를 인정받았지만, 그때에도 『성공』이나 『잃어버린 자산』만큼의 판매 부수를 올리지는 못했다. 첫 소설에서는 주목할 만한 예술적 의지와 문학적 자제력이 드러난다. 서배스천 나이트는 그가 잘 썼던 방식대로 패러디를 진지한 감정의 최고점으로 뛰어드는 일종의 도약판으로 이용했다. J. L. 콜먼은 이를 두고 '날개를 키워나가는 광대, 공중제비하는 비둘기를 흉내내는 천사'라고 말했다. 내가 보기에 매우 적절한 비유인 것 같다. 『프리즘의 홈』은 문필업계의 어떤 속임수에 대한 패러디에 교묘하게 기반을 두고 하늘로 곧장 솟구쳐오른다. 광적인 증오심에 가까운 감정으로 서배스천 나이트는 한때는 신선하고 눈부셨으나 이제는 닳고 닳아 너덜

너덜해진, 살아 있는 것들 사이의 죽은 것들을 추적했다. 색을 칠하고 또 덧칠해서 생명이 있는 척하고, 사기꾼을 알아보지 못하는 나태한 정신의 소유자들에게 계속해서 받아들여지는 그런 죽은 것들을. 부패한 아이디어는 그 자체로는 죄가 없을 수도 있고, 완전히 낡아빠진 이런저런 주제나 문체라도 여전히 흥미를 돋우고 기쁨을 줄 수 있다면 계속해서 이용해먹은들 죄랄 것까지야 없을지도 모른다. 그러나 서배스천 나이트 앞에서는 탐정소설에서 가져온 수법처럼 아주 사소하기 짝이 없는 것도 퉁퉁 불어 악취를 풍기는 시체가 되었다. 그는 보통의 도덕에는 관심이 없었으므로 '통속적인 싸구려 소설'에는 전혀 신경쓰지 않았다. 변함없이 그를 짜증나게 하는 것은 삼류도 그 이하도 아니고 이류였다. 여기 이 책 좀 읽는 단계에서 가짜들이 나오기 시작하고 예술적인 의미에서 이런 이류들이야말로 부도덕하기 때문이었다. 그러나 『프리즘의 홈』은 탐정소설의 배경에 대한 신나는 패러디일 뿐 아니라 다른 많은 것들을 사악하게 모방한 작품이었다. 예를 들면 서배스천 나이트가 은밀히 숨은 부패를 기묘하게 짚어내는 감각으로 현대소설에서 찾아낸 문학적 관습, 즉 유행하는 수법으로 제한된 공간(호텔, 섬, 거리)에 여러 종류의 사람들을 모아놓았다. 또한 사전에서 '동의를 표했다acceded'와 '악을 썼다yelped' 사이에서 찾아낼 수 있는 것만큼 다양한 '그가 말했다'의 변주를 찾아냄으로써 우아한 펜이 해결하는 서술과 묘사와 직접화법을 뒤섞는 문제뿐 아니라 여러 종류의 문체들을 풍자했다. 그러나 거듭 말하지만, 이 모든 이해하기 힘든 재미는 어디까지나 작가의 도약판일 뿐이다.

어느 숙소에 열두 명이 묵고 있다. 그 집은 아주 꼼꼼하게 묘사되어 있지만 '섬' 분위기를 강조하기 위하여 일차적으로 무대의 특징과 부동산 중개업자의 악몽이 겹쳐지는 지점에 이차적으로 천연의 안개가 더해진 곳으로 간략하게 그려진다. 작가가 (간접적으로) 지적했듯이 이러한 수법은, 아주 힘겨운 기숙사 생활을 보내는 주연 여배우를 꽤 현실적인 평범한 동급생 무리와 전혀 다른 화려한 모습으로 보여주는 영화의 관행과 관련이 있다. 투숙객들 중 한 명인 G. 애비슨이란 사람이 자기 방에서 살해된 채 발견된다. 장화에 대해서만 묘사된 마을 경찰관이 런던의 탐정에게 전화를 걸어 즉시 와달라고 부탁한다. 불운이 겹치는 바람에(그의 차가 노부인을 치고 그다음에는 기차를 잘못 타고) 도착하기까지 시간이 오래 걸린다. 그동안 지나던 길에 우연히 들렀다가 범죄가 발견된 순간 로비에 있었던 노즈백 영감을 포함하여 숙소의 손님들은 모두 로비에서 철저하게 조사를 받는다. 마지막으로 거론된, 입 주위가 노르스름하고 흰 턱수염을 길렀으며 코담뱃갑 수집이라는 해될 것 없는 취미를 지닌 온화한 노신사만 제외하고 다들 어느 정도는 의혹의 여지가 있다. 그들 중 한 수상한 미대생이 유난히 의심스럽다. 그의 침대 밑에서 피로 얼룩진 손수건 여섯 장이 발견되었다. 상황을 단순하게 만들고 '집중시키기' 위해서 하인이나 호텔 직원은 단 한 명도 특별히 언급되지 않으며 그들이 없다고 누구 하나 굳이 지적하지 않는다는 점에 주목할 수도 있겠다. 재빠른 임기응변으로 이야기에서 무엇인가가 바뀌기 시작한다(탐정은 아직도 오는 중이고 G. 애비슨의 뻣뻣해진 시신이 카펫 위에 놓여 있다는 사실을 기억해두어야 한다). 점차 모든 투숙객들이 이렇게 저렇게 서로 관련이 있다는 사실이 밝혀진다. 3호실 노부인은 알고 보니 11호실 바이올리니스트의 어머니다. 앞쪽 침실을 쓰는 소설가는 실은 3층 뒤쪽 방에 묵는 젊은 숙녀의 남편이다. 수상한 미대생은 다름 아닌 그 숙녀의 남동생이다. 누구에게나 아주 예의바른 둥그런 얼굴의 근엄한 인물은 보아하니 바이올리니스트의 아버지인 성마른 노대령의 집사다. 이런 식으로 서서히 계속 풀어나가다보면 미대생은 5호실의 뚱뚱하고 몸집 작은 여자와 약혼한 사이이고 그녀는 노부인이 이전 결혼에서 얻은 딸이다. 6호실의 아마추어 론테니스 챔피언은 바이올리니스트의 형제이며 소설가는 그들의 삼촌이고 3호실의 노부인은 성마른 노대령의 부인이다. 그러다가 문의 번호가 조용히 지워지고 숙소의 모티프는 어느새 자연스러운 암시들과 함께 시골 저택의 모티프로 부드럽게 바뀐다. 여기에서 이야기는 낯선 아름다움을 띤다. 익살맞게 보이도록 만들어진 시간의 개념(탐정은 길을 잃었다…… 한밤중에 어딘가에서 오도 가도 못하는 신세가 되었다)은 이제 몸을 웅크리고 잠에 빠진 것 같다. 이제 등장인물들의 생활이 실제적이고 인간적인 중요성을 지닌 채 빛을 내고 G. 애비슨의 잠긴 문은 그저 잊힌 헛간 문에 불과하게 되었다. 이야기 첫 부분과는 전혀 관계가 없고, 그래서 꿈의 영역으로 떠밀려 들어갔던 새로운 플롯, 새로운 드라마는 존재를 위해 싸우며 빛을 발하는 것 같다. 그러나 독자가 유쾌한 현실의 분위기에 취해 안전한 기분을 느끼고 작가의 우아하고 아름다운 산문이 뭔가 고상하고 풍부한 의도를 보여주는 듯한 바로 그 순간, 문을 두드리는 소리가 음산하게 울려퍼지며 탐정이 들어온다. 우리는 다시 패러디의 늪으로 빠져든다. 탐정은 뭔가 구린 데가 있어 보이는 남자로, h음을 빠뜨리고 말했는데, 이는 괴짜답게 보이려는 의도에서 나온 것이다. 이것은 셜록 홈스 유행의 패러디가 아니라 그에 관한 현대적인 반응에 대한 패러디이기 때문이다. 투숙객들은 또다시 조사를 받는다. 새로운 단서들에 대한 추측이 나온다. 온화한 노신사 노즈백은 아주 무심하게 누구에게도 피해를 주지 않고 빈둥거리고 있다. 그는 남는 방이 있는지 보려고 잠깐 들렀을 뿐이라고 설명한다. 가장 혐의가 없어 보였던 인물이 희대의 악당으로 밝혀지는 낡아빠진 트릭이 등장하려는 참이다. 탐정이 갑자기 코담뱃갑에 관심을 보인다. 그는 이렇게 말한다. "이보세요, 하트Hart는 어떻습니까?" 갑자기 경찰관이 시뻘게진 얼굴로 쿵쿵대며 들어와 시체가 사라졌다고 알린다. 탐정: "사라졌다니 무슨 소리요?" 경찰관: "사라졌다고요, 선생. 방이 텅 비었어요." 순간 우스꽝스러운 긴장감이 흐른다. 노즈백이 조용히 말한다. "제가 한번 설명해볼까요." 그가 천천히 아주 조심스럽게 턱수염을 떼어내고 회색 가발과 검은 안경을 벗자 G. 애비슨의 얼굴이 나타난다. 애비슨 씨는 자조적인 웃음을 짓고 말한다. "그래요, 살해당하고 싶어할 사람은 아무도 없지요."

나는 그 소설이 어떻게 구성되어 있는지 적어도 그 일부나마 보여주려고 최선을 다했다. 그 작품의 매력, 유머, 페이소스는 직접 읽어봐야만 느낄 수 있다. 그러나 습관적인 변형에 당혹감을 느끼는 이들이나, 어떤 책이 전혀 새로운 것임을 알게 되었으나 '좋은 책'이라는 개념과는 맞지 않는 요소가 눈에 띄면 그저 진절머리를 내고 마는 이들을 깨우쳐주기 위해 일러두자면, 『프리즘의 홈』에서 대략 '구성의 방식'이라고 부를 만한 것이 바로 이 책의 주인공이라는 점을 일단 이해해야만 제대로 즐길 수 있다. 마치 화가가 이렇게 말하는 식이다. 보시오, 여기 풍경을 그린 그림이 아니라 풍경을 그리는 여러 가지 다른 방법을 그린 그림을 보여드리고자 합니다. 그 방법들의 조화로운 융화가 바로 내가 여러분에게 보여드리고자 하는 풍경입니다. 첫번째 책에서 서배스천은 이러한 실험을 논리적이고 만족스러운 결론으로 끌어갔다. 여러 가지 문학적 방식을 극단까지 시험해보고 하나씩 지워나감으로써 자신만의 방식을 연역적으로 끌어내서는 다음 작품 『성공』에서 이를 충분히 활용했다. 여기에서 그는 한 걸음 더 높이 올라가 한 국면에서 다른 국면으로 넘어갔던 것 같다. 그의 첫 소설이 문학적 구성 기법에 기초하고 있다면, 두번째 소설은 주로 인간 운명의 기법을 다루고 있기 때문이다. 과학적인 정밀함으로 막대한 양의 자료를 분류하고 검토하고 배제하면서(이러한 자료의 축적은 작가가 자신의 인물에 대해 알고 싶은 것이면 무엇이든 알아낼 수 있다는 기초적인 가정하에 가능해진다. 쓸모없는 사소한 것들을 무작위로 뒤섞지 않고 정확하고 체계적으로 탐색하는 한, 이러한 능력은 작가 자신의 선택 방식과 목적에 의해서만 제한된다), 서배스천 나이트는 『성공』의 삼백 쪽을 어느 작가도 시도한 바 없는 가장 복잡한 조사에 바친다. 우리는 돈벌이 목적으로 여행을 하는 여행가 퍼시벌 Q가 인생의 어느 단계, 어떤 상황에서 마술사의 조수인 한 소녀를 만나 오래도록 함께 행복하게 살게 된다는 이야기를 듣는다. 그 만남은 우연이거나 우연처럼 보인다. 두 사람은 버스가 파업을 일으킨 어느 날 한 친절한 이방인의 차에 동승하게 된다. 이것이 공식이다. 실제 일어난 일로 보자면 하나도 재미없지만, 특별한 각도에서 잘 살펴보면 놀라운 정신적 기쁨과 흥분의 원천이 된다. 작가의 임무는 이 공식에 어떻게 당도하는가를 알아내는 것이다. 두 개의 인생 궤적을 접촉시키기 위한 방법을 찾아내기 위하여 작가는 자신의 기교가 지닌 모든 마법과 힘을 전부 동원한다. 책 전체가 정말로 우연한 사건들에 대한 엄청나게 멋진 도박에 불과하거나, 혹은 이쪽이 더 마음에 든다면 우연한 사건들의 병인학적病因學的 비밀을 찾는 탐사다. 가능성에는 제한이 없어 보인다. 여러 명확한 형태 조사의 결과로 다양한 성공이 뒤따른다. 거꾸로 쫓아 올라가다보면 작가는 어째서 파업이 하필 그날 일어나도록 정해져 있었는지를 알게 된다. 즉 평생 동안 숫자 9를 무척 좋아했다는 한 정치인의 취향이 그 근원에 있다. 이 사실이 우리에게 더 알려주는 것은 없으며 흔적은 사라진다(열띤 정당 간 논쟁을 목격할 기회는 주고서). 또다른 잘못된 단서는 이방인의 차다. 우리는 그가 누구이며 왜 하필 그 순간에 바로 그 거리를 지나고 있었는지를 알아내려 한다. 하지만 그가 지난 십 년간 매 주중에는 사무실에 출근하느라 같은 시간에 그 길을 지나다녔다는 사실을 알게 되면 그것으로 끝이다. 그러므로 두 주인공에게 만남의 외적 정황은 운명의 움직임을 보여주는 예가 아니라 어떤 우연한 의미도 없는 이미 주어진 사실, 고정된 항목이라고 가정하지 않을 수 없다. 그러면 왜 하고많은 이들 중에서 Q와 소녀 앤이 바로 그 장소까지 와서 길가에 잠시 나란히 서 있게 되었는가에 대한 문제로 관심을 돌리게 된다. 그리하여 한동안 그 소녀의 운명의 궤적을 거꾸로 추적해 올라가고, 그다음으로는 남자의 것을 따라가고, 둘을 비교해본 다음 다시 둘의 삶을 차례대로 따라간다.

이상한 점들이 무수히 발견된다. 점점 폭이 좁아지다가 마침내 한 점에서 만나게 되는 두 개의 궤적은 정체불명의 기반을 향해 계속 갈라지는 삼각형의 직선이 아니라 어느 순간 멀리 벌어졌다가 어느 순간에는 또 닿을 듯 가까워지는 굽이치는 선이다. 다시 말하자면 이 두 사람의 삶에는 자기들도 모르는 사이 서로를 만날 뻔했던 경우가 적어도 두 번은 있었다. 그때마다 운명이 그러한 만남을 엄청 세심하게 주의하여 준비해두었던 것처럼 보인다. 이런저런 가능성을 타진해보고, 출구를 가려내고 이정표를 다시 칠하고, 나비들이 팔랑거리고 있는 그물망을 잡은 손아귀를 서서히 좁혀가고, 아주 사소한 세부까지 타이밍을 정확히 맞추어 어느 것도 우연에 맡겨두지 않는다. 이러한 비밀스러운 준비가 밝혀진다는 것은 대단히 매력적인 일이다. 작가는 장소와 정황의 색채를 하나도 빠짐없이 고려하면서 백 개의 눈을 지닌 듯이 하나도 놓치지 않는다. 그러나 매번 미세한 실수(희미한 결함의 그림자, 위를 덮어 가려놓은 구멍처럼 미처 탐지하지 못한 가능성, 자유의지가 부린 변덕)가 숙명론자의 기쁨을 망쳐놓고 두 삶은 다시 점점 빠른 속도로 갈라져나간다. 그리하여 퍼시벌 Q는 마지막 순간 벌에게 입술을 쏘이는 바람에 운명이 천신만고 끝에 가까스로 앤을 데려다놓은 파티에 가지 못하게 된다. 그리하여 앤은 운명이 한순간 성질을 부린 탓에 Q의 형이 일하는 유실물 취급소에 용의주도하게 준비해둔 일자리를 얻는 데 실패한다. 그러나 운명은 어찌나 인내심이 강한지 실패에도 물러서지 않는다. 마침내 성공하는 순간 그것은 너무나도 정교하고 교묘한 술책으로 이루어져서, 마침내 두 사람이 만날 때에는 아주 작은 소리 하나 들리지 않을 정도다.

이 재치 있고 재미있는 소설을 더 자세히 파고들지는 않겠다. 서배스천 나이트가 나중에 쓴 책 세 권이 여러 면에서 뛰어나지만, 이 책은 그의 작품들 중에서 가장 잘 알려진 책이다. 『프리즘의 홈』에서 살펴본 바와 마찬가지로 나의 유일한 목적은 어디까지나 소설의 구성 방식을 보여주는 것이다. 이는 어쩌면 작품의 책략과는 별개로 책 자체가 남기는 아름다운 이미지에 불리하게 작용할지도 모른다. 덧붙이자면 이 책은 마지막 장을 완성할 당시 서배스천의 내면생활과 기묘하게 관련된 구절을 담고 있어서 작가의 예술의 감정적인 면보다는 뇌의 복잡한 움직임을 언급하는 일련의 논평과 대조하여 인용할 가치가 있다.

'윌리엄〔괴상할 만큼 여성적인, 앤의 첫번째 약혼자로, 나중에 그녀를 버린다〕은 평소처럼 그녀를 집까지 데려다주고 문간의 어둠 속에서 살짝 껴안았다. 문득 앤은 그의 얼굴이 젖어 있음을 느꼈다. 그는 손으로 얼굴을 덮고 손수건을 찾았다. 그가 말했다. "낙원에 비가 내리고…… 행복의 양파가…… 불쌍한 윌리는 이리저리 흐느적대는 수양버들." 그는 앤의 입가에 키스하고 약간 물기가 있는 소리를 내며 코를 풀었다. 앤이 말했다. "다 큰 남자들은 울지 않아요." "하지만 난 아직 다 안 컸어요." 그가 훌쩍거리며 대답했다. "저 달은 유치해요. 젖은 보도도 유치하고 사랑은 꿀을 빨아먹는 아기예요……" 그녀가 가로막았다. "제발 그만해요. 그런 식으로 말하는 거 내가 싫어하는 줄 알잖아요. 너무 바보 같아요. 너무……" "그러니까 윌리지요." 그가 한숨을 쉬었다. 그는 다시 그녀에게 키스했고 둘은 흐릿한 머리가 두 개 달린 은은하게 어두운 석상처럼 서 있었다. 경찰관이 밤夜에 목줄을 매어 끌고 지나가다가 발을 멈추고 밤이 우체통에 코를 대고 냄새 맡게 해주었다. 앤이 말했다. "나도 당신 못지않게 행복해요. 하지만 울고 싶다거나 말도 안 되는 소리를 주워섬기고 싶은 마음은 전혀 없어요." 그가 대꾸했다. "하지만 모르겠나요? 행복이 최고조인 상태에서도 언젠가는 죽어야 할 운명의 어릿광대에 불과하다는 것을 당신은 모르겠나요?" "잘 자요" 하고 앤이 말했다. "내일 여덟시" 하고 그는 그녀가 자리를 뜨자 울었다. 그는 부드럽게 문을 쓰다듬다가 거리로 나섰다. 그는 생각했다. 앤은 따듯하고 예쁘지, 난 그녀를 사랑해, 다 부질없어, 부질없어, 우리는 죽을 테니까. 과거 속으로 거꾸로 미끄러져 들어가는 것은 참을 수가 없다. 그 마지막 키스는 이미 죽었고 〈흰옷 입은 여자〉(그들이 그날 밤 보러 갔던 영화)는 완전히 죽었다. 곁을 지나쳐간 그 경찰관도 죽었고, 문조차도 그 문에 박힌 못처럼 죽어 있다. 마지막으로 했던 그런 생각조차 지금은 이미 죽은 것이 되었다. 코츠(의사)가 내 체구에 비해 심장이 너무 작다더니 그 말이 옳았어. 그러고는 한숨을 내쉰다. 그는 계속 혼잣말을 하며 정처 없이 걸음을 옮긴다. 그의 그림자가 긴 코를 쑥 빼다가, 허리를 굽혀 절하듯 가로등 뒤로 살짝 돌아간다. 음침한 숙소에 이른 그는 어두운 계단을 천천히 올라갔다. 잠자리에 들기 전에 마술사의 문을 두드려보니 그가 속옷 바람으로 서서 검은 바지를 살펴보고 있었다. "저기?" 윌리엄이 입을 뗐다…… "그들이 내 억양을 마음에 안 들어하는 것 같아. 하지만 늘 그렇듯 그 기회를 얻게 될 거야." 마술사가 대꾸했다. "머리를 염색하셔야 해요." 윌리엄은 침대에 앉더니 이렇게 말했다. "난 머리가 센 것이 아니라 벗어진 거라고." 마술사가 대답했다. "가끔씩 궁금해요, 우리가 흘리는 것들이 어디로 가는지요. 어딘가로 가기는 갈 테니까요. 빠진 머리카락이라든가 손톱……" 윌리엄이 말했다. "또 술 마셨군." 마술사는 별반 호기심을 보이지도 않고 말했다. 바지를 조심스레 갠 그는 윌리엄에게 바지를 매트리스 아래에 넣어야 하니 침대에서 비키라고 말했다. 윌리엄이 의자에 앉자 마술사는 하던 일을 계속했다. 종아리의 털이 곤두서 있었다. 그는 입술을 오므린 채 부드러운 손을 세심하게 움직였다. "전 그저 행복할 뿐이에요." 윌리엄이 말했다. "그래 보이지 않는구먼." 근엄한 노인의 대답이었다. "제가 토끼 한 마리 사드릴까요?" "필요하면 빌리면 돼." 마술사는 '필요하면'이라는 말을 마치 끝없는 리본이라도 되는 양 길게 늘여 뺐다. "우스꽝스러운 직업이에요. 소매치기가 미쳐버리지요, 주문 한 번이면 끝이니. 거지의 모자 속에 든 동전이나 아저씨 실크해트 속의 오믈렛이나. 터무니없지만 똑같아요." 윌리엄이 말했다. "우리는 모욕당하는 데에는 이골이 났어." 마술사가 대답했다. 그는 조용히 불을 껐고 윌리엄은 어둠 속을 더듬어 밖으로 나갔다. 자기 방 침대 위의 책들이 움직이기 싫어하는 것처럼 보였다. 그는 옷을 벗으면서 햇빛 비치는 세탁장의 금지된 행복, 그 푸른 물과 주홍색 손목을 상상했다. 그가 앤에게 셔츠를 빨아달라고 부탁할 수 있을까? 정말로 그가 또 앤을 짜증나게 만든 걸까? 그녀는 그들이 언젠가는 결혼할 거라고 정말로 믿고 있을까? 그녀의 순결한 눈 아래 반짝이는 피부의 희미한 작은 주근깨들. 약간 튀어나온 오른쪽 앞니. 보드랍고 따듯한 목. 그는 다시 눈물이 차오르는 것을 느꼈다. 앤도 메이, 주디, 줄리엣, 오거스타, 사랑이 식어버린 그의 다른 모든 연인들처럼 같은 전철을 밟게 될까? 옆방에서 어린 무희가 문을 잠그고, 씻고, 항아리를 내려놓고, 생각에 잠겨 헛기침하는 소리가 들려왔다. 쨍그랑하는 소리와 함께 뭔가가 떨어졌다. 마술사는 코를 골기 시작했다.'

# 11

나는 서배스천의 정서적인 삶에서 결정적인 지점을 향해 빠르게 접근해가고 있다. 여전히 내 앞에 놓인 과업을 희미하게나마 살펴보면서 이미 해놓은 일들을 보니 유난히도 마음이 불편해진다. 서배스천의 삶을 내가 바랐던 대로, 지금도 바라고 있는 대로 지금까지 마지막 시기와 관련하여 공정하게 그렸는가? 문학에 경험도 전무한데 외국어 관용구와 따분한 드잡이를 벌이다보면 누구라도 자신감 과잉이 될 수는 없다. 그러나 내가 앞의 장들을 쓰면서 나의 과업을 아무리 엉망진창으로 수행했을지라도 굴하지 않고 계속해나가기로 마음먹었다. 여기에서 서배스천의 그늘이 눈에 잘 띄지 않는 식으로나마 도움을 주려 한다는 비밀스러운 인식이 나를 버티게 해준다.

이보다 덜 추상적인 도움도 받았다. 클레어와의 만남이라고 할 수도 없는 반쪽짜리 이상한 만남이 있은 직후 1927년부터 1930년 사이에 클레어와 서배스천과 많은 시간을 보냈던 시인 P. G. 셸던을 찾아가자 그는 자기가 아는 것이라면 무엇이든지 기꺼이 말해주려 했다. 두어 달 후(나는 벌써 이 책을 시작한 후였다) 나에게 가엾은 클레어의 운명에 대해 알려준 사람도 그였다. 그녀는 아주 정상적이고 건강한 젊은 여성으로 보였는데 어떻게 텅 빈 요람 곁에서 피를 흘리다 죽어갔단 말인가? 그는 나에게 『성공』이 이름값을 하게 되자 클레어가 기뻐했다고 말했다. 이번에는 과연 성공이었던 것이다. 어째서 그런지, 왜 어떤 책은 훌륭한데도 실패작이 되고 그 못지않게 훌륭한 다른 책은 정당한 평가를 받는지는 언제까지나 미스터리로 남을 것이다. 서배스천은 첫 번째 소설과 마찬가지로 이번에도 『성공』이 널리 알려지거나 열렬한 박수갈채를 받게 하기 위해 손가락 하나 까딱하지도 않았고 줄을 대보려고 하지도 않았다. 통신사가 그에게 맛보기 삼아 찬사를 뿌려주기 시작했을 때에도 그는 기사를 구독하지도 않고 호의적인 비평가들에게 감사를 표하려 하지도 않았다. 책에 대해 생각한 바를 말함으로써 제 본분을 다할 뿐인 사람에게 사의를 표한다는 것은 서배스천에게는 부적절하다못해 얼음처럼 엄정한 판단에 미적지근한 인간적인 면을 비치는 모욕으로까지 여겨졌다. 더군다나 일단 한번 시작했다가는 자기만 빠뜨렸다고 마음 상하는 사람이 나오지 않도록 그다음으로 줄줄이 이어지는 모든 기사에 계속 감사를 표해야 할 것이다. 결국 이런 눅눅하고 어질어질한 온기는 점점 더해가서, 이런저런 비평가가 아무리 정직하기로 소문났다 해도, 감사를 표하던 작가는 그런 칭찬들 여기저기에서 개인적인 동정심이 끼어들지 않았다고 도저히 굳게 확신할 수는 없을 것이다.

우리 시대에는 명성이 너무 흔해져서 칭찬받을 만한 자격이 있는 책을 둘러싼 영속적인 빛과 혼동된다. 그러나 그게 무엇이든 간에 클레어는 즐길 생각이었다. 그녀는 서배스천을 보고 싶어하는 사람들을 만나고 싶었지만 서배스천은 단호하게 그들을 보고 싶지 않다고 물리쳤다. 그녀는 모르는 사람들이 『성공』에 대해 이야기하는 것을 듣고 싶어했지만 서배스천은 그 책에는 더이상 관심이 없다고 말했다. 그녀는 서배스천이 문인들의 클럽에 끼어서 다른 작가들과 어울리기를 바랐다. 서배스천은 두어 번 풀 먹인 셔츠를 입고 나갔다가 그를 환영하는 뜻에서 마련한 만찬 석상에서 한마디도 하지 않고 앉아 있다가 다시 돌아오곤 했다. 그는 몸이 그리 좋지 않았다. 잠도 잘 못 잤다. 그는 제 성질을 못 이기고 분통을 터뜨리곤 했다. 클레어로서는 처음 겪는 일이었다. 어느 날 오후 그가 서재에서 『우스꽝스러운 산』 작업을 하며 신경통의 어두운 바위 틈새에서 가파르고 미끄러운 길을 따라가려고 애를 쓰고 있는데, 클레어가 들어와서 최대한 부드러운 목소리로 손님이 오셨으니 맞이하겠느냐고 물었다.

"안 돼." 그는 방금 막 쓴 단어에 이를 드러내며 대답했다.

"다섯시에 오시라고 했으면서……"

"이제 됐어……" 서배스천이 소리를 지르면서 만년필을 하얀 벽에 집어던졌다. "나 좀 그냥 내버려둬." 그가 얼마나 목청껏 고함을 질렀던지 그전에 클레어와 옆방에서 체스를 두고 있던 셸던이 벌떡 일어나 온순하고 작은 남자가 기다리고 있는 복도로 통하는 문을 닫아버렸다.

가끔씩은 거친 장난기가 발동하기도 했다. 클레어와 친구 두엇과 함께 있던 어느 오후, 그는 저녁식사 후 만나기로 한 어떤 사람을 놀려먹을 아름답고 실용적인 장난을 생각해냈다. 이상한 일이지만 셸던은 그 계획이 무엇이었는지는 잊어버렸다. 서배스천은 웃음을 터뜨렸고 정말로 재미있을 때면 하는 대로 두 주먹을 맞부딪치면서 빙글 돌았다. 그들은 모두 신이 나서 출발하려는 참이었다. 클레어가 전화를 걸어 택시를 불렀다. 그녀의 새 은색 구두가 반짝거렸다. 그녀가 가방을 들었을 때 서배스천이 갑자기 그 일에 모든 흥미를 잃어버린 듯했다. 그는 지루한 얼굴을 하고 아주 짜증을 돋우는 태도로 거의 입을 벌리지도 않고 하품을 하더니 곧 자기는 개를 산책시키고 나서 잠자리에 들겠다고 했다. 그 당시 그는 작은 검은색 불도그를 키우고 있었다. 결국 흥이 깨져서 없던 일로 되었다.

『우스꽝스러운 산』이 완성되고, 다음으로 『검은 옷을 입은 백색증 환자들』이, 다음으로 그의 세번째이자 마지막 단편인 『달의 뒤편』이 나왔다. 그 작품에 나온 유쾌한 인물을 기억하는가? 세 가지 다른 방식으로 세 명의 불쌍한 여행객을 도운, 기차를 기다리는 온순한 작은 남자 말이다. 이 실러 씨는 아마도 서배스천이 만들어낸 인물들 가운데 가장 살아 있는 인물일 것이다. 그리고 어쩌다보니 내가 『프리즘의 홈』과 『성공』과 함께 논했던 '탐구 주제'의 마지막 대표가 되었다. 마치 두 권의 책을 통해 하나의 아이디어가 서서히 성장해가다가 드디어 진짜 실체를 가지고 터져나온 것 같다. 그래서 실러 씨는 세부적인 습관과 태도를 다 갖추고 손에 잡힐 듯하면서 독특한 모습으로 인사한다. 숱 많은 눈썹과 단정한 콧수염, 소프트칼라에 '막 뒤에 숨어 엿듣는 사람의 불룩하게 튀어나온 모습처럼 움직이는' 목젖, '형태를 보면 누구나

콧잔등은 어디로 가버렸을까 궁금해지게 만드는' 크고 강한 코에 불거진 붉은 포도줏빛 혈관을 지닌 그는 작은 검은 타이를 매고 낡은 우산('상복을 입은 오리')을 들었다. 콧구멍에는 시커먼 코털이 빽빽하고 모자를 벗으면 완전히 반짝이는 머리가 아름다운 놀라움을 안겨준다. 그런데 서배스천은 일이 잘될수록 기분이 나빠졌다. 특히 일을 쉬고 있는 기간에 그랬다. 셸던은 그가 몇 년 후 쓰게 되는 마지막 책(『의심스러운 아스포델』)의 세계가 이미 그를 둘러싼 모든 것에 그림자를 드리우고 있었고, 그의 소설과 이야기 들은 그를 어김없이 어떤 급박한 목표로 끌고 가는 예술적 모험을 핑계삼은 밝은 가면, 교활한 유혹자에 불과했다고 생각한다. 아마도 그는 늘 그랬듯이 클레어를 좋아했을 테지만, 그가 필멸에 대한 예민한 감각에 사로잡히기 시작하면서 그녀와의 관계는 실제보다 더 위태롭게 보였던 듯하다. 클레어로 말하자면, 그녀는 서배스천의 삶에서 서배스천 본인의 발길은 한 번도 닿은 적이 없는, 기분좋게 햇볕이 내리쬐는 어느 구석에서 선의에 찬 순진한 마음으로 아무런 생각도 없이 그저 미적거리고 있었다. 이제 그녀는 뒤에 남겨졌고 그를 따라잡아야 할지 돌아오라고 소리쳐 불러야 할지 도통 알 수가 없었다. 그녀는 서배스천의 작가로서의 업무를 돌봐주고 그의 삶을 전반적으로 정돈해주는 일로 활기차게 바쁜 상태를 유지했다. 물론 뭔가 잘못되어가고 있다고, 그의 상상력 넘치는 존재와 접촉이 끊어지는 것이 위험하다고 느꼈지만 아마도 곧 지나갈 불안이며 '머지않아 다 가라앉을 거라는' 생각으로 스스로를 다독였을 것이다. 물론 나로서는 그들 관계의 내밀한 부분까지는 다룰 수 없다. 우선 아무도 정확히 주장할 수 없는 것을 논하는 것도 우스운 일일 테고, 두

번째로는 '섹스'라는 단어의 쉿 쉿 하는 천박함과 끝의 '크스, 크스' 하는 야유로 이루어진 소리 자체가 나에게는 너무나 어리석게만 보여서 그 단어 뒤에 정말로 어떤 개념이라는 것이 있기나 한지 의심하지 않을 수 없다. 진짜로 인간의 문제와 씨름하면서 '섹스'를 특별한 상황으로 받아들이거나, 혹은 더 나쁘게도 이런 것이 존재한다면 말이지만 '성적인 생각'이 나머지 전체에 만연하거나 전부를 '설명하도록' 놔둔다면 추론의 심각한 오류다. '파도 한 번 친 것으로 바다의 달부터 뱀까지 바다 전체를 설명할 수는 없다. 그러나 움푹 파인 바위에 고인 웅덩이도 중국까지 이어진 다이아몬드가 잔물결로 부서지는 길도 모두 물이다.' (『달의 뒤편』)

'육체적인 사랑은 똑같은 것을 말하는 또다른 방식일 뿐, 일단 한번 울리면 영혼의 다른 부분까지 온통 다 반향하는 특별한 색소폰 음표는 아니다.' (『잃어버린 자산』, 82쪽.) '모든 것이 사물의 같은 순서에 속해 있다. 인간 지각의 일체감, 개성의 일체감, 그 물질이 무엇이 되었건 물질의 일체감이 그런 것이기 때문이다. 단 하나의 진정한 숫자는 하나이고 나머지는 단순한 반복일 뿐이다.' (같은 책, 83쪽.) 믿을 만한 정보통으로부터 클레어가 서배스천의 정사情事 기준에 미치지 못했음을 알게 되었다 할지라도, 이러한 불만족이 전반적으로 지나치게 흥분되고 초조해하는 그의 상태에 대한 이유라고 볼 수는 없을 것이다. 그러나 전반적으로 상황이 불만족스러웠다면 그가 자신의 로맨스의 색깔에도 불만을 느꼈을 수는 있을 것이다. 그러니까, 나는 불만족이라는 단어를 매우 느슨하게 사용하고 있다. 서배스천의 삶에서 당시 그의 기분은 단순한 염세주의나 우울증보다도 훨씬 더 복잡한 상태였기 때문이다. 이는 그의 마지막 작품 『의심스러운 아스포델』을 매개로 삼아야만 파악해볼 수 있다. 그 책은 그때까지는 멀리 희미하게 아른거리는 데 불과했다. 곧 그것은 해안의 윤곽으로 변했을 것이다. 1929년 유명한 심장 전문의인 오츠 박사는 서배스천에게 알자스의 블로베르그에서 한 달을 보내라고 조언했다. 그곳에서의 어떤 치료가 비슷한 여러 증세에 이롭다고 판명된 바가 있었다. 그가 혼자 가기로 암묵적인 동의가 이루어졌던 것 같다. 서배스천이 떠나기 전 프랫, 셸던, 클레어는 그의 아파트에 모여 차를 마셨다. 그는 활기가 넘쳤고 수다스러웠다. 또 클레어가 그가 안달복달 짜증내는 와중에 그의 짐을 챙기다가 그 속에 구겨진 손수건을 떨어뜨렸다고 그녀를 놀려댔다. 그러다가 셸던의 소매 끝을 갑자기 들추더니(그는 손목시계를 절대 차지 않았다) 시간을 슬쩍 엿보고는 아직 한 시간이나 여유가 있는데도 갑자기 서두르기 시작했다. 클레어는 그를 기차까지 바래다주겠다고 나서지는 않았다. 그가 싫어하는 줄 잘 알고 있었다. 그는 클레어의 관자놀이에 키스했고, 셸던은 그가 가방을 밖으로 나르는 것을 도와주었다(내가 앞서 멍청한 청소부와 인근 식당에서 그에게 식사를 가져다주는 웨이터를 제외하고는 서배스천이 하인을 고용하지 않았다는 말을 했던가?). 그가 떠나자 세 사람은 잠시 말없이 앉아 있었다.

갑자기 클레어가 찻주전자를 내려놓고 입을 열었다. "손수건이 그와 함께 가고 싶었던가봐요. 난 그 암시를 충분히 눈치챘고요."

"바보 같은 소리 하지 마요." 셸던이 말했다.

"안 될 게 뭐예요?"

"같은 기차를 타고 싶다는 뜻이라면," 프랫이 입을 열었다……

클레어가 다시 한번 되풀이했다. "안 될 게 뭐람. 아직 시간이 사십 분은 있는데. 집으로 서둘러 가서 한두 가지만 챙겨 택시를 타면……"

그리고 클레어는 그렇게 했다. 빅토리아 역에서 무슨 일이 있었는지는 알 수 없지만, 한 시간쯤 지나 클레어는 집으로 돌아가 있던 셸던에게 전화를 걸어 좀 처량하게 힘없이 웃으면서 서배스천은 기차가 떠날 때까지 자기가 플랫폼에 있는 것조차 원하지 않더라고 말했다. 가방을 들고 입술에 막 장난스러운 미소를 띠려는 그녀가 흐린 눈망울로 기차 창 너머를 자세히 살펴보며 그를 찾다가 마침내 발견하든가, 아니면 그가 먼저 그녀를 보는 장면이 아주 또렷이 떠오른다…… "안녕, 나 왔어요." 그녀는 틀림없이 밝게, 조금은 지나치게 밝게 말했으리라……

그는 며칠 후 클레어에게 그곳이 아주 마음에 들고 놀랄 만큼 상태가 좋다고 편지를 보내왔다. 그러고는 잠잠했다. 클레어가 걱정하는 전보를 보냈을 때에야 겨우 블로베르그에서의 체류를 줄이고 파리에서 한 주를 보낸 다음 집으로 돌아가겠다고 알리는 카드가 왔다.

그 주가 끝나갈 무렵 그가 나에게 전화를 걸었고 우리는 러시아 식당에서 함께 식사했다. 나는 1924년부터 그를 보지 못했는데 그때는 1929년이었다. 그는 몹시 지치고 아파 보였다. 얼굴이 너무 창백해서 방금 막 이발소에 다녀온 후였는데도 면도를 하지 않은 것처럼 보였다. 목뒤에는 종기가 나서 분홍색 반창고를 붙였다.

그가 나에 대해 몇 가지 질문을 던지고 나니 우리 둘 다 무슨 말로 대화를 이어나가면 좋을지 부담을 느꼈다. 나는 그에게 지난번에 그와 함께 있던 그 멋진 아가씨는 어떻게 지내는지 물었다. "무슨 아가씨?"

그가 되물었다. "아, 클레어 말이군. 그래, 잘 있지. 우리는 결혼한 사이나 마찬가지야."

"그건 좀 보기 안 좋은데." 내가 말했다.

"그렇다 해도 난 전혀 상관없어. 이제 '펠메니'* 먹을래?"

"형이 아직도 그 맛을 기억하고 있다니." 내가 말했다.

"내가 왜 기억 못하겠어?" 그가 건조하게 말을 받았다.

우리는 잠시 동안 말없이 먹기만 했다. 그러고는 커피를 마셨다.

"거기 이름이 뭐라고 했지? 블로베르그랬던가?"

"맞아, 블로베르그야."

"거기는 좋았어?"

"좋다는 기준이 뭐냐에 따라 다르겠지." 그는 이렇게 대꾸하고는 하품을 삼키느라 턱 근육을 움직였다. "미안, 기차에서 좀 자야겠다."

그는 갑자기 내 손목을 더듬어 잡았다.

"여덟시 반이야." 내가 대답해주었다.

"전화 한 통 해야겠다." 그가 중얼거리더니 손에 냅킨을 들고 식당을 가로질러 성큼성큼 걸어갔다. 오 분 후 그는 외투 주머니에 냅킨을 반쯤 처박은 채로 돌아왔다. 나는 그것을 끄집어냈다.

"저기, 정말 미안하다, 가봐야겠어. 약속이 있는 걸 깜박했어."

서배스천 나이트는 『잃어버린 자산』에서 이렇게 적었다. '식당에서 사람들이 누가 그들에게 음식을 가져다주고 외투를 맡아주고 그들을 위해 문을 밀어 열어주는지 전혀 알아차리지 못한다는 것이 항상 내

---

* 러시아식 만두.

마음을 괴롭혔다. 몇 주 전 언젠가 점심식사를 함께 했던 사업가가, 그리고 우리에게 모자를 건네주던 여자가 귀에 탈지면을 꽂고 있던 것이 떠올랐다. 그는 당황한 얼굴로 거기에 여자가 있었다니 전혀 알아채지 못했다고 말했다…… 어딘가 급히 가느라고 바빠서 택시 운전사의 입술이 구순열로 갈라진 것을 알아차리지 못한 사람도 내가 보기에는 편집광이다. 초콜릿 파는 소녀가 살짝, 아주 살짝 다리를 저는 모습에 의아해하는 사람이 인파 속에서 나 하나뿐이라는 생각을 하면 가끔씩 내가 장님들과 광인들 틈에 앉아 있는 듯한 기분이 든다.'

식당을 나와서 택시 승차장 쪽으로 가던 도중, 눈이 게슴츠레한 노인이 엄지손가락에 침을 묻히면서 서배스천인지 나인지 우리 둘 다에게인지, 배포하던 광고지를 내밀었다. 우리 둘 다 그것을 받지 않고 제안을 무시하는 침울한 몽상가들처럼 똑바로 앞만 바라보았다. "자, 그럼 잘 가." 나는 택시를 잡고 있는 서배스천에게 인사를 건넸다.

"언제 런던으로 나를 보러 와." 그가 자신의 어깨 너머로 힐끗 보며 말했다. "잠시만 기다려봐. 이럴 수는 없지. 거지를 그냥 지나쳤어……" 그는 나를 내버려두고 가더니 곧 손에 작은 종이 한 장을 쥐고 돌아왔다. 그는 꼼꼼히 읽어본 다음 그것을 버렸다.

"탈래?" 그가 물었다.

나는 그가 나를 떼어버리고 싶어 안달하는 것을 느꼈다.

"아니, 됐어." 나는 그가 운전사에게 준 주소를 보지는 못했지만, 그가 운전사에게 빨리 가달라고 말하던 것이 기억난다.

그가 런던으로 돌아갔을 때…… 아니, 이야기의 실이 끊어져버렸으니 다른 이들에게 다시 이어달라고 부탁하는 수밖에 없다.

클레어는 무슨 일이 생겼다는 것을 즉시 알아차렸을까? 그 무슨 일이 무엇인지 즉시 의문을 품었을까? 그녀가 서배스천에게 어떤 질문을 던졌는지, 그는 뭐라고 대답했는지, 그다음에 그녀는 또 무슨 말을 했는지 짐작해보아야 할까? 그러지는 않을 것이다…… 서배스천이 돌아오고 얼마 안 되어 그들을 만난 셸던은 서배스천이 이상해 보인다는 것을 알았다. 그러나 그는 전에도 이상해 보이기는 했다……

"곧 걱정이 되기 시작했지요." 셸던 씨가 말했다. 그는 클레어만 따로 만나서 그녀가 보기에는 서배스천이 괜찮은 것 같냐고 물었다. "서배스천 말인가요?" 클레어는 천천히 끔찍한 미소를 지으며 대답했다. "서배스천은 미쳤어요. 완전히 미쳤어요." 그녀는 연한 색의 눈을 크게 뜨고 되풀이해 말했다.

"이제는 나에게 말도 안 걸어요." 그녀가 작은 목소리로 덧붙였다.

그다음에 셸던은 서배스천을 만나 무슨 문제가 있느냐고 물었다.

"그게 너랑 무슨 상관이야?" 서배스천은 차갑게 쏘아붙였다.

"난 클레어를 좋아해. 왜 클레어가 넋 나간 몰골로 다니는지 알아야겠어." (그녀는 매일 서배스천에게 가서 전에는 한 번도 앉은 적이 없는 구석자리에 앉아 있곤 했다. 가끔은 서배스천을 위해 단것이나 타이를 가져오기도 했다. 단것은 손도 대지 않은 채 그대로 있었고 타이도 의자 등받이에 맥없이 걸쳐져 있었다. 그녀는 유령처럼 서배스천을 통과해 지나가는 것 같았다. 그러다가 왔을 때처럼 조용히 사라졌다.)

셸던이 말했다. "자, 솔직히 털어놔. 클레어한테 무슨 짓을 한 거지?"

# 12

셸던은 서배스천에게서 아무것도 알아내지 못했다. 그가 알게 된 것은 클레어 본인의 입을 통해서였다. 그나마도 얼마 되지 않았다. 런던으로 돌아온 후 서배스천은 블로베르그에서 만난 어떤 여자로부터 러시아어로 쓴 편지를 계속 받았다. 그녀는 그가 묵었던 호텔에 머물고 있었다. 다른 것은 알려진 바가 없었다.

육 주가 지난 후(1929년 9월) 서배스천은 다시 영국을 떠나 이듬해 1월까지 돌아오지 않았다. 그가 어디에 있는지 아무도 몰랐다. 셸던은 이탈리아일 거라고 추측했다. '연인들은 보통 거기에 가니까.' 그는 자신의 추측을 고집하지는 않았다.

서배스천이 클레어에게 마지막으로 사정을 설명했는지 아니면 떠나면서 편지 한 통만 남겼는지는 확실치 않다. 그녀는 왔을 때처럼 조용히 떠나갔다. 그녀는 방을 옮겼다. 그녀가 머무는 곳은 서배스천의 아파트에서 너무 가까웠다. 11월의 어느 우울한 날 프랫은 직장인 생명보험 사무소에서 귀가하던 중 안개 속에서 클레어를 만났다. 그후로 두 여자는 꽤 자주 만났지만 서배스천의 이름은 거의 입에 올리지 않았다. 오 년이 지나서 클레어는 결혼했다.

서배스천이 그 무렵 쓰기 시작한 『잃어버린 자산』은 그의 문학적 발견의 여정에서 일종의 휴지休止처럼 보인다. 요약하고, 물건들과 도중에 잃어버린 영혼들을 헤아리고, 방향을 잡는다. 안장을 벗은 말들이 어둠 속에서 풀을 뜯느라 쟁강거리는 소리, 모닥불의 불꽃, 머리 위에서 빛나는 별들. 비행기 충돌을 다룬 짧은 장이 나온다(한 명만 빼고 조종사와 승객이 다 죽었다). 생존자인 나이든 영국인은 사고 지점에서 좀 떨어진 곳에 있는 바위 위에 앉아 있다가 한 농부에게 발견되었다. 그는 몸을 웅크리고 앉아 있었다. 고통과 불행의 표상처럼. "많이 다치셨나요?" 농부가 물었다. "아닙니다." 영국인이 대답했다. "치통 때문이에요. 계속 아팠어요." 들판에 흩어져 있던 편지 여섯 통이 발견되었다. 항공 우편 가방에 남아 있던 것이었다. 그중 두 통은 아주 중요한 업무상 편지였다. 세번째는 어느 여자가 수신인으로 되어 있었지만 이렇게 시작했다. '친애하는 모티머 씨, 6일에 보내주신 편지에 대한 답신으로……' 그리고 주문에 관한 문제를 다루었다. 네번째는 생일 축하 편지였다. 다섯번째는 건초 더미 속에 바늘 숨기듯 한가로운 긴 잡담 속에 비밀을 숨겨둔 스파이의 편지였다. 마지막 편지는 봉투에는 무역회사 앞으로 주소가 적혀 있지만 속에는 엉뚱하게도 연애편지가 들어 있었다. '마음 아프겠지요, 가엾은 내 사랑. 우리의 피크닉은 끝났습니다. 어두운 길은 울퉁불퉁하고 차에 탄 어린 아기는 병이 나려고 해요. 천박한 바보는 당신에게 말하겠지요. 용감해져야 한다고. 하지만 내가 도움을 주거나 위로를 한답시고 당신에게 할 수 있을 법한 말은 어떤 것이든 밀크푸딩 같은 말뿐입니다. 무슨 뜻인지 알겠지요. 당신은 내 말뜻을 항상 알아들었으니까요. 당신과 함께한 삶은 아름다웠습니다. 내가 아름다웠다고 말하는 것은 비둘기들doves과 백합들lilies, 벨벳velvet, 가운데의 부드러운 분홍빛 'v'와 당신의 혀가 구부러지며 길게 끌듯 'l'을 발음하는 식을 뜻하는 겁니다. 우리가 함께한 삶은 두운이 맞았지요. 우리가 함께 나눌 수 없기에 죽어갈 그 모든 작은 것들을 생각하면, 우리도 죽은 것 같은 기분이 듭니다. 어쩌면 정말 죽은 것일지도 모릅니다. 당신도 알다시피 우리의 행복이 커져갈수록 마치 윤곽선이 녹아내리듯 그 가장자리는 점점 더 흐릿해져갔고, 이제는 다 녹아서 뒤섞여버렸습니다. 당신에 대한 사랑을 거두지 못했지만 내 안에서 무언가가 죽어버렸습니다. 당신의 모습이 안개 속에서 보이지 않아요…… 이것은 전부 시입니다. 나는 당신에게 거짓말을 하고 있습니다. 용기가 부족한 탓이지요. 변죽만 울려대는 시인보다 더 비겁한 것도 없습니다. 사정이 어떻게 된 것인지 당신도 짐작했겠지요. '다른 여자'라는 뻔하디뻔한 공식입니다. 그녀와 함께 있으면 끔찍하게 불행합니다. 그 점만큼은 사실입니다. 거기 대해서는 더 할 얘기가 없을 것 같습니다.

사랑에 대해서 본질적으로 잘못된 점이 있다는 느낌을 지울 수가 없습니다. 친구 사이에서도 말다툼을 하고 사이가 멀어질 수도 있고, 가까운 친척들 사이에서도 그렇지요. 하지만 사랑에 따라붙는 이런 격통, 이런 비애, 이런 숙명은 없습니다. 우정은 결코 이토록 불운한 모습이 아닙니다. 왜, 무엇이 문제일까요? 당신에 대한 사랑을 거둔 적은 없지만 흐릿해진 당신의 사랑스러운 얼굴에 계속 키스할 수는 없기 때문에 우리는 헤어져야 합니다, 헤어져야 합니다. 왜 그런 것일까요? 이러한 신비스러운 배타성은 무엇일까요? 친구는 천 명이라도 가질 수 있지만, 연인은 한 명뿐입니다. 하렘은 이 문제와 아무런 관계가 없습니다. 나는 체조가 아니라 춤에 대해 이야기하고 있는 겁니다. 아니면 내가 당신을 사랑하듯이 사백 명의 아내를 하나하나 다 사랑해주는 대단한 터키인을 상상할 수 있을까요? 내가 '둘'이라고 말한다면 수를 헤아리기 시작한 것이고 끝이 없겠지요. 진정한 숫자는 오직 하나뿐입니다. 하나. 그리고 사랑은 확실히 이러한 유일무이성의 최고 주창자입니다.

안녕, 가엾은 내 사랑. 당신을 결코 잊지 못할 것이고 당신을 다른 사람으로 대체하지도 않을 것입니다. 당신이 순수한 사랑이었다고, 이 또다른 열정은 육체의 희극에 불과하다고 당신을 설득하려 한다면 우스꽝스러울 테지요. 그러나 한 가지만은 확실합니다. 나는 당신 곁에서 행복했었고 지금은 다른 사람 곁에서 불행합니다. 그렇게 삶은 계속될 테지요. 사무실에서 친구들과 농담을 주고받고 저녁식사를 즐기고(소화불량이 올 때까지) 소설을 읽고 시를 쓰고 재고를 확인하고—대체로 늘 해오던 대로 계속해나갈 겁니다. 하지만 그렇다고 당신 없이 행복하게 지낼 거라는 뜻은 아닙니다. 당신을 떠올리게 만드는 온갖 소소한 것들, 당신이 쿠션을 매만지고 포커게임을 하던 방의 가구들에 대한 당신의 못마땅한 표정, 우리 눈에 띄곤 했던 온갖 사소한 것들—그것들은 언제까지나 내게 있어 조개껍질 반쪽, 일 페니 동전 반쪽과도 같을 것입니다. 나머지 반쪽은 당신에게 있습니다. 안녕. 떠나가요, 떠나요. 편지도 하지 마요. 누구라도 상관없으니 잇새에 담배 파이프를 문 선량한 남자 아무와 결혼하세요. 이제 나를 잊어요. 하지만 훗날 쓰라린 기억이 잊히면 나를 떠올려줘요. 이 얼룩은 눈물자국이 아닙니다. 만년필이 망가져서 이 지저분한 호텔방에서 지저분한 펜을 쓰고 있어요. 날씨는 끔찍이도 무덥고 모티머의 표현을 빌리자면 '만족스러운 결말'을 끌어내야 했던 업무를 아직 매듭짓지도 못했어요. 당신한테 아직 내 책이 두어 권 있을 텐데요. 하지만 그거야 대수로운 건 아니지요. 부디 편지는 하지 말아주세요. L.'

이 허구의 편지에서 이른바 작가의 개인적인 내용을 모두 뽑아낸다면, 서배스천이 느꼈을 법한 것들, 심지어 클레어에게 써보냈을 법한 것들이 제법 많을 듯하다. 그는 그가 창조한 가장 그로테스크한 인물들에게까지도 자기가 이리저리 굴려보았을 만한 이런저런 생각이나 인상, 욕망을 부여하는 기묘한 버릇이 있었다. 그의 주인공이 쓴 편지는 클레어와 그의 관계에 대해 몇 가지 진실을 표현한 일종의 암호였을 수도 있다. 어떤 작가가 또 이렇게 당혹스러운 식으로 자신의 예술을 이용하는지 모르겠다—작가 뒤에 있는 진짜 인간을 보기를 원하는 나에게는 당혹스럽다. 상상해낸 자연의 희미한 빛 속에서 개인적인 진실의 빛을 알아보기는 어렵다. 하지만 훨씬 더 이해하기 어려운 것은 글을 쓰던 당시 자신이 정말로 느꼈던 것을 쓰고 있는 사람이 동시에—그리고 자기 마음을 괴롭히는 바로 그것으로부터—허구적이고 약간은 비합리적인 인물을 만들어낼 힘이 있었다는 놀라운 사실이다.

서배스천은 1930년 초 런던으로 돌아와 아주 심한 심근경색을 겪은 후 병석에 누웠다. 그 상태에서 『잃어버린 자산』의 집필을 겨우겨우 계속해나갔다. 내 생각에 그의 책 중에서는 가장 쉬운 책이다. 이제 작가로서의 그의 업무를 전적으로 관리하던 클레어가 떠난 후 벌어진 상황과 관련지어 이해할 필요가 있다. 그녀가 떠난 후 얼마 되지도 않아 모든 일이 엉망진창으로 꼬여버렸다. 서배스천은 대부분의 일에서 상황이 어떻게 돌아가는지, 이런저런 출판사와 자신이 정확히 어떤 관계를 맺고 있는지 전혀 몰랐다. 우왕좌왕 혼란에 빠진 그는 완전히 속수무책이 되었다. 절망적이게도 어떤 이름이나 주소도, 물건을 놓아두었던 장소도 기억해낼 수가 없게 되어 최악의 곤경에 빠지고 말았다. 이상한 일이지만 클레어는 많은 여자들이 그렇듯 건망증이 있으면서도 서배스천의 일을 처리할 때만은 꾸준히 목표를 향해 흠잡을 데 하나 없이 깔끔하게 해냈다. 그런데 이제는 모든 것이 난장판이 되고 말았다. 그는 타자기 쓰는 법을 배운 적도 없고 이제는 너무 초조해서 시작할 수도 없었다. 『우스꽝스러운 산』이 미국 잡지 두 군데에서 동시에 발표되었는데, 서배스천은 자기가 어쩌다가 두 사람한테 각각 소설을 팔았는지 기억도 나지 않았다. 그다음에는 『성공』을 축약하고 '강화한' 판본을 영화화하고 싶어서 서배스천에게 선금을 주었다는(그는 하도 정신이 없어서 편지를 읽으면서도 이를 알아차리지 못했다) 사람과 복잡한 문제가 불거졌다. 서배스천은 그런 식의 영화화는 꿈에도 생각한 적이 없었다. 『프리즘의 홈』이 다시 시장에 나왔지만, 서배스천은 이것도 잘 몰랐다. 초대장에는 답장조차 보내지 않았다. 전화번호는 다 잘못된 것들이었고, 전화번호들을 휘갈겨 적어놓았던 봉투들을 찾는 일이 소설을 쓰는 것보다도 더 그의 진을 뺐다. 그의 마음은 곁에 없는 정부를 기다리며 그녀를 좇아 다른 곳을 헤맸다. 그러면 곧 그녀의 전화가 오거나 자기가 더이상 긴장을 참을 수가 없게 되곤 했다. 로이 카즈웰이 언젠가 보았던 그런 몰골이었다. 침실 슬리퍼를 신고 긴 외투를 입고 풀먼식 침대차에 오르는 수척한 남자.

굿맨 씨가 나타난 때가 바로 이 시기가 막 시작된 무렵이었다. 서배스천은 조금씩 자신의 일을 그에게 넘겼고, 이렇게 유능한 비서를 만나서 마음이 푹 놓였다. 굿맨 씨는 이렇게 썼다. '대개 그는 부루퉁한 표범처럼(이 표현은 어쩐지 '빨간 망토' 이야기에 나오는 나이트캡을 쓴 늑대를 연상시킨다) 침대에 누워 있었다……' 그는 다른 대목에서 이렇게 썼다. '그렇게 낙담한 표정은 내 평생 처음 보았다…… 의식적으로든 무의식적으로든 나이트가 모방했던 프랑스 작가 마르셀 프루스트 또한 어떤 무기력하고 "흥미를 끄는" 자세를 굉장히 좋아한다고 들었다……' 이런 내용도 있다. '나이트는 매우 야위고 창백한 안색에 섬세한 손을 지녀서 여성적인 교태를 부리며 손을 내보이기를 좋아했다. 한번은 나에게 아침에 목욕할 때 프랑스 향수 반병을 붓는다고 고백한 적도 있다. 하지만 아무리 그래도 어설프게 꾸민 티가 심하게 났다…… 나이트는 대부분의 모더니스트 작가들이 그렇듯 놀라우리만치 허영심이 강했다. 그가 신문에서 오려낸 기사, 당연히 그의 책에 관한 기사를 책상 서랍에 자물쇠를 채워 보관해두는 값비싸고 아름다운 앨범에 붙이는 모습을 한두 번 우연히 본 적이 있다. 그는 자신의 인간적인 약점의 산물이 나의 비판적인 눈에 띈 것이 좀 부끄러운 듯했다…… 그는 일 년에 두 번 해외로 나갔는데 단언컨대 아마도 게이 파리Gay Paree였을 것이다…… 그러나 그는 그 일에 대해서는 극히 말을 아꼈고 바이런을 흉내낸 나른한 태도를 과시했다. 유럽으로의 여행이 그의 예술적 프로그램의 일부였다는 느낌을 지울 수 없다…… 그는 완벽한 "가식쟁이"였다.'

그러나 굿맨 씨가 점점 더 진짜 열띤 웅변을 토하는 부분은 그가 더 깊은 문제들을 드러내기 시작한 시점이기도 하다. 그의 생각은 '예술가 나이트와 그를 둘러싸고 엄청나게 번성하는 세계 사이의 치명적인 분열'을 보여주고 설명하자는 것이다—(틀림없이 순환논리의 균열이다). '나이트의 부적응은 그의 파멸의 원인이었다.' 굿맨 씨는 이렇게 외치며 점 세 개를 찍는다. '당혹감에 빠진 인류가 작가며 사상가들에게 간절히 매달려 문제와 상처에 대한 치유책까지는 아닐지라도 관심을 보여주기를 요구하는 시대에 냉담함은 대죄다…… "상아탑"은 등대나 방송국으로 바뀌지 않는다면 존재할 이유가 없다…… 경제 불황…… 버려지고…… 속고…… 거리의 사람…… 확장되는 전체주의…… 실업…… 다음에 닥쳐올 엄청난 전쟁…… 가정생활의 새로운 국면들…… 섹스…… 우주의 구조…… 화급한 문제들이 차고 넘치는…… 이런 시대에…… ' 굿맨 씨의 관심사는 보다시피 넓기도 하다. 그는 이렇게 말을 이어간다. '그런데 나이트는 동시대의 문제에 대해 털끝만큼의 관심도 갖기를 완벽히 거부했다. ……어떤 운동에 함께하자고, 중대한 모임에 참여해달라고, 혹은 영원한 진실에 대한 선언문이나 엄청난 부당함에 대한 규탄과 관련해 더 유명한 다른 이름들 속에 그저 서명만 덧붙여달라는 부탁을 받을 때면…… 그는 내가 아무리 그를 책망하고 애원까지 해보아도 단칼에 딱 잘라 거절했다. ……

사실 그는 마지막(이자 가장 애매모호한) 책에서 세상을 조망했다…… 그러나 그가 선택한 각도와 그가 언급한 측면들은 진지한 독자라면 당연히 진지한 작가에게 기대할 내용과는 거리가 멀었다…… 그것은 마치 삶과 어떤 훌륭한 기업의 조직을 조사하려는 양심적인 조사원에게 정교한 말솜씨로 말을 빙빙 돌려서 창틀의 죽은 벌 한 마리를 보여주는 것과 같았다…… 일반적이고 핵심적인 관심사를 담고 있어서 나를 사로잡은 이런저런 책에 관심을 가지라고 할 때마다 그는 "다 쓸데없는 헛소리"라고 유치한 대꾸를 하거나 전혀 관계없는 딴소리를 늘어놓곤 했다…… 그는 고독solitude이라는 단어를 고위altitude와 라틴어의 태양sol으로 혼동했다. 그는 그것이 단지 어두운 구석일 뿐이라는 사실을 깨닫지 못했다…… 그러나 대단히 예민할 때는(내가 손가락을 잡아당겨 관절 꺾는 소리를 낼 때면—깊이 생각에 빠질 때의 나쁜 버릇이다—그가 움찔하던 기억이 난다) 뭔가 잘못되었다고…… 삶에서 자기 자신을 계속해서 분리해내고 있다고…… 그의 일광욕실의 스위치가 작동하지 않게 될 것이라고 느끼지 않을 수 없었다. 변덕스러운 젊은 시절 거친 세상에 내팽개쳐지면서, 성실한 젊은이로서 무례한 세계에 반응하느라 불행은 시작되었지만, 그가 나중에 작가로서 성공했을 때에는 유행에 따른 가면을 쓴 모습을 남들 앞에 내보이면서 이제 불행은 새롭고 흉측한 현실성을 띠게 되었다. 그의 가슴을 꾸며주었던 장식판에는 더이상 "나는 외로운 예술가입니다"라고 쓰여 있지 않았다. 대신 보이지 않는 손가락이 그 글귀를 "나는 눈멀었습니다"로 바꾸어놓았다.'

굿맨 씨의 훌륭한 입담에 대해 내가 굳이 언급한다면 독자의 감각에 대한 모욕이 될 것이다. 서배스천이 눈멀었다면 그의 비서는 짖어대며 끌고 가는 리더의 역할에 열렬히 빠져들었다. 로이 카즈웰은 1933년 서배스천의 초상화를 그리고 있었는데, 서배스천으로부터 굿맨 씨와의 관계에 대한 설명을 듣고 배가 아프게 웃었던 기억이 난다고 내게 말했다. 굿맨 씨가 뒤에서 너무 설치지만 않았던들 서배스천이 그런 잘난 척하는 사람을 제거할 만큼 정력을 발휘하지는 않았을 가능성이 크다. 1934년 서배스천은 칸에서 로이 카즈웰에게 굿맨 씨가 『우스꽝스러운 산』에서 스완의 별칭을 바꾸어놓은 것을 우연히 발견했다는(그는 자기 책을 다시 읽는 법이 거의 없었다) 편지를 보냈다. '나는 그를 해고했다네.' 서배스천이 덧붙였다. 굿맨 씨는 이런 중요하지 않은 세부에 대한 언급을 삼갔다. 쌓아두었던 인상들을 모조리 쏟아내고 서배스천의 죽음의 진짜 원인은 마침내 '인간으로서 실패했고, 그러므로 예술가로서도 실패했다'는 깨달음이라고 결론지은 다음, 그는 다른 일을 시작하게 되어 비서직을 그만두게 되었다고 명랑하게 얘기한다. 굿맨 씨의 책에 대해서는 더이상 얘기하지 않겠다. 더 볼 것도 없다.

그러나 로이 카즈웰이 그린 초상을 볼 때면 표정에서는 슬픔이 드러나도 서배스천의 눈은 살짝 빛나는 것만 같다. 화가는 촉촉하고 진한 녹회색 홍채를 훨씬 더 짙은 홍채의 가장자리와 별처럼 반짝이는, 눈동자를 둘러싼 금가루로 기가 막히게 표현해냈다. 눈꺼풀은 무겁고 살짝 흥분된 듯하며 혈관 한두 개가 반들거리는 눈에 불거져 있는 것 같다. 이 눈과 얼굴 자체가 맑은 물에 비친 나르키소스 같은 인상이 잘 전달되도록 그려져 있다. 조금 전까지 멈춰 있다가 뒤로 가버린 물거미 탓에 푹 꺼진 뺨에 잔물결이 보일락 말락 져 있다. 시든 이파리 하나가 반사된 이마 위에 떨어져서 골똘히 응시하는 남자의 이마처럼 주름을 만든다. 이마를 덮은 뒤엉킨 검은 머리칼의 일부에는 또다른 잔물결이 져 있지만, 관자놀이를 덮은 한 가닥에는 물기를 머금은 햇살이 반짝인다. 곧은 눈썹 사이에는 깊은 골이 파였고, 코에서 굳게 다문 탁한 빛깔의 입술까지 골이 또하나 파였다. 이 머리보다 더 멋진 것은 없다. 상체가 뒤로 서서히 멀어지는 듯 어두운 오팔색의 그늘이 목에 드리워져 있다. 전체적인 배경은 한쪽 구석에 섬세하게 짜인 잔가지들의 격자무늬와 함께 신비스러운 푸른색을 띤다. 그렇게 서배스천은 연못에 비친 자신의 모습을 들여다보고 있다.

"그의 뒤나 위쪽 어딘가에 있는 여인을 암시하고 싶었습니다—손의 그림자나 뭐 그런 것으로…… 하지만 그림이 아니라 이야기가 될까 두려웠지요."

"저, 그녀에 대해서는 다들 아는 게 없는 것 같더군요. 셸던조차도요."

"그녀는 그의 삶을 망가뜨렸습니다, 그녀를 한마디로 요약하자면 그렇지요, 안 그렇습니까?"

"그래도 더 알고 싶어요. 전부 다 알고 싶습니다. 그러잖으면 형은 당신의 그림처럼 불완전한 모습으로 남게 될 테니까요. 아, 그림은 아주 좋습니다, 놀랍도록 닮았어요, 저는 저 물 위에 떠 있는 거미가 너무나 마음에 듭니다. 특히 아래쪽의 저 굽은 발 그림자가요. 하지만 얼굴은 그저 우연히 물에 비친 모습일 뿐입니다. 누구라도 물속을 들여다볼 수는 있습니다."

"하지만 그가 특히 그런 일을 잘했다고 생각하지는 않으십니까?"

"예, 무슨 말씀이신지 알겠습니다. 그래도 그 여자를 찾아야만 합니다. 그녀는 형의 진화 과정에서 잃어버린 고리입니다. 그녀를 손에 넣어야 합니다. 과학적인 필요성에서요."

"당신이 그녀를 찾아내지 못할 거라는 데 이 그림을 걸겠습니다." 로이 카즈웰의 말이었다.

# 13

첫번째 할 일은 그녀의 정체를 알아내는 것이었다. 어떻게 탐색을 시작하면 좋을까? 내가 갖고 있는 자료가 뭐가 있나? 1929년 6월, 서배스천은 블로베르그의 보몽 호텔에 묵고 있었고 거기에서 그녀를 만났다. 그녀는 러시아인이었다. 단서라고는 그것뿐이었다.

나도 서배스천처럼 편지 부치는 일을 지독히 싫어한다. 아무리 짧은 편지라도 편지를 써서 봉투를 찾고 맞는 주소를 찾고 맞는 우표를 사고 편지를 부치는 짓을 하느니(그리고 내가 서명을 했던가 안 했던가 기억해내느라고 또 머리를 쥐어짜다시피 해야 한다) 천 마일을 여행하는 편이 더 쉽게 느껴진다. 게다가 미묘한 작업에 달려들려는 참에 편지나 주고받고 있을 수는 없었다. 1936년 3월, 영국에서 한 달을 머문 후 나는 여행사와 상담하여 블로베르그로 출발했다.

꼿꼿이 위로 뻗은 포플러나무들이 어렴풋이 떠 있는 하얀 안개의 긴 자취가 남아 있는 젖은 들판을 바라보며 그가 여기를 지나갔었구나 하고 생각했다. 빨간 타일을 붙인 집들이 모인 작은 마을이 은은한 잿빛 산자락 아래 웅크려 있었다. 모습은 보이지 않지만 이동중인 트럭에서 소들의 구슬픈 울음소리만 들려오는 인적 없는 작은 역의 물품 보관소에 가방을 맡겨놓고 습한 냄새가 나는 공원 너머 호텔들과 요양소들이 모여 있는 쪽을 향해 완만한 고갯길을 올라갔다. '성수기'가 아니어서 사람이 거의 없었다. 호텔이 문을 닫았을 수도 있겠다는 생각이 퍼뜩 떠올랐다.

하지만 그렇지는 않았다. 그러니까 아직까지는 운이 따라주었다.

호텔에는 잘 가꾸어진 정원과 싹이 터오르는 밤나무들이 있어서 제법 쾌적해 보였다. 오십 명 이상 묵기는 어려울 듯싶었다. 그 생각을 하며 마음의 준비를 했다. 선택의 폭을 좁히고 싶었다. 호텔 지배인은 하얗게 센 머리에 턱수염을 잘 다듬고 벨벳같이 눈이 검은 남자였다. 나는 아주 조심스럽게 일을 시작했다.

먼저 죽은 형이자 유명한 영국 작가인 서배스천 나이트가 이곳에서의 체류에 대단히 만족해서 나도 여름 동안 이 호텔에 묵을 생각이라고 말문을 뗐다. 방을 잡고 조용히 들어가 환심을 사서, 말하자면 더 호의를 보이는 순간이 올 때까지 일단 나의 특별한 청을 미루어두는 편이 나았을지도 몰랐다. 그러나 나는 문제를 그 자리에서 해결할 수도 있을 거라 생각했다. 그는 알겠다고 했다. 1929년에 여기 묵으며 매일 아침 목욕을 하고 싶어했던 영국인을 기억하고 있었다.

"그는 친구를 쉽게 사귀는 사람은 아니었지요, 그렇죠?" 나는 짐짓

별 뜻 없는 질문인 척 물었다. "항상 혼자 다니지 않았나요?"

"아, 아버지와 함께 여기 오셨던 것 같습니다." 호텔 지배인이 애매하게 대답했다.

우리는 잠시 동안 지난 십 년간 보몽 호텔에 묵었던 영국인들 서너 명을 구분하느라 씨름을 했다. 나는 그가 서배스천을 그리 확실히 기억하지 못한다는 것을 알았다.

"솔직하게 말씀드리지요." 나는 바로 부딪쳐보기로 했다. "제 형의 친구였던 어느 부인의 주소를 좀 알고 싶습니다. 그분도 형과 같은 시기에 여기 머물렀어요."

호텔 지배인이 눈썹을 살짝 추켜올렸다. 나는 바보짓을 저질렀다는 불안한 심경에 사로잡혔다.

"어째서요?" 그가 물었다. ('뇌물이라도 줘야 하나?' 이런 생각이 순간적으로 떠올랐다.)

"저, 제가 원하는 정보를 찾아주시면 기꺼이 사례하겠습니다."

"정보라니요?" 그가 되물었다. (그는 멍청하고 의심 많은 노친네였다—그가 이 구절을 절대 읽는 일이 없기를.)

"친절을 베푸셔서 나이트 씨와 같은 시기, 그러니까 1929년 유월에 머물렀던 숙녀분의 주소를 좀 제가 찾을 수 있도록 도와주실 수 없을까요?" 나는 참을성 있게 말을 이었다.

"숙녀분이라니요?" 그는 루이스 캐럴의 소설에 나오는 애벌레처럼 따지는 투로 물었다.

"이름은 잘 모릅니다." 내가 초조하게 대답했다.

"그러면 어떻게 제가 그분을 찾을 수 있겠습니까?" 그가 어깨를 으쓱하며 대꾸했다.

"그분은 러시아인이었습니다. 러시아 숙녀—젊은 숙녀—미모가 뛰어났던…… 분 혹시 기억나지 않으십니까?"

"*예쁜 숙녀분들이야 많이 오시지요.* 제가 어떻게 다 기억하겠습니까?" 지배인이 대답하는 투가 점점 더 차가워졌다.

"저, 제가 숙박부를 한 번 보고 1929년 유월에 묵은 러시아 이름을 찾아볼 수 있다면 가장 쉬울 겁니다."

"한두 분이 아닐 텐데 이름도 모르면서 어떻게 찾아낸단 말입니까?"

"이름과 주소만 좀 보여주십시오. 나머지는 제가 알아서 하겠습니다." 나는 필사적으로 매달렸다.

그는 깊이 한숨을 내쉬고 고개를 가로저었다.

"곤란합니다."

"숙박부를 보관해두지 않으신단 말인가요?" 나는 되도록 차분하게 말하려 애썼다.

"아, 물론 보관해둡니다. 그런 것들을 잘 정리해두는 것이 제 일이니까요. 아, 예, 명단이야 있습니다……"

그는 방 뒤쪽으로 사라지더니 큼직한 검은 책을 한 권 내밀었다.

"여기 있습니다. 1935년 7월 첫 주…… 오트 교수 부부, 사맹 대령……"

"이보세요, 1935년 7월에는 관심 없습니다. 제가 필요한 것은……"

그는 책을 탁 덮고 치웠다.

"제가 숙박부를 잘 정리해두고 있다는 것을〔자물쇠에서 딸깍 소리가 났다) 보여드리고 싶었을 뿐입니다." 그는 나에게 등을 돌리며 이렇게 말했다.

그는 자기 책상으로 돌아가 압지 위에 놓인 편지를 접었다.

나는 애걸했다. "1929년 여름입니다. 제가 원하는 페이지만 보여주시면 안 될까요?"

"그건 안 됩니다. 우선 전혀 모르는 사람이 예전에 제 고객이었거나 앞으로 고객이 될 분들을 귀찮게하는 걸 바라지 않으니까요. 둘째로 어째서 이름도 대지 않으려 하는 여성분을 찾으려고 그렇게 애를 쓰시는지 이유를 알 수 없고요. 그리고 셋째—곤란한 일에 휘말리고 싶지 않습니다. 그러지 않아도 충분히 머리 아픈 일이 많습니다. 1929년에 모퉁이 돌아 저쪽 호텔에서 스위스인 부부가 자살한 일이 있어요." 그는 다소 엉뚱한 이야기를 덧붙였다.

"정말 부탁을 안 들어주시는 겁니까?" 내가 물었다.

지배인은 고개를 끄덕이고는 자기 시계를 보았다. 나는 돌아서서 문을 쾅 닫았다—최소한 세게 쾅 닫으려고 했지만—압축공기로 닫히는 망할 문이라서 뜻대로 안 되었다.

천천히 역으로 되돌아갔다. 공원이 있었다. 서배스천은 죽어가면서 저 삼나무 아래 돌 벤치를 떠올렸을지도 모른다. 저기 멀리 보이는 산의 윤곽은 어떤 잊지 못할 저녁을 기억나게 했을지도 모른다. 그곳 전체가 내가 잃어버린 검은 보석이 묻혀 있는 거대한 쓰레깃더미 같았다. 터무니없고, 끔찍하고, 고통스럽기 짝이 없는 실패였다. 꿈속에서 애쓰는 사람처럼 납덩이같이 무거운 몸을 끌고 천천히 움직이는 기분이었다. 가망도 없이 녹아가는 것들 속을 더듬는 듯했다. 과거는 어째서 이다지도 뜻대로 되지 않을까?

'그러면 이제 어떡해야 하나?' 내가 그렇게도 간절히 시작하고 싶었던 전기의 흐름은 마지막 한 굽이에서 옅은 안개 속에 싸이고 말았다. 마치 생각에 빠진 내가 있는 계곡처럼. 그렇게 내버려두고 그래도 책을 쓸 수 있을까? 맹점이 있는 책. 완성되지 않은 그림—옆구리에 화살을 맞은 순교자의 색이 칠해지지 않은 사지.

내가 졌고, 더는 갈 데가 없다는 기분이 들었다. 서배스천의 마지막 사랑을 찾아낼 방법이 없을까 한참 생각했지만, 결국 달리 그녀의 이름을 알아낼 방도가 없다는 결론에 도달했다. 그녀의 이름! 그 기름때 묻은 검은 이절판 책을 손에 넣기만 한다면 금세 알아낼 수 있을 것만 같았다. 포기하고, 아직 더 구해야 하고 어디에서 구할 수 있는지 알고 있는 서배스천에 관한 다른 사소한 몇 가지를 수집하는 쪽으로 돌아서야 할까?

이렇게 마음의 갈피를 잡지 못한 채 스트라스부르로 돌아가는 완행열차를 탔다. 아마도 스위스로 가야 할 것이다…… 그런데 아니, 나의 실패가 주는 얼얼한 통증을 견뎌낼 수가 없었다. 영국 신문에 정신을 쏟으려고 아무리 애를 써봐도 통증은 사라지지 않았다. 말하자면 내가 이제 곧 시작하려는 일을 위하여 영어만을 읽고 훈련하려는 셈이었다…… 그러나 스스로도 그렇게 불완전하다고 느끼면서 그 일을 시작할 수 있는 사람이 누가 있겠는가?

내가 탄 열차간에는 나밖에 없었다(그런 열차의 이등석 칸이 흔히 그렇듯이). 하지만 다음 역에서 체구가 작고 눈썹 숱이 많은 남자가 타서 나에게 목 뒷부분에서 아주 낮게 울리는 프랑스어로 유럽식 인사를 건네고 맞은편에 앉았다. 기차는 해질녘까지 계속 달렸다. 갑자기 나는 나를 빤히 쳐다보는 맞은편 승객의 눈길을 느꼈다.

"근사아한 날씨군요." 그는 이렇게 말하며 중산모를 벗어 분홍빛 대머리를 드러냈다. "영국인이신가요?" 그는 미소를 띠고 고개를 까닥거리며 물었다.

"아, 예, 지금은 그렇습니다." 내가 대답했다.

"그렇군요, 그래요, 영국 딘문을 읽고 계셔서요." 그는 손가락으로 신문을 가리키더니 잽싸게 연한 황갈색 장갑을 벗고 다시 가리켰다(아마도 장갑을 낀 채 검지로 가리키는 것은 실례라는 말을 어디서 들었나보다). 나는 뭐라고 대강 중얼거리듯 말하고는 눈길을 돌렸다. 기차에서 이야기를 나누는 것을 좋아하지 않는데다가 그때는 더군다나 그럴 기분도 아니었다. 그는 내 시선을 따라 눈을 돌렸다. 기차가 덜컹대며 지나감에 따라 낮게 걸린 해가 거대한 굴뚝을 하나씩 보여주며 천천히 스쳐가는 커다란 건물의 수많은 창들을 붉게 물들였다.

작은 남자가 말했다. "플램바움 앤드 로스 사지요. 큰 직물 공장입니다. 종이도요."

잠시 침묵이 흘렀다. 남자가 크고 반짝이는 코를 긁으며 내 쪽으로 몸을 기울였다.

"런던하고 맨체스터, 셰필드, 뉴캐슬에 가보았답니다." 그는 이렇게 말하고는 꼽다가 남은 엄지손가락을 바라보았다.

"예, 장난감 사업으로요. 전쟁 전에요. 축구를 좀 했었답니다." 남자가 덧붙였다. 아마도 양쪽 끝에 두 개의 골대가 버려진 듯 서 있는 거친 들판을 슬쩍 쳐다보는 나의 눈길을 알아챈 모양이었다. 골대 하나에는 가로대도 없었다.

그가 한쪽 눈을 찡긋했다. 조그만 콧수염이 곤두서 있었다.

"옛날 얘기지요, 아시다시피." 그는 몸을 떨며 소리 죽여 웃었다. "옛날이에요, 아시다시피, 공을 '밖에서' 차고, 차서, 골대로 한 번에 바로 넣었답니다."

내가 기운 없이 대꾸했다. "아, 그래서 득점을 올리셨나요?"

"그들이 득점을 했지요. 로빈소나다 같았어요!"

"뭐라고요?"

"로빈소나다요. 아주 근사아한 트릭이에요. 그래요…… 머얼리 여행하시나보지요?" 남자가 구슬리듯 깍듯이 예의를 차린 목소리로 물었다.

"아, 이 기차는 스트라스부르까지만 가죠, 그렇지 않습니까?"

"그렇습니다. 제 말은 보통은요. 여행객이시죠?"

나는 그렇다고 대답했다.

"어디를 여행하십니까?" 그는 고개를 뒤로 젖히면서 물었다.

"아, 과거를 여행하는 중이라고 할까요." 내가 대답했다.

그는 마치 무슨 말인지 알아들었다는 듯이 고개를 끄덕였다. 그러더니 다시 내 쪽으로 몸을 기울이고 내 무릎을 만지면서 이렇게 말했다. "저는 지금은 가죽 공을 판답니다. 갖고 노는 공 말입니다. 늙었어요! 기운도 없고요! 개 입마개나 뭐 그 비슷한 것도 팔지요."

다시 그는 내 무릎을 가볍게 톡톡 쳤다. "하지만 그전에, 작년, 사 년 전에는 경찰에 있었답니다. 아니, 아니, 옛날이 아니고…… 사복 경찰이었어요. 아시겠습니까?"

나는 갑자기 흥미를 느끼며 그를 쳐다보았다.

"그러니까 그 말씀은……"

"예. 도움이 필요하다거나, 좋은 가죽이나 *담뱃갑*, 가죽끈, 충고, 권투 글러브……"

"다섯번째와 첫번째가 필요하겠군요." 내가 말했다.

그는 옆 좌석에 놓아두었던 중산모를 집어 조심스럽게 쓰더니(그의 목젖이 위아래로 오르내렸다) 밝게 웃으며 기운차게 모자를 살짝 들어 나에게 인사했다.

"실베르만이라고 합니다." 그는 손을 내밀었다. 나도 손을 내밀어 악수하고 통성명을 했다.

"하지만 그건 영국식 이름이 아니군요." 그는 자기 무릎을 탁 쳤다. "러시아인이로군요! *가브리트 파루스키?* 더 이상한 이름도 알고 있는데…… 잠시만요! 맞아요! 쿠콜카—작은 인형이지요."

그는 잠시 말이 없었다. 나는 머릿속에서 그가 한 말을 되씹어보았다. 사립탐정 사무소에 의뢰해보면 어떨까? 이 작은 남자가 쓸모가 있을까?

"*레바!*" 그가 외쳤다. "그건 다른 단어지요. 물고기, 그렇지요? 그리고…… 그래요. *브라트*, *밀레 브라트*—형제지요."

"실은 지금 진퇴양난에 처한 상황이라서 그 말씀을 좀 드려볼까 생각중이었는데……" 내가 말했다.

"하지만 그게 다입니다." 그가 한숨을 내쉬며 말했다. "저는 〔다시 손가락을 꼽으며〕 리투아니아어, 독일어, 영어, 프랑스어〔이번에도 엄지손가락이 남았다〕를 할 줄 압니다. 러시아어는 잊어버렸어요. 예전에는! 꽤 했는데!"

"혹시 선생께서……" 내가 운을 뗐다.

"뭐든 말해봐요. 가죽 벨트든, 지갑이든, 노티스북*이든, 제안이든."

"제안입니다. 실은 어떤 사람을 좀 찾으려고 하는데요…… 저는 한 번도 만난 적이 없고 이름도 모르는 러시아 숙녀입니다. 제가 아는 것이라고는 블로베르그의 어떤 호텔에 한동안 묵었다는 점뿐입니다."

"아, 좋은 곳이지요." 실베르만 씨가 말했다. "아주 좋아요." 그러고는 진지하게 받아들인다는 뜻으로 입술 끝에 힘을 주었다. "물 좋고, 산책하기도 좋고, 카지노도 있지요. 어떻게 해드리면 될까요?"

"저, 우선 이런 경우에 무엇을 할 수 있을지를 좀 알고 싶습니다."

"그 숙녀분을 가만히 내버려두는 편이 나아요." 실베르만 씨가 재빨리 대답했다.

그러더니 고개를 앞으로 쑥 내밀고 두툼한 눈썹을 움직였다.

"잊어버리십시오. 머릿속에서 내던져버리라고요. 위험하고 쉬입지 않은 일입니다." 그는 내 바지 무릎에서 뭔가를 톡톡 털어내고 다시 자리에 앉았다.

"그건 상관하지 마십시오. 문제는 어떻게지 어째서가 아닙니다."

"어떻게에는 다 어째서가 있는 법입니다. 당신이 그녀의 집이나 사진을 찾아냈다 칩시다. 그러면 다음에는 그녀를 직접 찾아내고 싶지 않겠습니까? 그건 사랑이 아닙니다. 푸! 겉보기에만 그럴 뿐이지!"

내가 외쳤다. "아, 아뇨, 그런 게 아닙니다. 전 그녀가 어떤 사람인지

---

* 실베르만은 'notebook(수첩)'을 'notice-book'으로 발음했다.

전혀 몰라요. 하지만 제 죽은 형이 그녀를 사랑했습니다. 저는 그녀에게서 형에 관한 이야기를 듣고 싶습니다. 아주 간단한 일이에요."

"슬프군요!" 실베르만 씨가 고개를 흔들었다.

"형에 대한 책을 쓰려고 합니다." 내가 말을 이었다. "그래서 형의 삶에 대해서라면 아주 작은 부분까지도 다 관심이 있어요."

"형님이 어떤 병을 앓으셨습니까?" 실베르만 씨가 쉰 목소리로 물었다.

"심장이 안 좋았습니다."

"시임장이라—그거 안됐군요. 주의할 게 너무 많고, 너무 많아서…… 보통은…… 다……"

"죽음의 예행 연습이랄까요. 맞습니다."

"그래요. 몇 살이었습니까?"

"서른여섯이었지요. 생모의 이름으로 책을 썼습니다. 나이트입니다. 서배스천 나이트."

"여기 적어주세요." 실베르만 씨가 나에게 보기 드물게 좋은 새 수첩을 근사한 은색 연필과 함께 건넸다. 찍-찍-찍 소리와 함께 그는 페이지를 깔끔하게 뜯어내어 주머니에 넣고 나에게 다시 수첩을 건넸다.

"마음에 드시죠? 선물로 드리겠습니다." 그가 불안스레 미소 지으며 말했다.

"정말 친절하시군요……"

"아니, 뭘요." 그는 손사래를 쳤다. "자, 원하시는 게 뭡니까?"

"제가 원하는 것은 1929년 유월 보몽 호텔에 묵었던 사람들 전부의 명단입니다. 또 그들이 누구인지 자세한 정보도 필요합니다. 최소한 여자인지만이라도요. 주소도 있었으면 좋겠고요. 러시아 여자가 외국 이름으로 숨겨져 있지는 않은지 확인하고 싶습니다. 그리고 가장 가능성이 높은 사람을 골라서……"

"그들에게 연락을 해보는 거지요." 실베르만 씨가 고개를 끄덕였다. "좋아요! 아주 좋습니다! 호텔 지배인들은 다 제 손 안에 있으니〔그가 자기 손바닥을 내보였다〕 간단할 겁니다. 주소를 알려주세요."

그는 다른 수첩을 꺼냈다. 이번에는 낙서를 휘갈긴 페이지들이 낙엽처럼 우수수 떨어지는 아주 낡아빠진 수첩이었다. 나는 그가 전화를 걸어올 때까지 스트라스부르에 있겠노라고 덧붙였다.

"금요일," 그가 말했다. "여섯시 정각입니다."

그러고는 이 이상한 작은 남자는 일이 성사되었으니 우리 대화도 다 끝났다는 듯이 팔짱을 끼고 눈을 감고 자리에 몸을 깊이 파묻고 앉았다. 파리 한 마리가 그의 벗어진 이마를 탐색했지만, 그는 움직이지 않았다. 그는 스트라스부르에 닿을 때까지 꾸벅꾸벅 졸았다. 거기에서 우리는 헤어졌다.

나는 악수를 나누면서 말을 꺼냈다. "참, 수고비가 얼마인지 알려주셔야지요…… 제 말은 당신이 적정하다고 생각하는 금액이면 얼마든지 지불하겠다는 겁니다…… 그리고 선금을 좀 드려야 할 것 같은데……"

그는 뭉툭한 손가락을 쳐들었다. "당신 책을 보내주세요. 그리고 비용이 들 것 같으면 지불해주시고요." 그는 목소리를 낮추어 덧붙였다. "꼬옥입니다!"

# 14

그리하여 이런 식으로 나는 이상스럽도록 사랑스럽고 길 잃은 듯이 보이는 서배스천의 것(S. 나이트, 36 오크 파크 가든, 런던, sw)도 끼어 있는 마흔두 개의 이름이 적힌 명단을 손에 넣었다. 모든 주소들이 이름 옆에 나란히 붙어 있다는 사실에 다소 (기분좋은) 충격을 받았다. 실베르만은 블로베르그에서 사람들이 죽음을 맞는 경우가 종종 있다고 다급히 설명했다. 작은 남자가 말했듯이 마흔한 명의 알 수 없는 사람들 중에서 서른일곱 명은 "의심의 여지가 없었다". 그중 세 명(미혼 여성)은 러시아식 이름이었지만 둘은 독일인이고 한 명은 알자스인으로, 호텔에 자주 묵었다. 또 베라 라진이라는 좀 알쏭달쏭한 처녀가 있었다. 하지만 실베르만은 그녀가 프랑스인이라는 것을 확실히 알고 있었다. 실은 무희이고 스트라스부르에 있는 한 은행가의 정부였다. 또 우리가 거리낌없이 지나친 폴란드인 노부부가 있었다. 이 '의심의 여지가 없는' 무리에서 나머지는 전부 서른한 명으로 그중 스무 명은 성인 남성이었다. 그들 중에서 여덟 명만 기혼자이거나 적어도 아내와 함께 왔다(에마, 힐데가르트, 폴린 등등). 실베르만은 그들 모두 존경받는 노인들이며 러시아인이 아니라고 장담했다.

그러고 나니 우리에게 남은 이름은 네 개였다.

주소가 파리로 되어 있는 마드무아젤 리디아 보헴스키. 그녀는 서배스천의 체류 초기에 호텔에서 아흐레를 묵었지만 지배인은 그녀에 대해서는 아무것도 기억하지 못했다.

마담 드 레치노이. 그녀는 서배스천이 파리로 떠나기 전날 저녁 같은 도시를 향해 호텔을 떠났다. 지배인은 그녀가 영리한 젊은 여인이었으며 팁을 아주 후하게 주었다고 기억했다. 이름 가운데의 '드de'와 관련해서, 내가 알기로는, 러시아 이름 앞에 프랑스식 귀족 칭호를 쓰는 것은 말이 안 될 뿐 아니라 법에도 어긋나지만, 고상함을 강조하고 싶어하는 러시아인들은 그렇게 썼다. 그녀는 모험을 즐기는 여자일 수도 있고 속물의 아내일 수도 있다.

헬렌 그린스타인. 유대식 이름이지만 '스타인'이 붙어 있다 해도 독일계 유대인은 아니었다. '그린grin'에서 보통 '우u'를 쓰는데 '이i'로 대체했다는 것은 러시아에서 성장했음을 의미한다. 그녀는 서배스천이 떠나기 일주일 전에 도착해서 사흘을 더 묵었다. 지배인 말로는 미인이었다고 했다. 전에도 그 호텔에 한 번 간 적이 있던 그녀는 베를린에 거주했다.

헬레네 폰 그라운. 이것은 진짜 독일식 이름이었다. 그러나 지배인은 그녀가 묵으면서 여러 번 러시아어로 노래한 적이 있었다고 했다. 근사한 중저음의 목소리를 지녔고 기가 막힌 미인이었다고 했다. 한 달을 꼬박 머물다가 서배스천보다 닷새 먼저 파리로 떠났다.

나는 이 모든 세부 사항과 네 개의 주소를 꼼꼼하게 살펴보았다. 그 중 무엇이든 내가 찾는 바로 그 주소로 밝혀질 수도 있었다. 가지런히 모은 양 무릎 위에 모자를 놓고 내 앞에 앉아 있는 실베르만 씨에게 진심으로 감사를 전했다. 그는 한숨을 쉬며 낡은 쥐색 각반으로 장식한 조그만 검정 장화의 발가락을 내려다보았다.

"제가 그 일을 해드린 것은," 그가 말했다. "당신이 안돼 보여서였습니다. 하지만…… 〔그는 밝은 갈색 눈에 부드럽게 호소하는 빛을 담고 나를 바라보았다〕 하지만 이건 다 헛수고입니다. 달의 뒤쪽은 우리 눈에 보이지 않는 법이에요. 제발 그 여자를 찾지 마십시오. 과거는 과거일 뿐이에요. 그녀는 당신의 형님을 기억도 못할 겁니다."

"제가 어떻게든 기억나게 해줄 겁니다." 내가 단호하게 대꾸했다.

"정 뜻이 그러시다면야" 하고 그는 어깨를 죽 펴고 외투의 단추를 잠그며 중얼거렸다. 그러고는 자리에서 일어섰다. "여행 잘하십시오." 그는 늘 얼굴에 띠던 미소를 거두고 인사했다.

"아, 잠시만 기다려주세요, 실베르만 씨. 아직 해결할 일이 남았습니다. 수고비를 얼마나 드리면 될까요?"

"아, 그렇지요." 그는 다시 자리에 앉았다. "잠시만요." 그는 만년필 뚜껑을 열고 숫자 몇 개를 휘갈겨 적더니 펜으로 이를 톡톡 두드리며 그것을 들여다보았다. "예, 육십팔 프랑입니다."

"저, 금액이 얼마 안 되네요. 혹시……"

"잠시만요." 그가 외쳤다. "틀렸습니다. 제가 깜박했군요…… 제가 드리는, 드린 그 노티스북은 잘 갖고 계시죠?"

"아, 예. 실은 벌써 쓰기 시작했습니다. 여기…… 제 생각엔……"

"그러면 육십팔 프랑이 아닙니다." 그는 잽싸게 자기가 더한 것을 다시 고쳤다. "그러니까…… 십팔 프랑만 주시면 됩니다. 그 수첩이 오십 프랑이니까요. 다 해서 십팔 프랑입니다. 여행 경비랑……"

"하지만," 나는 그의 계산에 어리둥절해졌다.

"아뇨, 이게 맞습니다." 실베르만 씨가 대답했다.

그가 받겠다고만 했더라면 그 금액의 백 배라도 기꺼이 주었을 테지만, 이십 프랑짜리 동전을 찾았다.

"그러니까, 이제 제가 당신에게 드려야지요…… 예, 맞습니다. 십팔 프랑에 이 프랑을 더하면 이십 프랑이지요." 그는 이맛살을 찌푸렸다. "예, 이십 프랑입니다. 이건 당신 몫입니다." 그는 내가 준 동전을 테이블 위에 놓고 가버렸다.

이 책을 다 쓰면 그에게 어떻게 전해주면 좋을지 모르겠다. 그 희한한 작은 남자는 나에게 자기 주소도 알려주지 않았고, 나도 다른 일로 머릿속이 꽉 차서 미처 그에게 물어볼 생각을 하지 못했다. 그러나 만약 그가 우연히라도 『서배스천 나이트의 진짜 인생』을 보게 된다면, 그의 도움을 얼마나 감사하게 생각하는지 알려주고 싶다. 그리고 수첩에 대해서도. 이제는 다 써서 속지를 새로 갈 생각이다.

실베르만 씨가 가고 나서 그가 나를 위해 마술처럼 구해 온 네 개의 주소를 놓고 한참을 고민한 끝에 베를린의 주소부터 시작하기로 결정했다. 그 주소로 허탕을 친다면 또 긴 여행을 떠나지 않아도 파리에서 나머지 세 개의 주소를 시도해볼 수 있을 것이다. 세 개의 주소로 허탕 치고 나서 여행을 해야 한다면 그때는 그야말로 최후의 카드밖에는 남지 않은 상황일 테니 말할 수 없이 힘 빠지는 여행이 될 것이다. 반대로 첫 시도에서 운이 좋다면 그때는…… 하지만 괜찮다…… 운명은 나의 결정에 충분히 보상을 해주었다.

큼지막한 축축한 눈송이들이 서베를린의 파사워 슈트라세에 비스듬히 휘날리는 가운데 전면이 비계로 반쯤 가려진 보기 흉한 낡아빠진 집으로 다가갔다. 문지기의 방 유리창을 두드리자 모슬린 커튼이 옆으로 거칠게 밀쳐지고 작은 창문이 활짝 열리더니 뚱뚱한 늙은 여자가 무뚝뚝하게 헬렌 그린스타인 부인이 이 집에 살고 있는 게 맞다고 확인해주었다. 나는 기묘한 흥분감에 몸이 좀 떨리는 것을 느끼며 계단을 올라갔다. 문에 붙은 청동 문패에 '그린스타인'이라고 적혀 있었다.

검은 타이를 맨 창백하고 퉁퉁 부은 얼굴의 말없는 소년이 나를 안으로 들이고는 내 이름조차 묻지 않고 돌아서서 통로를 따라 가버렸다. 좁은 복도의 옷걸이에는 외투들이 가득 걸려 있었다. 눈에 젖은 국화꽃 한 다발이 두 개의 엄숙한 실크해트 사이 탁자 위에 놓여 있었다. 아무도 나오는 것 같지 않아 문 하나를 두드려보고는 밀어서 열었다가 다시 닫았다. 검은 머리의 소녀가 몰스킨 코트를 덮고 긴 의자 위에서 깊이 잠들어 있는 모습이 살짝 보였다. 나는 잠시 복도 한가운데 서 있었다. 아직도 눈에 젖어 있는 얼굴을 닦았다. 코를 풀었다. 다시 통로로 나가보았다. 문이 살짝 열려 있고 그 틈새로 러시아어로 말하는 나지막한 목소리들이 새어나왔다. 아치 비슷한 것으로 연결된 두 개의 큰방에 많은 사람들이 있었다. 내가 걸어들어가자 한두 명이 내 쪽을 슬쩍 돌아보았지만, 나의 등장은 그 이상의 관심은 불러일으키지 못했다. 탁자에는 차가 반쯤 채워진 유리잔들과 과자가 가득 놓인 접시들이 있었다. 구석에 있는 한 남자는 신문을 들고 있었다. 회색 숄을 걸치고 손목에는 큰 보석을 단 여자가 손으로 뺨을 괴고 탁자 앞에 앉아 있었다. 다른 이들 두셋은 긴 의자에 조용히 앉아 있었다. 잠자던 소녀와 닮은 소녀가 의자 위에 몸을 둥글게 말고 누운 늙은 개를 쓰다듬고 있었다. 옆방에서 웃는 건지 숨을 헐떡이는 건지 알 수 없는 소리가 들려왔다. 그쪽 방에는 더 많은 사람들이 앉아 있거나 이리저리 오가고 있었다. 현관에서 나와 마주쳤던 소년이 물 한 잔을 들고 지나가기에 그에게 러시아어로 헬렌 그린스타인 부인을 잠깐 볼 수 있겠느냐고 물었다.

"엘레나 이모" 하고 소년이 안락의자에 웅크리고 앉은 노인의 몸 위로 허리를 구부리고 있는 검은 머리의 날씬한 여자의 등뒤에서 그녀를 불렀다. 여자는 내게 다가와 현관 맞은편의 작은 응접실로 안내했다. 그녀는 아주 젊고 우아했으며 분을 바른 작은 얼굴에 눈은 관자놀이 쪽으로 잡아올린 듯 길고 부드러웠다. 검은색 스웨터를 입었고 손은 목처럼 섬세했다.

"*끔찍하지 않아요?*…… 끔찍하지 않아요?" 그녀가 속삭였다.

나는 때를 잘못 맞추어 찾아온 것 같다고 좀 바보같이 대답했다.

"아," 그녀가 말했다. "저는……" 그녀는 나를 바라보았다. "앉으세요." 그녀가 말했다. "저는 선생님을 장례식에서 좀전에 뵈었다고 생각했답니다…… 아니세요? 아, 제 시동생이 죽었거든요…… 아뇨, 아뇨, 앉으세요. 끔찍한 하루였어요."

"방해하고 싶지는 않습니다. 가는 편이 나을 것 같군요…… 전 단지 제 가족 얘기를 좀 하고 싶어서요…… 부인께서 알 수도 있어서…… 블로베르그에서 말입니다…… 하지만 별일은 아니고……"

"블로베르그라고요? 거기에 두 번 갔었지요." 그녀가 말했다. 순간 어디선가 전화벨이 울리기 시작하자 얼굴을 살짝 찡그렸다.

"제 형 이름은 서배스천 나이트였습니다." 나는 아무것도 칠하지 않은 보드랍고 떨리는 입술을 바라보며 말했다.

"아뇨, 그 이름은 들어본 적이 없어요." 그녀가 말했다. "전혀요."

"영국인 피가 섞였습니다." 내가 말했다. "책을 썼고요."

그녀는 고개를 가로젓고는 조카인 뚱한 소년이 문을 열자 그쪽으로 몸을 돌렸다.

"소냐가 삼십 분 후에 올 거예요." 소년이 말했다. 그녀가 고개를 끄덕이자 소년은 물러갔다.

"실은 그 호텔에서는 아는 사람이 없었어요." 그녀가 말을 이었다. 나는 인사를 하고 다시 한번 사과했다.

"그런데 선생님은 성함이 어떻게 되시는지요" 하고 그녀는 어딘가 클레어를 연상시키는 어둑하고 부드러운 눈으로 나를 뜯어보며 물었다. "말씀해주셨던 것 같기는 한데 오늘 제가 정신이 좀 없나봐요…… 아," 내 이름을 일러주자 그녀가 말했다. "왠지 귀에 익어요. 상트페테르부르크에서 결투를 하다가 죽은 분의 이름도 같지 않나요? 아, 아버님이라고요? 그렇군요. 잠시만요. 누가…… 며칠 전에…… 누가 그 사건을 떠올렸거든요. 이상도 해라…… 그런 일이 자주 있지요. 그래요…… 로사노프가家…… 그 집 사람들이 선생님 가족이랑 그런 일들을 알고 있더라고요……"

"제 형에게 로사노프라는 학교 친구가 있었습니다." 내가 말했다.

"전화번호부에서 찾으실 수 있을 거예요." 그녀가 재빨리 말을 이었다. "저는 그 집안과 그리 잘 아는 사이는 아니에요. 그리고 지금은 뭘 찾을 수 있는 상황이 아니라서요."

그녀는 누군가의 부름을 받고 나갔고 나는 혼자 복도 쪽으로 걸음을 옮겼다. 거기에 한 노신사가 내 외투를 깔고 앉아 깊은 생각에 잠긴 채 시가를 피우고 있었다. 처음에는 내 의도를 전혀 알아차리지 못했던 그는 이내 매우 미안해하며 사과했다.

헬렌 그린스타인이 아니어서 좀 아쉬웠다. 물론 그녀는 서배스천을 그렇게 불행에 빠뜨린 여자가 되려고 해도 결코 될 수 없었을 것이다. 그런 유형의 처녀들은 남자의 인생을 망가뜨리지 않는다. 도리어 북돋워준다. 그곳에서 그녀는 슬픔을 억누르지 못하는 집안을 꾸준히 돌보고 완전히 짐만 될 뿐인 이방인의 희한한 용무에도 신경을 써줄 수 있었다. 내 말을 귀담아 들어준 것은 물론이고 그다음에 따라가야 할 팁까지 주었다. 내가 만난 사람들은 블로베르그나 그 미지의 여인과는 아무 관계가 없었지만, 서배스천의 삶에서 가장 귀중한 페이지 한 장을 얻었다. 나보다 더 체계 잡힌 정신의 소유자라면 그것을 이 책의 도입부에 놓았을 테지만, 나는 탐색 과정에서 나름대로의 마법과 논리를 발전시켜왔다. 가끔은 점차 그것이 하나의 꿈, 나름의 환상들을 엮어 짜기 위하여 현실의 패턴을 이용하는 탐색으로 확장됐다고 믿지 않을 수 없었지만, 내가 올바른 방향을 따라왔으며 서배스천의 삶을 만들어 나가려 애쓰는 과정에서 이제는 동일한 리듬으로 서로 얽히는 관계들을 따라가야만 한다는 것을 깨달았다.

서배스천의 마지막 어두운 사랑의 메아리에 이토록 바짝 근접한 곳에 그의 사춘기 시절 첫 로맨스와 관계된 만남이 배치되었다니 좀 이상한 조화의 법칙이 있는 것 같다. 그의 삶의 두 가지 방식은 서로 질문을 던지고, 그에 대한 답은 그의 삶 자체다. 그럼으로써 인간의 진실에 가장 근접할 수 있다. 그는 열여섯 살이었고 그녀 또한 그랬다. 불이 꺼지고 막이 오르면, 러시아의 여름 풍경이 보인다. 가파른 진흙 강둑 위에 자라난 짙은 전나무가 습지의 꽃들과 은빛 잔디들이 있는 낮고 볕 잘 들고 아름다운 건너편까지 깊고 검은 그림자를 드리워 강 굽이진 곳에 그늘을 만든다. 모자도 쓰지 않은 바짝 깎은 머리, 몸을 숙이거나 젖힐 때마다 어깨뼈에 붙었다가 가슴에 달라붙었다가 하는 헐렁한 실크 블라우스, 서배스천은 반짝이는 녹색으로 칠해진 배의 노를 기운 좋게 젓고 있다. 한 소녀가 키를 잡고 앉아 있지만, 우리 눈에 그녀는 무색으로만 남아 있을 것이다. 화가가 색을 칠해 넣지 않은 하얀 형체로, 그저 윤곽으로만. 진청색 잠자리들이 느리게 여기저기 스치며 날다가 물기 어린 평평한 나뭇잎 위에 내려앉는다. 이름, 날짜, 그리고 얼굴까지 더 가파른 강둑의 붉은 진흙 속에 새겨져 있고 칼새들이 그 안을 들락날락하며 날아다닌다. 서배스천의 이가 반짝인다. 그러다 동작을 멈추고 뒤를 돌아본다. 배는 미끄러지듯 부드럽게 물살을 타고 날듯이 달린다.

"정말 한심한 키잡이로구나." 그가 말한다.

그림이 바뀐다. 같은 강인데 다른 굽이다. 길은 물가로 이어지다가 끊어졌다 주저하듯 조잡한 벤치를 빙 둘러서 나 있다. 아직 저녁은 아니지만, 하늘은 황금빛으로 물들었고 각다귀떼가 마침내 완전히, 까맣게 유다를 잊어버린 사시나무 잎들 사이로 내리쬐는 햇살 속에서 태곳적부터의 춤을 추고 있다.

서배스천은 벤치에 앉아 검은색 습자책에서 어떤 영시를 낭송하고 있다. 그러다가 갑자기 멈춘다. 강물 바로 위, 약간 왼쪽으로 적갈색의 긴 머릿단을 뒤로 늘어뜨린 물의 정령의 머리가 천천히 사라지는 모습이 보인다. 그러더니 벌거벗고 수영하던 사람이 반대편 강둑에 나타나 엄지손가락으로 코를 푼다. 머리를 길게 기른 마을 신부다. 서배스천은 자기 옆의 소녀에게 계속해서 시를 읽어준다. 화가는 손목에서 팔꿈치까지 아직 반짝이는 솜털이 돋은 바깥쪽을 따라 이어진 햇볕에 탄 가느다란 팔을 제외하고는 그 흰 공간을 채워넣지 않았다.

바이런의 꿈속에서처럼 다시 장면이 바뀐다. 밤이다. 하늘은 별들로 살아 있다. 수년 전 서배스천은 별을 보고 있노라면 갈기갈기 찢긴 짐승의 창자를 볼 때처럼 역겹고 비위가 상한다고 썼다. 하지만 그때는 서배스천의 이런 생각이 아직 드러나기 전이다. 아주 어둡다. 공원의 오솔길에 무엇이 있다 해도 아무것도 알아볼 수가 없다. 어둠침침한 것들이 겹쳐져 있고 어딘가에서 올빼미가 운다. 어둠의 심연 속에서 갑자기 조그만 초록빛 원이 위로 움직인다. 야광 시계판이다(서배스천은 더 나이가 들어서는 시계를 마음에 안 들어했다).

"꼭 가야 해?" 그의 목소리가 묻는다.

마지막 장면. 각다귀떼들이 V자 대형으로 날아간다. 황갈색 자작나무 숲 위로 청록색 하늘 높이 새들의 여린 신음 소리가 녹아든다. 여전히 혼자는 아닌 서배스천이 쓰러진 나무의 잿빛으로 허옇게 변한 둥치 위에 앉아 있다. 그의 자전거가 고사리 사이로 바큇살을 빛내며 누워 있다. 신부나비가 스치듯 지나가다 벨벳 같은 날개를 펄럭이며 톱질된 나무 위에 앉는다. 내일 마을로 돌아가면 월요일에 학교가 시작된다.

"이제 끝이라고? 어째서 올겨울에 우리가 만나지 못한다는 거야?" 그가 두 번 세 번 재차 묻는다. 대답이 없다. "그 학생 녀석과 사랑에 빠졌다는 게 정말이야?—그 *학생 녀석*하고." 앉아 있는 소녀의 모습은 팔과 자전거펌프를 만지작거리는 가느다란 갈색 손 외에는 공백으로 남아 있다. 그 손이 펜대 끝으로 부드러운 흙 위에 더 다정하게 보이려고 영어로 천천히 '그래'라고 쓴다.

막이 내려간다. 그래, 그것이 전부다. 별것은 없지만 가슴 아픈 장면이다. 그는 다시는 매일 학교에서 옆자리에 앉는 소년에게 '여동생은 잘 있어?'라고 묻지 않을 것이다. 여전히 종종 들르는 늙은 미스 포브스에게도 그녀의 제자인 작은 소녀에 대해 절대 물어서는 안 된다. 다음 여름에 어떻게 같은 길을 다시 걷고 석양을 보고 강을 따라 자전거를 탈 수 있을까? (그러나 다음 여름은 주로 미래파 시인 팬에게 바쳤다.)

어쩌다보니 상황이 허락해서 나타샤 로사노프의 오빠가 나를 파리행 급행열차를 탈 카를로텐부르크 역까지 태워다주게 되었다. 나는 그에게 이제는 두 아들을 둔 뚱뚱한 어머니가 된 그의 여동생과 꿈같았던 러시아에서 보낸 먼 과거의 어느 여름날에 대해 이야기를 나누게 되다니 참 신기한 일도 다 있다고 말했다. 그는 베를린에서의 지금 직업에 완전히 만족하고 있다고 대답했다. 전에도 시도해보았으나 성과가 없는 일이었지만, 나는 그에게서 서배스천의 학생 시절 이야기를 끌어내려 했다. "저는 기억력이 아주 나쁘답니다. 하여간 지금은 너무 바빠서 그런 시답지 않은 일들로 감상에 빠질 틈도 없고요." 그의 대답이었다.

"아, 그렇지만 분명, 분명히," 내가 말했다. "기억나는 사소한 것들 몇 가지는 떠올릴 수 있을 텐데요. 어떤 것이라도 좋습니다……" 그는 껄껄 웃었다. "글쎄요," 그가 말했다. "그런 얘기라면 제 여동생과 벌써 시간을 허비하지 않으셨나요? 그애는 과거를 퍽 소중히 여기지요, 안 그렇던가요? 당신이 그애의 그 시절에 관해서도 책에 넣어주겠다고 했다던데요. 그애는 사실 굉장히 기대하고 있답니다."

"제발 뭐라도 좀 기억해주시면 좋겠습니다." 내가 고집스럽게 계속 우겼다.

"기억나지 않는다고 말씀드렸는데요, 이상한 분이군요. 다 쓸데없다니까요. 남의 시험지를 베끼고 벼락치기를 하고 선생들에게 별명을 붙이고 그런 평범한 일들 말고는 아무것도 없어요. 좋은 시절이었지요…… 하지만 아시다시피 당신 형님은…… 뭐라고 말하면 좋을까요?…… 당신 형님은 학교에서 그리 인기가 있지는 않았어요……"

# 15

독자들이 이미 눈치챘을지도 모르겠지만, 나는 가급적 나 자신에 대해서는 이 책에 넣지 않으려 애썼다. 내 삶의 구구한 사정에 대해서는 (가끔씩 암시를 주는 것이 내 조사의 배경을 좀 명확하게 만들어줄 수 있었을지도 모르겠으나) 언급하지 않으려 했다. 그래서 이 시점에서 거의 내 영구지永住地라 할 수 있는 파리에 도착해 겪은 업무상의 어려움에 대해서도 구구절절 늘어놓지 않겠다. 나의 탐사와는 하등의 관련도 없다. 지나가는 말로라도 그 얘기를 한다면, 내가 서배스천의 마지막 사랑을 찾아내려는 시도에 너무 푹 빠진 나머지 긴 휴가를 썼다가 개인적으로 곤란한 상황에 처했지만 그쯤은 가볍게 무시해버렸다는 사실을 강조하기 위해서일 뿐이다.

베를린의 단서에서부터 시작한 것을 후회하지는 않았다. 적어도 서배스천의 과거에서 또다른 한 장을 예기치 않게 엿볼 수 있었다. 그리고 이제 이름 한 개는 지워졌고, 내 앞에는 세 번의 기회가 더 남았다. 파리의 전화번호부에 나온 '그라운 (폰), 헬레네'와 '레치노이, 폴'(그 '드'는 빠졌다)의 정보는 내가 가진 주소와 일치했다. 남편을 만날지도 모른다고 생각하면 썩 내키지 않았지만 피할 수 없는 일이었다. 세번째 여성인 리디아 보헴스키는 두 안내책자, 즉 전화번호부와 주소가 거리별로 정리된 또다른 전화번호부에 모두 나와 있지 않았다. 어쨌든 내가 갖고 있는 주소가 그녀를 찾는 데 도움이 될 수도 있었다. 파리는 잘 알고 있으니까 방문을 하루 만에 모두 끝내고 싶다면 해낼 수 있을 만큼 시간이 가장 절약되는 순서를 찾아낼 수도 있었다. 허둥지둥 급하게 서둘러 움직인 데 혹시 놀랄 독자들을 위해 덧붙이자면 나는 편지 쓰는 일 못지않게 전화 거는 일도 싫어한다.

벨을 누르자 마르고 키가 크고 머리칼이 텁수룩한 남자가 칼라가 없는 목에 청동 장식 단추가 달린 셔츠 바람으로 문을 열어주었다. 그는 손에 체스 말—검은색 나이트—을 들고 있었다. 나는 그에게 러시아어로 인사했다.

"들어오세요, 들어오세요." 마치 내가 올 줄 알고 있었다는 듯 남자는 나를 쾌활하게 맞아주었다.

"제 이름은 아무개입니다." 내가 말했다.

"저는 팔 팔리치 레치노이라고 합니다." 남자가 큰 소리로 말했다. 그는 자기 말이 재미있는 농담이라도 되는 듯 요란하게 껄껄 웃어젖혔다. "자, 이리로." 그는 체스 말로 열린 문을 가리켰다.

나는 한쪽 구석에는 재봉틀이 놓여 있고 공기 중에 리본과 리넨 천

냄새가 희미하게 감도는 수수한 방으로 안내되었다. 유포로 만든 체스 판이 펼쳐져 있고 판에 비해 너무 큰 말들이 놓인 테이블 앞에 체격이 아주 건장한 남자가 비스듬히 앉아 있었다. 그는 입가에 텅 빈 담배 파이프를 물고 다른 쪽을 보면서 체스 판을 곁눈질했다. 아주 작은 아이가 조그만 자동차들에 둘러싸인 채 바닥을 기어다니고 있었다. 팔 팔리치가 테이블 위에 검은색 나이트를 탁 내려놓자 머리가 떨어졌다. 검은 말을 잡은 쪽이 다시 나사를 조여 조심스레 고정시켰다.

"앉으세요." 팔 팔리치가 말했다. "이분은 제 사촌입니다." 그가 덧붙였다. 검은 말 쪽이 고개 숙여 인사했다. 나는 세번째(이자 마지막 남은) 의자에 앉았다. 아이가 나에게로 다가와 말없이 빨간색과 파란색이 함께 나오는 새 연필 한 자루를 보여주었다.

"내가 마음만 먹으면 네 룩을 빼앗을 수도 있어." 검은 말이 위협조로 말했다. "하지만 훨씬 더 좋은 수가 있지."

그는 자기 퀸을 들어서 누르스름한 말들이 모여 있는 틈에 조심스레 밀어넣었다. 말 중 하나는 골무가 대신하고 있었다.

팔 팔리치는 잽싸게 기습하여 자기 비숍으로 퀸을 잡았다. 그러고는 신나게 깔깔댔다.

"자 이제," 검은 말은 흰 말이 웃음을 거두자 침착하게 입을 열었다. "이제 넌 꼼짝 못하게 되었군. 자, 체크다."

흰 말이 자기 수를 물리려 하면서 둘이 아옹다옹하고 있을 동안 나는 방을 둘러보았다. 과거 황족의 초상이 눈에 띄었다. 몇 년 전 모스크바에 있었던 콧수염 달린 유명한 장군의 초상도 있었다. 또 갈색 침상의 툭 튀어나온 스프링도 눈에 들어왔다. 부부와 아이까지 셋이 자는 침대로 쓰이는 듯했다. 잠시 내가 찾아온 목적이 터무니없게 느껴졌다. 왠지는 모르겠지만 고골의 『죽은 혼』에서 치치코프의 기이한 순회 방문이 기억났다. 작은 아이가 나를 위해 자동차를 그리고 있었다.

"자, 무슨 일로 오셨는지요." 팔 팔리치가 말했다(그가 졌다. 검은 말은 낡은 마분지 상자에 말들을 도로 넣었다. 골무만 빼고 죄다). 나는 미리 준비해둔 말을 조심스럽게 꺼냈다. 선생님의 부인이 내 친구…… 그러니까 독일 친구와 아는 사이였다고 해서 좀 뵈러 왔다고. (서배스천의 이름을 너무 빨리 꺼내기가 꺼려졌다.)

"그럼 좀 기다리셔야겠는데요." 팔 팔리치가 말했다. "안사람은 지금 시내에 볼일이 있어서요. 곧 돌아올 겁니다."

오늘은 아무래도 그의 아내와 단둘이 볼 시간을 내기는 어렵겠다는 생각이 들었지만 기다리기로 했다. 교묘한 질문으로 지체하지 않고도 그녀가 서배스천과 아는 사이였는지 알아낼 수 있을지도 몰랐다. 그러면 곧 그녀의 이야기를 이끌어낼 수 있을 것이다.

"그사이에," 팔 팔리치가 말했다. "브랜디라도 한잔할까요—*코냑* cognachkoo<u>으로요</u>."

아이는 내가 자신의 그림에 관심을 보이는 것을 알아채고는 제 삼촌에게로 갔다. 삼촌은 아이를 무릎 위에 앉히고 놀랄 만큼 재빠른 속도로 아주 근사한 경주용 자동차를 계속해서 그려냈다.

"화가시군요." 나는 무슨 말이든 해야 할 것 같아서 이렇게 말했다.

좁은 주방에서 유리잔을 헹구던 팔 팔리치가 웃음을 터뜨리며 고개를 돌리고 외쳤다. "아, 저 사람은 못하는 게 없답니다. 물구나무서서 바이올린을 켤 수도 있고요, 삼 초 만에 전화번호 두 개를 곱할 줄도 안답니다. 자기 이름을 거꾸로 쓸 수도 있어요."

"그리고 삼촌은 택시도 몰 줄 알아요." 아이가 가느다랗고 더러운 작은 다리를 흔들며 끼어들었다.

"아니, 자네랑 술은 안 마시겠네." 팔 팔리치가 탁자 위에 유리잔을 놓자 검은 말 삼촌이 말했다. "저 아이를 데리고 나가서 산책이나 좀 해야겠어. 저애 옷은 어디 있지?"

아이의 외투를 찾아낸 검은 말이 아이를 데리고 나갔다. 팔 팔리치는 브랜디를 따르며 말했다. "이런 잔에 드려서 미안하군요. 러시아에서는 잘살았고 십 년 전 벨기에에서 또 한재산 모았지만 지금은 무일푼 신세랍니다. 이거 드십시오."

"부인께서 재봉을 하십니까?" 나는 대화를 이어가려고 이렇게 물었다.

"아, 네. 양재를 한답니다." 그는 행복한 웃음을 터뜨리며 대답했다. "그리고 저는 식자공이고요. 하지만 최근에 실직했지요. 아내는 곧 돌아올 겁니다. 아내한테 독일인 친구가 있었는지는 몰랐군요." 그가 덧붙였다.

"제 생각에는 독일에서 만났을 것 같습니다. 아니면 알자스든가요." 내가 말했다. 유리잔을 다시 채우는 데 집중하고 있던 그는 갑자기 멈추더니 입을 떡 벌리고 나를 쳐다보았다.

"죄송합니다만 뭔가 잘못 아신 것 같군요." 그가 외쳤다. "그건 제 전처일 겁니다. 바르바라 미트로파나는 파리를 단 한 번도 벗어난 적이 없거든요. 물론 러시아는 제외하고요. 아내는 세바스토폴에서 마르세유를 거쳐 여기로 왔답니다." 그는 자기 잔을 비우고 웃음을 터뜨렸다.

"좋은 술이지요." 그는 나를 호기심 어린 눈으로 보며 말했다. "전에 우리가 만난 적이 있던가요? 제 전처와 개인적으로 아는 사이세요?"

나는 고개를 저었다.

"그렇다면 운이 좋으시군요. 진짜 행운아예요. 그리고 당신은 그녀를 결코 찾아내지 못할 테니 독일 친구분들이 당신을 보낸 것도 다 부질없는 헛수고입니다."

"어째서요?" 나는 점점 더 흥미를 느꼈다.

"우리가 별거한 직후, 그러니까 오래전에 이미 전처와는 완전히 연락이 끊어졌거든요. 그녀를 로마에서 보았다는 사람도 있고, 스웨덴에서 보았다는 이도 있지만, 그조차도 확실치가 않습니다. 여기 있을지 지옥에 있을지 알 게 뭡니까."

"그럼 그분을 찾을 만한 방법을 알려주실 수는 없나요?"

"없습니다."

"두 분이 같이 아시는 지인이라도?"

"그들은 다 제 지인이 아니라 전처의 지인들입니다." 그는 어깨를 으쓱하며 대답했다.

"그분의 사진은 없으신가요?"

"이보세요, 무슨 의도로 그러는 겁니까? 경찰이 그녀를 쫓고 있나요? 그녀가 알고 보니 국제 스파이였다 해도 전 놀라지 않을 겁니다. 마타 하리라 해도요! 원래 그런 여자거든요. 아, 그렇고말고요. 그러니까…… 저, 한번 당신의 세계 안으로 들여놓고 나면 쉽게 잊어버릴 수 없는 그런 여자랍니다. 저한테서 단물을 다 빨아먹었지요. 여러 가지로요. 말하자면 돈과 영혼을요. 제 손으로 죽였을지도 몰라요…… 아나톨만 없었던들."

"그는 누구죠?" 내가 물었다.

"아나톨이요? 아, 그는 사형집행인이랍니다. 여기에 기요틴을 가지고 있는 사람이지요. 그러니까 당신은 경찰은 아니란 말씀이군요. 그렇죠? 나름대로 사정이 있으신가보군요. 정말로 그 여자는 저를 미치게 만들었답니다. 저는 그녀를 오스탕드에서 만났지요. 아마 그게, 어디 보자, 1927년이었을 겁니다. 그때 그녀는 스무 살이었어요. 아니, 스무 살도 안 되었던가. 전 그녀가 다른 작자의 정부라는 것을 알고 있었지만 개의치 않았답니다. 그녀에게 인생이란 그저 칵테일이나 마시고 새벽 네시에 거한 저녁식사를 먹고 엉덩이를 흔들며 춤이나 추고 뭐 그 비슷한 짓거리를 하고 속물덩어리 파리지앵들 사이에서 유행이라는 이유로 매음굴을 탐방하러 다니고 비싼 옷을 사고 하녀가 자기 잔돈푼을 훔쳤다며 호텔을 뒤집어놓았다가 나중에 욕실에서 그걸 찾는 일이지요…… 아, 그리고 그 밖에도—싸구려 소설 어디에나 나올 법한 딱 그런 타입이랍니다. 아주 뻔해요. 희귀병을 꾸며내어 유명한 요양원에 가는 게 취미지요. 그리고……"

"잠시만요." 내가 끼어들었다. "그 얘기 좀 더 해주십시오. 1929년 유월에 블로베르그에 혼자 있었네요."

"맞습니다, 하지만 우리 결혼이 거의 파탄지경에 이르렀을 무렵이었죠. 그때 우리는 파리에 살고 있었는데, 별거에 들어간 직후였어요. 저는 리옹의 공장에서 일 년간 일했고요. 말씀드렸다시피 파산했지요."

"그럼 그분이 블로베르그에서 어떤 남자를 만났다는 말씀입니까?"

"아뇨, 그건 저도 모릅니다. 저를 정말로 그 정도로까지 기만했으리라고는 생각지 않습니다. 그렇게 완전히 속이지는 않았을 거라고요. 적어도 그렇게 생각하려고 합니다. 전처 주변에는 항상 남자들이 득시글거렸고 그 여자는 그들이 키스를 해도 내버려두었죠. 그 문제를 더 깊이 생각해보았다가는 제가 미쳐버렸을 겁니다. 일단 기억하기로는……"

"죄송합니다." 내가 다시 그의 말을 잘랐다. "하지만 혹시 그분의 영국 친구에 대해서는 전혀 들어본 바가 없으신가요?"

"영국인이라고요? 당신은 독일인이라고 하셨던 것 같은데요. 아뇨, 모릅니다. 1928년 생트막심에 젊은 미국인이 한 명 있었지요. 닌카하고 춤을 출 때마다 거의 기절하려고 하더군요. 오스탕드나 어딘가에 영국인이 있었을 수도 있겠지만, 그녀를 따라다닌 남자들의 국적까지 따져보지는 않았습니다."

"그렇다면 블로베르그에 관해서는…… 그후 무슨 일이 있었는지도 정말로 전혀 모르시는 거군요?"

"그렇습니다. 거기에서 누군가에게 관심을 보였을 것 같지는 않습니다. 그녀는 당시 병에 걸린 척하던 때였으니까요. 레몬 얼음이랑 오이만 먹고 죽음이니 열반이니 하는 얘기만 입에 달고 다녔지요. 라싸 얘기라면 사족을 못 썼답니다. 무슨 말인지 아시겠지요……"

"그분의 이름이 정확히 뭐였습니까?" 내가 물었다.

"흠, 처음 만났을 때 이름은 니나 투르베츠였지요. 하지만 어쨌건—그녀를 못 찾을 겁니다. 사실 나조차도 그 여자가 과연 실제로 존재하기는 했던가 의심스러울 때가 종종 있거든요. 바르바라 미트로파나한테 전처 얘기를 하면 아내는 이상한 영화를 보고 난 후 꾼 악몽일 뿐이라고 한답니다. 아, 벌써 가시려고요? 아내가 곧 돌아올 텐데요……" 그는 나를 쳐다보고는 웃음을 터뜨렸다(브랜디를 좀 과음한 것 같았다).

"아, 깜박했습니다. 당신이 찾고 싶어하는 사람은 제 지금 아내가 아니죠. 어쨌든 제 서류들은 완벽하게 적법하답니다. 노동허가증도 보여드릴 수 있어요. 그녀를 찾으시면 그녀가 감옥에 가기 전에 보고 싶군요. 아니면 보지 않는 편이 나을지도 모르지요."

"저, 시간 내주셔서 감사합니다." 우리는 좀 지나치게 열심히 악수를 했다. 처음에는 방에서, 다음에는 복도에서, 또 문 앞에서.

"감사한 쪽은 저입니다." 팔 팔리치가 외쳤다. "아시다시피 저는 전처 얘기를 하는 것을 아주 좋아하거든요. 갖고 있는 그녀의 사진이 없어서 유감이군요."

나는 잠시 서서 생각해보았다. 그에게 물을 만큼 물었는지…… 언제라도 그를 한번 더 만날 수 있다…… 우연히라도 차나 모피, 개와 함께, 혹은 리비에라 해변풍으로 차려입고 같이 찍힌 사진이 있지 않을까? 나는 그것에 대해 물어보았다.

"아마 있을 겁니다." 그가 대답했다. "그럴 거예요. 그녀는 가장무도회에서 상을 탄 적이 있거든요. 어디였는지는 기억이 안 나지만. 온 마을이 다 나에게는 식당이고 무도회장 같았지요."

그는 고개를 흔들며 호탕하게 웃어젖히고는 문을 쾅 닫았다. 계단을 내려가는데 검은 말 삼촌과 아이가 천천히 올라오고 있었다.

"옛날 옛적에," 검은 말 삼촌의 목소리가 들려왔다. "작은 다람쥐를 키우는 카레이서가 있었단다. 그러던 어느 날……"

# 16

처음에는 원하던 것을 손에 넣었다고 느꼈다. 적어도 서배스천의 정부가 누구였는지는 알아냈다. 그러나 이내 마음이 착 가라앉았다. 그녀가 저런 떠버리의 첫 아내였다니 그게 될 법한가? 택시를 타고 다음 주소로 가면서 궁리했다. 그럴듯해 보이는, 너무 그럴듯해 보이는 흔적이 과연 좇을 만한 가치가 있는 것일까? 팔 팔리치가 상기시킨 이미지는 약간 지나치게 뻔하지 않은가? 어리석은 남자의 일생을 망쳐버린 변덕스럽고 방종한 여자라니. 그러나 서배스천이 어리석었던가? 그가 뻔한 악과 뻔한 선, 흔해빠진 형태의 쾌락과 진부한 형태의 고통을 끔찍이도 싫어했던 것을 떠올렸다. 그런 유형의 여자라면 당장 그의 신경에 거슬렸을 것이다. 그녀가 보몽 호텔에서 조용하고 사교성이 없으며 멍하니 딴 데 정신 파는 영국인과 어찌어찌하여 정말로 아는 사이가 되었다 한들, 그녀가 무슨 대화를 나눌 수 있었겠는가? 두말하나 마나 그녀가 입을 열어 자기 생각을 내놓자마자 서배스천이 피해버렸을 것이다. 그는 이런 말을 하곤 했다. 행실 나쁜 여자들은 머리는 둔한 법이고, 재미 보는 것만 좋아하는 예쁜 여자들보다 더 따분한 것도 없다고. 한술 더 떠서, 아무리 예쁜 여자라도 진부하기 짝이 없는 분위기를 푹푹 풍기고 있다면, 그 미모에서 그녀의 생각하는 습성에 상응하는 어떤 사소한 흠이라도 반드시 찾아내게 될 것이라고까지 했다. 그는 죄의 사과를 맛보는 것쯤이야 거침없었을 텐데, 도덕적이지 않아서가 아니라 죄라는 관념 자체에 무관심했기 때문이다. 그러나 병에 넣어 특허를 붙인 사과 젤리에는 신경을 썼다. 여자가 바람을 피운다면 용서해줄 수도 있었겠지만, 신비로운 척한다면 참아주지 않았을 것이다. 맥주에 취한 말괄량이에게는 흥미를 느꼈을지 몰라도 대마를 피우고 싶다고 은근히 암시하는 고급 매춘부는 참아줄 수 없었을 것이다. 생각하면 할수록 점점 더 가능성 없는 일로 생각되었다…… 어쨌거나 남은 두 가지 다른 가능성을 살펴볼 때까지는 그 여자 일은 일단 접어두기로 했다.

그리하여 택시가 나를 내려준 아주 인상적인 집(그 마을에서 상당한 부유층들이 거주하는 지역에 있는)으로 부지런히 발걸음을 옮기게 된 것이다. 하녀는 안주인이 외출중이라고 했지만, 내가 실망하는 기색을 보고 잠시 기다리라고 하더니 이내 돌아와서 폰 그라운 부인의 친구인 르세르프 부인과 이야기를 나누어보겠느냐고 물었다. 그녀는 몸집이 작고 여위었으며 얼굴색이 창백하고 매끄러운 검은 머리카락을 지닌 젊은 여자였다. 그렇게 고르게 창백한 피부는 난생처음 보는 듯했다.

검은 드레스는 목까지 높이 올라와 있고, 검은색의 긴 담배 파이프를 물고 있었다.

"그러니까 제 친구를 만나러 오셨다고요?" 그녀가 말했다. 그녀의 수정처럼 분명한 프랑스어에는 기분좋은 구세계의 상냥함이 배어 있었다.

나는 내 소개를 했다.

"네, 선생님 명함을 보았어요. 러시아인이시죠?"

"저는 아주 미묘한 용무로 왔습니다. 먼저 묻고 싶은 게 있는데, 그라운 부인이 저와 같은 러시아인이 맞나요?"

"*물론이죠. 부인은 완벽한 러시아인이에요.*" 그녀는 부드럽고 낭랑한 목소리로 대답했다. "남편은 독일인이지만 러시아어를 할 줄 알았답니다."

"아, 과거시제로 말씀해주시니 정말 반갑군요."

"꽤나 솔직하시네요." 르세르프 부인이 말했다. "저는 미묘한 용무 쪽을 좋아하는데 말이지요."

내가 말을 이었다. "저는 영국 작가 서배스천 나이트와 관련된 사람입니다. 그는 두 달 전 사망했지요. 그의 전기를 쓰려고 하는 중입니다. 1929년 블로베르그에 머물면서 가깝게 지낸 친구가 있었는데 그분의 자취를 좇고 있습니다. 그게 다입니다."

"*참으로 신기한 사연이로군요!*" 그녀가 외쳤다. "이상한 얘기도 다 있네요. 제 친구한테서 무슨 얘기를 듣고 싶으신 건가요?"

"아, 하고 싶은 말씀은 무엇이든지요…… 그런데 이해가 좀…… 그라운 부인이 바로 그분이라는 말씀입니까?"

"충분히 그럴 법한 얘기예요. 친구가 그 이름을 입에 올리는 것을 들은 적은 없는 것 같지만요…… 이름이 뭐라고 하셨죠?"

"서배스천 나이트입니다."

"들은 적 없어요. 그래도 가능성은 높아요. 제 친구는 머무는 곳 어디에서나 친구를 사귀거든요. *진짜로 그렇답니다.*" 그녀가 덧붙였다. "친구와 직접 얘기를 해보셔야겠군요. 아, 보시면 알겠지만 매력적인 여자랍니다. 정말 신기한 이야기로군요." 그녀는 미소를 짓고 나를 거듭 살펴보았다. "왜 그에 관한 책을 쓰셔야 하는 건가요? 어떻게 그 여자의 이름도 모르시나요?"

"서배스천 나이트는 좀 비밀이 많은 사람이었습니다. 그리고 자기가 보관해두었던 그 부인의 편지를…… 저, 그러니까, 자기가 죽고 나면 파기해달라고 했습니다."

"그렇군요." 그녀가 신이 나서 외쳤다. "알겠어요. 반드시 연애편지를 불태워달란 말이죠. 과거는 고귀한 연료가 되는 법이니까요. 차 한 잔 드릴까요?"

"아닙니다, 그보다는 그라운 부인을 언제 만날 수 있을지 좀 알고 싶은데요."

"곧 만나실 수 있을 거예요." 르세르프 부인이 대답했다. "잠시 파리를 떠났지만, 내일 다시 찾아오시면 될 것 같아요. 예, 그러면 될 거예요. 오늘밤에 돌아올 테니까요."

"괜찮으시다면 그라운 부인에 대해 좀더 이야기를 들려주실 수 있을까요?"

"그거야 쉽지요. 노래를 정말 잘 부른답니다. 특히 집시풍 노래들을

요. 보기 드문 미인이고요. *정열적인 성격이에요*. 저는 그녀를 무척 좋아한답니다. 파리에 올 때마다 이 아파트에 묵지요. 여기 그녀의 사진이 있네요."

천천히, 소리도 없이 그녀는 두꺼운 카펫이 깔린 거실을 가로질러 피아노 위에 놓여 있던 큰 액자에 담긴 사진을 가지고 왔다. 나는 정면에서 반쯤 얼굴을 돌린 매우 아름다운 얼굴을 잠시 들여다보았다. 뺨의 부드러운 곡선과 위로 치켜올라간 귀신 같은 눈썹은 러시아인다운 분위기를 물씬 풍겼다. 아랫눈꺼풀이 희미하게 빛났고 도톰한 짙은 색 입술도 어슴푸레 빛을 발했다. 그 표정은 내 눈에 꿈꾸는 듯한 몽롱함과 교활함이 기이하게 뒤섞여 있는 듯 보였다.

"예, 예……"

"왜, 그녀가 맞나요?" 르세르프 부인이 캐묻는 투로 물었다.

"그럴 수도 있을 것 같습니다. 만날 일이 매우 기대되는군요."

"제 쪽에서도 알아볼게요." 르세르프 부인이 음모를 꾀하는 듯한 매혹적인 분위기를 풍기며 말했다. "당신이 아는 사람들을 마구 난도질해서는 자기가 만들어낸 사람들인 양 내놓는 것보다는 그냥 그들에 대한 책을 쓰는 편이 훨씬 더 정직하다고 생각하니까요!"

나는 그녀에게 감사를 표하고 프랑스식으로 작별인사를 했다. 그녀의 손은 깜짝 놀랄 만큼 작았다. 내가 무심코 손을 너무 세게 눌러 그녀는 눈을 살짝 찌푸렸다. 가운뎃손가락에 크고 날카로운 반지를 끼고 있었던 것이다. 나도 약간 아팠다.

"내일 이 시간에 오세요." 그녀는 이렇게 말하고 부드럽게 웃었다. 아주 조용하고, 소리 없이 움직이는 사람이었다.

아직까지는 아무것도 알아내지 못했지만 순조로이 진행되고 있는 듯했다. 이제 리디아 보헴스키에 대해서는 마음이 놓였다. 내가 가진 주소로 찾아가보니 그 부인은 몇 달 전 이사를 갔다고 관리인이 전했다. 그의 말로는 거리 맞은편의 작은 호텔에서 살고 있는 듯했다. 거기로 가보니 삼 주 전에 떠났고 지금은 시내 반대편 끝에서 살고 있다고 했다. 나는 이를 알려준 사람에게 그녀가 러시아인인 것 같았냐고 물었다. 그는 그렇다고 대답했다. "피부색이 짙은 잘생긴 여자분이죠?" 나는 셜록 홈스식의 수법을 써서 슬쩍 떠보았다. "맞습니다." 그의 대답에 다소 흥미가 떨어졌다(오, 아닌데요, 못생긴 금발머리예요. 이런 대답이 나왔어야 했다). 반시간 후, 나는 상테 형무소에서 그리 멀지 않은 음침해 보이는 집으로 들어섰다. 초인종을 누르자 밝은 오렌지색 곱슬머리에 자줏빛 턱살은 축 늘어지고 립스틱을 바른 입술 위로 짙은 색 솜털이 돋은 뚱뚱한 노부인이 나왔다.

"리디아 보헴스키를 좀 만날 수 있을까요?"

"*전데요.*" 그녀가 러시아 억양이 지독한 프랑스어로 대답했다.

"그러면 그 물건을 가져오겠습니다." 나는 얼버무리고는 서둘러 그 집을 떠났다. 가끔씩 아직도 그녀가 문가에 서 있을지도 모른다는 생각이 든다.

다음날 폰 그라운 부인의 아파트를 다시 찾아가자 하녀가 나를 다른 방으로 안내했다. 멋지게 보이려고 최선을 다해 꾸민 내실 비슷한 곳이었다. 전날 이미 아파트가 몹시 덥다는 것을 알았다. 바깥의 날씨는 쌀쌀하다고까지는 못해도 확실히 습했지만, 이렇게 중앙난방을 아낌없이 틀어놓다니 좀 과한 듯했다. 나는 꽤 오래 기다렸다. 콘솔 위에는 낡은 프랑스 소설이 여러 권 놓여 있었다. 대부분은 문학상 수상작들이었고, 손때 묻은 악셀 문테 박사의 『산 미켈레』도 있었다. 카네이션 한 다발이 이목을 의식하는 듯 놓인 꽃병에 꽂혀 있었다. 그 밖에도 깨지기 쉬운 장식품이 몇 개 있었다. 아마도 매우 질 좋고 값비싼 것들이겠지만, 나는 항상 서배스천과 마찬가지로 유리나 자기로 만들어진 것을 병적이리만치 싫어했다. 마지막으로 말하지만 역시 중요한 것으로, 번쩍번쩍 광을 낸 가구야말로 그 무엇보다도 끔찍했다. 라디오가 그랬다. 그러나 종합해보건대, 헬레네 폰 그라운은 '고상하고 교양 있는' 인물인 듯했다.

드디어 문이 열리고 전날 보았던 부인이 옆걸음질치듯 안으로 들어왔다. 옆걸음질치듯 들어왔다고 한 이유는 그녀가 고개를 숙이고 누군가에게 말을 걸면서 들어왔기 때문이다. 상대는 알고 보니 개구리 같은 얼굴을 하고 쌕쌕거리며 내키지 않는 걸음걸이로 뒤뚱뒤뚱 들어오는 검은 불도그였다.

"제 사파이어 기억하시죠." 그녀가 나에게 작고 차가운 손을 내밀었다. 그녀는 푸른색 소파에 앉아 무거운 불도그를 안아올렸다. "*이리 오렴, 늙은 개야, 이리 와.*" 그녀가 숨을 헐떡이며 말했다. "이 개는 헬레네가 없으면 축 처져요." 그녀는 개가 쿠션 사이에 편안하게 자리잡자 이렇게 말했다. "어쩌죠, 친구가 오늘 아침이면 돌아올 줄 알았는데 디종에서 전화가 와서는 토요일이나 되어야 온다지 뭐예요(그날은 화요일이었다). 너무 죄송해요. 선생님께 연락할 방법이 없더군요. 많이 실망하셨지요?" 그녀는 맞잡은 두 손으로 턱을 괴고 꼭 끼는 벨벳에 감싸인 뾰족한 팔꿈치를 무릎에 대고 나를 바라보았다.

나는 이렇게 대답했다. "그라운 부인에 대해 좀더 들려주신다면 위로가 될지도 모르겠습니다."

이유는 알 수 없었지만, 그 방의 분위기가 왠지 말과 태도에도 영향을 주었다.

"그리고 또," 그녀는 손톱이 날카로운 손가락 하나를 치켜들며 말했다. "*당신을 위해 놀랄 만한 일화를 하나 말씀드리죠*. 우선 차를 내올게요." 이번에는 차를 마시는 소극을 피할 수 없었다. 과연 하녀는 이미 반짝이는 찻그릇이 놓인 이동식 테이블을 밀고 들어오고 있었다.

"잔, 여기에 놓으렴." 르세르프 부인이 말했다. "그래, 그러면 돼."

"이제 되도록 분명하게 말씀해주셔야 해요." 르세르프 부인이 말했다. "*차를 어떻게 마시는 게 좋다고 생각하시는지 전부 다요*. 영국에서 사신 적이 있다면 차에 크림을 좀 넣는 편을 좋아하실 것 같은데요. 선생님은 영국인처럼 보여요."

"저는 러시아인으로 보이는 편이 더 좋습니다."

"저는 러시아인은 아는 사람이 한 명도 없답니다, 물론 헬레네는 제외하고요. 이 비스킷은 맛이 괜찮을 거예요."

"그럼 놀랄 만한 얘기라는 게 뭡니까?" 내가 물었다.

그녀는 상대를 좀 이상한 식으로 뚫어져라 쳐다보았다. 눈이 아니라 얼굴 아랫부분을, 마치 과자 부스러기나 뭔가 털어내야 할 것이 묻기라도 한 것처럼 쳐다보았다. 프랑스 여자치고는 화장을 아주 가볍게 했다. 투명한 피부와 검은 머리카락이 꽤나 매력적으로 보였다.

"아! 친구한테서 전화가 왔을 때 뭘 좀 물어보았어요. 그런데—" 말을 끊은 그녀는 나의 초조함을 즐기는 것 같았다.

"그런데 그런 이름은 들어본 적이 없다고 대답했군요." 내가 대신 말했다.

"아뇨. 그저 웃기만 하더군요. 그런 웃음이 무슨 의미인지는 잘 알죠."

나는 자리에서 일어나 방을 이리저리 걸어다녔다.

드디어 내가 입을 열었다. "이건 절대 웃을 일이 아닙니다. 그렇지 않습니까? 친구분은 서배스천 나이트가 죽은 사실을 모르고 있습니까?"

르세르프 부인은 '아니요'라는 대답 대신 벨벳 같은 검은 눈을 말없이 감았다가 내 턱을 다시 쳐다보았다.

"최근에 친구분을 만나신 적이 있으신가요—제 말은 그의 부고가 신문에 실렸던 1월에 그녀를 만난 적이 있으신가 하는 겁니다. 슬퍼하지는 않던가요?"

"이보세요, 당신은 이상할 정도로 순진하시군요. 세상에는 사랑도 가지가지고 슬픔도 가지가지예요. 헬레네가 당신이 찾는 바로 그 사람이라고 치자고요. 그런들 그녀가 그의 죽음에 충격받을 만큼 그를 사랑했다고 생각할 이유라도 있나요? 아니면 그를 사랑하기는 했지만 죽음에 대해 히스테리 발작을 일으키는 대신 다른 식으로 반응할 수도 있잖아요? 그런 문제에 대해 우리가 무얼 알고 있나요? 그건 그녀의 개인적인 문제예요. 그녀가 아마 당신에게 말해주겠지만, 그때까지는 그녀를 모욕하는 것은 옳지 않아요."

"모욕한 것은 아닙니다." 내가 소리쳤다. "부당하게 들렸다면 죄송합니다. 하지만 그녀에 대해 이야기해주세요. 그녀와 얼마나 오래 알고 지내셨나요?"

"아, 올해까지 지난 십 년간 그리 자주 보지는 못했어요. 아시다시피 헬레네는 여행을 많이 다니니까요. 하지만 우리는 같은 학교를 다녔답니다. 여기 파리에서요. 그녀의 아버지는 제가 알기로는 러시아 화가였어요. 그녀는 한참 어린 나이에 그 바보와 결혼했지요."

"어떤 바보인데요?" 내가 물었다.

"아, 물론 헬레네의 남편이지요. 남편들은 대개 바보예요. 하지만 그 사람은 *타의 추종을 불허했어요.* 다행히도 결혼은 오래가지 않았지요. 제 것을 쓰세요." 그녀는 나에게 자기 라이터를 건넸다. 불도그는 잠자면서 그르렁거렸다. 그녀는 몸을 움직여 소파 위에 웅크리고 나에게 자리를 내주었다. "당신은 여자에 대해 잘 모르시는 것 같군요, 그렇지 않아요?" 그녀는 자기 뒤꿈치를 쓰다듬으며 물었다.

"제 관심사는 한 가지뿐입니다." 내가 대답했다.

"그런데 몇 살이신가요?" 그녀가 말을 이었다. "스물여덟? 제가 맞혔나요? 아니에요? 아, 그렇다면 저보다 나이가 많으시군요. 그래도 상관없어요. 제가 무슨 얘기를 하던 중이었죠? ……헬레네에 대해 아는 게 몇 가지 있죠. 직접 들은 것과 제가 알아낸 것들. 그녀가 유일하게 정말로 사랑했던 남자는 유부남이었는데, 결혼하기 전이었어요. 그때 그녀는 그저 어린아이에 불과했고, 뭐랄까, 남자는 무엇 때문이었는지 그녀에게 싫증이 나버렸지요. 그후로 몇 번 연애를 했지만 별로 대단한 것은 아니었어요. *여자의 마음은 결코 다시 되살아나지 않는 법이거*든요. 나중에 나에게 어떤 이야기를 전부 털어놓았어요. 좀 슬픈 이야기였지요."

그녀는 깔깔 웃었다. 그녀의 이는 작고 창백한 입에 비하면 좀 커 보였다.

"내 친구가 당신 연인이라도 되는 듯한 표정이군요." 그녀가 놀리듯이 말했다. "그건 그렇고, 이 주소를 어떻게 아셨는지 좀 묻고 싶은데요. 제 말은, 어떻게 헬레네를 찾아오시게 되었지요?"

나는 그녀에게 블로베르그에서 네 개의 주소를 얻게 된 일을 설명해주었다. 그 이름들도 말해주었다.

"정말 훌륭해요." 그녀가 외쳤다. "이거야말로 엄청난 에너지로군요! *이보시라고요!* 그리고 베를린에 갔다고요? 그녀는 유대인이었고요? 대단해요! 나머지 사람들도 찾아내셨나요?"

"한 명은 만났습니다. 그것으로 충분했습니다."

"누구요?" 그녀는 너무 재미있어서 어쩔 줄 몰라했다. "누군데요? 레치노이인가요?"

"아뇨. 그녀의 남편은 재혼했고, 그녀는 자취를 감추었습니다."

"당신은 참 멋진 분이군요, 멋있어요." 르세르프 부인은 눈을 문지르며 또다시 웃음을 터뜨렸다. "당신이 불쑥 쳐들어가서 아무것도 모르는 부부를 대면하는 장면이 눈앞에 선하군요. 아, 이렇게 재미있는 이야기는 난생처음이에요. 그의 부인이 당신을 계단 아래로 떠밀어버리지는 않았나요?"

"그 얘기는 접어둡시다." 나는 좀 무뚝뚝하게 대꾸했다. 이 정도면 이 여자가 신나서 떠드는 것도 이제 지겨웠다. 부부간의 문제와 관련하여 그녀가 프랑스식 유머 감각을 가지고 있다는 것이 유감스러웠다. 다른 때라면 그것도 매력적으로 보일 수 있었겠지만, 지금은 나의 조사를 이렇게 경박스럽고 예의 없이 대하는 태도가 다소 서배스천에 대한 기억을 무시하는 것처럼 느껴졌다. 그런 느낌이 강해지면서 문득 이 모든 것이 예의 없는 짓이고 유령을 찾아내려는 나의 어설픈 노력 탓에 서배스천의 마지막 사랑에 대해 할 수 있는 그 어떤 생각마저 다 부질없어질지도 모르겠다는 생각이 들었다. 아니면 서배스천이라면 내가 그를 위해서 해온 이 탐색의 그로테스크한 면을 재미있어했을까? 전기의 주인공은 서투른 전기 작가를 충분히 보완해줄 만한 특별한 '나이트다운 예상 밖의 전환'을 찾아냈을까?

"용서해주세요." 그녀가 얼음처럼 차가운 손을 내 손 위에 놓고 나를 바라보았다. "너무 화내시면 안 돼요."

그녀는 재빨리 일어나서 구석에 놓인 마호가니 가구 쪽으로 갔다. 그녀가 허리를 구부리는 동안 나는 소녀처럼 마른 그녀의 등을 바라보며 무슨 일을 하려나 궁금해했다.

"아니, 그건 안 돼요, 맙소사!" 내가 소리쳤다.

"안 된다고요? 마음을 달래주려고 음악을 좀 틀 생각이었는데요. 대화 분위기를 만들어주기도 할 거고요. 안 돼요? 그럼 뭐 좋으실 대로 하지요."

불도그가 몸을 흔들고는 다시 누웠다.

"괜찮아." 그녀는 부드럽게 어르는 목소리로 말했다.

"저한테 무슨 얘기를 하시려던 참이었죠." 내가 그녀에게 일깨웠다.

"그래요." 그녀는 다시 내 옆에 앉았고, 치맛자락을 잡아당기고는 한쪽 다리를 접어 깔고 앉았다. "예, 저는 그 남자가 누구인지 몰라요. 하지만 추측건대 상대하기 어려운 부류의 남자였어요. 헬레네는 그의 외모와 손, 그리고 그의 화법을 좋아했다고 해요. 그가 자기를 사랑하게 만들 수 있다면 아주 재미있을 거라고 생각했고요. 왜냐하면 그는 아주 지적으로 보였거든요. 헬레네는 세련되고 초연하고 똑똑한 사람이 갑자기 네발로 기어와 꼬리를 흔드는 모습을 보면 늘 즐거워했어요. 왜 그러세요, *선생님?*"

"도대체 무슨 소리를 하는 겁니까?" 내가 소리쳤다. "언제…… 언제 어디에서 그런 일이 일어났습니까?"

"*아, 제가 친구 달력까지 확인하지는 않아요. 그것까지 기대하지는 않으시겠죠!* 날짜며 이름까지 물어보지는 않았어요. 그녀가 직접 말해 주었다 해도 잊어버렸어요. 이제 질문은 더이상 하지 말아주세요. 당신이 알고 싶은 것이 아니라 제가 아는 대로만 말씀드릴게요. 제 생각에 그는 당신 친척은 아닌 것 같아요. 당신하고는 전혀 닮지 않았거든요. 물론 그녀한테서 들은 것과 당신에게서 제가 본 것들로 미루어 판단할 수 있는 한에서 그렇다는 말이지만요. 당신은 진지하고 좋은 사람이에요. 그는, 뭐랄까, 전혀 좋은 사람이 아니었어요. 헬레네와 사랑에 빠졌다는 것을 알게 되자 분명히 못되게 굴었어요. 그는 헬레네가 바랐던 대로 감상적인 어린아이로 변하지 않았어요. 그는 그녀에게 천박하고 허영심 많다고 독설을 퍼붓고는 그녀가 도자기 인형이 아니라는 것을 확인하기 위해서 키스했지요. 아, 물론 도자기는 아니지요. 그는 곧 자기가 그녀 없이는 살 수 없다는 사실을 깨달았고, 그녀는 곧 그가 자기의 꿈, 꿈속의 꿈, 꿈의 꿈속의 꿈에 대해 이야기하는 것을 들어주는 데 물렸다는 사실을 알았어요. 뭐랄까, 어느 쪽도 비난할 마음은 없어요. 둘 다 옳았을 수도 있고 둘 다 틀렸을 수도 있지요. 하지만 내 친구는 그가 생각했던 평범한 여자와는 거리가 멀었어요. 그녀는 전혀 다른 유형이었고, 그가 안다고 생각하는 것보다 삶과 죽음과 사람들에 대해 조금은 더 많이 알고 있었지요. 그는 자기 감정과 자기 생각에만 너무 빠져버린 나머지 남의 것은 이해할 수 없게 되어 현대의 책은 전부 쓰레기이고, 현대의 젊은이들은 죄다 바보라고 생각하는 그런 남자였어요. 그녀는 그의 취향과 변덕, 종교를 말하는 방식을 아무도 이해 못할 거라고 했어요. 들으면 틀림없이 소름이 끼칠 거예요. 내 친구는 지금은 몰라도 예전에는 아주 명랑한, *진짜 명랑한* 성격이었어요. 하지만 그가 올 때마다 자신이 늙어가고 매사에 시큰둥해진다고 느꼈어요. 그는 그녀 곁에 오래 머무는 법이 없었고, *느닷없이* 찾아와서는 장갑도 벗지 않고 지팡이 손잡이에 손을 올린 채 두툼한 쿠션 위에 털썩 주저앉아 울적하게 바라보곤 했지요. 그녀는 곧 다른 남자와 가까워졌어요. 그는 그녀를 숭배했고, 당신이 당신 형일 거라고 잘못 짚은 그 남자보다 (노려보지 말아주세요) 훨씬, 훨씬 더 사려 깊고 친절하고 신중했어요. 하지만 그녀는 어느 쪽도 그다지 좋아하지는 않았어요. 그들이 만났을 때 서로에게 공손하게 구는 태도를 보고 너무 우스웠다고 하더군요. 그녀는 여행을 좋아했어요. 하지만 그녀의 골칫거리를 비롯해 모든 것을 잊을 수 있을 만큼 정말로 멋진 곳을 발견할 때마다 그가 또다시 경치를 완전히 가려버리곤 했어요. 테라스의 테이블 앞에 앉아서 그녀에게 천박하고 허영심만 많다고, 그리고 그녀 없이는 살 수 없다고 말했어요. 그러지 않으면 그녀의 친구들 옆에서 장광설을 늘어놓았어요. 있잖아요, *우스갯소리 하기 좋아하는 그런 젊은이들이요.* 재떨이 모양이나 시대 분위기에 대해 길고 모호한 연설을 늘어놓았지요.

그는 의자에 홀로 남아 혼자 바보 같은 미소를 짓거나 자기 맥박을 세어보곤 했어요. 그녀는 그 시절을 그리 유쾌한 기억으로 간직하고 있지는 않을 텐데, 그가 정말로 당신의 친척이라면 유감이네요. 결국 그는 아주 성가신 존재가 되어버렸고, 그녀는 더는 그가 자기에게 손끝 하나 대지 못하게 했어요. 그는 흥분하면 발작 비슷한 것을 일으키곤 했거든요. 어느 날 드디어 그녀는 그가 밤 기차로 도착할 예정이라는 것을 알고, 그녀를 기쁘게 해줄 수만 있다면 무슨 짓이라도 할 어느 젊은이에게 그를 만나서 다시는 만나고 싶지 않다고 전해달라는 부탁을 했어요. 만약 그가 자기를 만나려고 든다면 친구들이 그를 골치 아픈 이방인으로 간주하고 그에 맞는 대접을 해줄 거라고요. 그녀가 잘했다는 건 아니지만, 결국은 그게 그에게도 더 나을 거라고 생각한 것 같아요. 그리고 효과가 있었어요. 그는 늘 보내던 애원하는 편지조차 더이상 보내지 않게 되었어요. 보냈더라도 그녀는 절대 읽지 않았을 테지만요. 아뇨, 아뇨, 정말로 그 사람이 문제의 그 남자일 거라고는 생각지 않아요. 제가 당신에게 이 모든 이야기를 했다 해도 그건 헬레네가 어떤 여자인지 설명해드리고 싶어서이지 그녀의 연인들 얘기를 하려던 것이 아니에요. 그녀는 생기가 넘치고 누구에게나 다정하게 대해요. *명랑한 생명력을 지닌 그녀는 삶의 현상들에 대해 생득적인 철학과 거의 종교적인 것에 가까운 의미를 따르는 사람이기도 해요.* 그러니 어찌되겠어요? 그녀가 좋아했던 남자들은 알고 보니 끔찍이도 실망스러웠고, 여자들은 거의 예외 없이 모두 다 고양이들에 지나지 않았고요. 그녀는 무슨 수를 써서라도 그녀를 망가뜨리려 드는 세계에서 행복해져보겠다고 자기 인생에서 가장 좋은 때를 허비해버리고 말았죠. 세계가 성공했는지 안 했는지는 그녀를 만나보시면 직접 확인하실 수 있을 거예요."

우리는 꽤 한참 동안 말없이 있었다. 아, 서배스천에 대한 묘사는 아주 심했지만 의심의 여지가 없었다. 간접적으로 들은 것이긴 하지만.

내가 입을 열었다. "네, 무슨 일이 있어도 친구분을 꼭 뵈어야겠습니다. 두 가지 이유에서입니다. 우선, 어떤 질문을 하나 하고 싶습니다. 딱 한 가지입니다. 그리고 두번째로……"

"네?" 르세르프 부인이 식은 차를 홀짝이며 물었다. "두번째로요?"

"두번째로, 그런 여자가 어떻게 제 형의 마음을 사로잡을 수 있었는지 생각하면 당혹스럽습니다. 그래서 제 눈으로 직접 보고 싶습니다."

"그러니까," 르세르프 부인이 물었다. "제 친구가 지독하고 위험한 여자라고 생각하신다는 뜻이군요? 팜파탈로요? 그렇지 않아요. 그녀는 정말 마음씨가 고와요."

"아, 아닙니다. 지독하다거나 위험하다고 생각지 않습니다. 이편이 좋으시다면 영리하다고 해두지요. 뭐 그 비슷한 식으로요. 하지만…… 아니, 제가 직접 봐야겠어요."

"보면 알겠지요." 르세르프 부인이 말했다. "자, 보세요. 제가 제안을 하나 하지요. 저는 내일 떠나요. 토요일에 당신이 여기 찾아오신다 해도 헬레네가 또 너무 바쁠까봐 걱정이에요. 항상 바쁘거든요. 그다음날 시골에 있는 제 집에 와서 한 주 동안 묵기로 약속한 것도 잊고 당신과의 약속을 그날로 미룰 거예요. 그러면 당신은 그녀를 또 놓치는 거죠. 다시 말해서, 제일 좋은 방법은 당신도 우리집에 내려와 계시는 거예요. 그때는 틀림없이 그녀를 만나보실 수 있을 테니까요. 그러니까 일요일 아침에 우리집에 와서 원하는 만큼 머무시면 어떨까요. 우리집에는 빈방이 네 개 있으니 편히 지내실 수 있을 거예요. 그리고 제가 그녀에게 먼저 귀띔을 좀 해두면 당신과 이야기를 나눌 마음의 준비도 되어 있을 테고요. *자, 어떠세요, 그렇게 하시겠어요?*”

# 17

정말 이상한 일이군, 나는 곰곰이 생각했다. 니나 레치노이와 헬레네 폰 그라운 사이에는 약간이나마 가족처럼 닮은 점이 있는 듯했다. 아니면 적어도 니나의 남편과 헬레네의 친구가 나에게 묘사해준 그림 사이에는 그런 유사점이 있었다. 둘 중 딱히 어느 쪽이 더 낫다고는 말하기 어려웠다. 니나는 깊이는 없으면서 겉만 화려했고, 헬레네는 교활하고 무정했다. 둘 다 변덕스러웠다. 어느 쪽도 그다지 내 취향은 아니었다. 서배스천의 취향도 아닐 거라고 생각했다. 두 여자가 블로베르그에서 서로 아는 사이였을까 궁금했다. 그랬더라면 서로 잘 지냈을지도 모른다. 이론상으로는. 실제로는 서로 씩씩대고 으르렁거리며 지냈을지도 모른다. 한편으로는 이제는 레치노이에 대한 단서를 완전히 놓을 수 있게 되어 크게 마음이 놓였다. 그 프랑스 여인이 친구의 연인에 대해 들려준 내용이 우연의 일치일 가능성은 거의 없어 보였다. 서배스천이 어떤 대접을 받았는지 알게 되었을 때 기분이 어쨌건 간에, 탐사의 끝이 가까워지고 있고 감옥에 있을지 로스앤젤레스에 있을지 알 길이 없는 팔 팔리치의 전처를 찾아내는 불가능한 임무에 나서지 않아도 된다는 점은 기쁘지 않을 수 없었다.

이것이 마지막 기회임을 잘 알고 있었다. 헬레네 폰 그라운을 정말로 만날 수 있을지 걱정이 되어 할 수 있는 것은 다했다. 그녀가 도착하는 대로 받아볼 수 있도록 파리의 주소로 편지를 보냈다. 편지는 아주 짧았다. 그저 레스코에서 그녀의 친구 집에 묵을 손님인데, 그녀를 만나고 싶은 목적 하나로 이 초대를 수락했다고만 알렸다. 그리고 문학과 관련된 중요한 용건 하나를 놓고 좀 상의하고 싶다고 덧붙였다. 마지막 문장은 아주 정직하다고는 할 수 없지만, 귀가 솔깃할 거라 생각했다. 그녀가 디종에서 전화를 걸었을 때 그녀를 보려는 나의 간절한 바람에 대해 친구가 무슨 말을 했을지는 전혀 알지 못했다. 일요일에 르세르프 부인으로부터 헬레네가 자기한테로 오는 대신 니스로 떠나버렸다는 전갈이 올까봐 이루 말할 수 없이 불안했다. 그 편지를 부치고 나서 어쨌든 우리의 만남을 위해 힘닿는 데까지 할 수 있는 일은 다했다고 생각했다.

나는 약속한 대로 정오께 레스코에 닿을 수 있도록 오전 아홉시경 출발했다. 기차에 올라서야 가는 도중에 서배스천이 죽어서 묻힌 장소인 생다미에를 지나게 된다는 사실을 깨닫고 충격을 받았다. 그곳에서 잊을 수 없는 하룻밤을 지냈다. 그러나 이제 와서는 아무것도 알아보지 못했다. 기차가 작은 생다미에 역 플랫폼에 잠깐 정차했을 때 본 역

표지만이 내가 거기 간 적이 있었음을 말해주었다. 그곳은 내 기억 속을 맴돌던 뒤틀린 꿈 같은 인상에 비하면 너무나 소박하고 고루하고 뻔해 보였다. 아니면 지금 그것이 뒤틀려 있는 것일까?

기차가 다시 움직이자 이상하게도 마음이 놓였다. 더는 두 달 전 걸었던 으스스한 길을 따라 걷고 있지 않았다. 날씨는 좋았고 기차가 설 때마다 얕고 고르지 않게 숨쉬는 봄의 호흡이 들려오는 듯했다. 봄은 여전히 눈에는 거의 보이지 않았지만, 이미 와 있다는 사실은 의심의 여지가 없었다. 서배스천이 언젠가 쓴 적이 있는 '팔다리가 싸늘해져서 차례를 기다리는 발레리나들'처럼.

르세르프 부인의 집은 거대하고 금방이라도 무너질 듯했다. 시들시들한 늙은 나무들 십여 그루가 넓은 정원임을 보여주고 있었다. 한쪽은 들판, 다른 한쪽은 공장이 서 있는 언덕이었다. 그곳 어디를 보아도 기묘하게 지치고 초라한 인상에 먼지투성이였다. 나중에 그 집이 지어진 지 불과 삼십 년 정도밖에는 되지 않았음을 알고 그렇게 낡은 모습에 한층 더 놀랐다. 현관으로 다가가다가 잘각잘각 소리를 내며 다급하게 자갈길을 걸어 내려오는 남자와 마주쳤다. 그는 발길을 멈추고 나에게 악수를 청했다.

"*뵙게 되어 반갑습니다.*" 그는 우울한 시선으로 나를 재빨리 훑어보며 말했다. "제 안사람이 기다리고 있습니다. *유감스럽습니다만*…… 저는 이번 일요일에 파리에 가야 해서요."

그는 중년에, 다소 평범해 보이는 프랑스인으로, 지친 눈으로 기계적인 미소를 지었다. 우리는 한번 더 악수를 나누었다.

"*여보,* 기차 놓치겠어요." 르세르프 부인의 수정처럼 맑은 목소리가 베란다에서 들려오자 그는 고분고분 종종걸음으로 떠나갔다.

그녀는 오늘 베이지색 드레스를 입고 입술을 밝게 칠했지만 속이 비칠 듯한 얼굴 피부에는 손도 대지 않았다. 햇빛 때문에 머리카락에 파르스름한 윤기가 돌았다. 문득 누가 뭐래도 정말 예쁜 젊은 여인이라는 생각이 들었다. 우리는 방 두세 개를 지나갔다. 그 방들 사이에서 응접실의 개념은 모호하게 나뉜 듯했다. 이 불편하고 구조가 어수선한 집에 우리 둘뿐이라는 인상을 받았다. 그녀는 초록색 비단 소파 위에 놓인 숄을 집어 둘렀다.

"춥지 않아요?" 그녀가 말했다. "내가 살면서 싫어하는 것이 하나 있다면 바로 추위예요. 내 손을 만져보세요. 여름만 제외하고는 늘 똑같아요. 점심식사가 곧 준비될 거예요. 앉으세요."

"친구분은 정확히 언제 옵니까?" 내가 물었다.

"*이보세요,* 잠시라도 그녀 생각은 잊고 다른 얘기를 할 수는 없나요? *예의가 아니라는 거 아실 텐데*. 당신 얘기나 좀 들려주세요. 사는 곳은 어디이고, 무슨 일을 하시나요?"

"오후에 여기에 옵니까?"

"네, 네, 정말 집요하시군요, *고집불통 씨*. 꼭 올 거예요. 그렇게 안달복달하지 마세요. 아시겠지만 여자들은 너무 *집념이 강한* 남자들을 그리 좋아하지 않는다고요. 우리 남편은 어떻던가요?"

나는 그가 그녀보다 훨씬 더 연상인 것 같다고 말했다.

"착하기는 참 착하지만 지루하기 짝이 없는 사람이에요." 그녀는 깔깔 웃으며 말을 이었다. "일부러 쫓아 보냈지요. 결혼한 지 이제 고작 일 년 되었는데 벌써 육십 년은 같이 산 기분이에요. 그리고 전 이 집이 싫어요. 안 그런가요?"

나는 좀 구식인 것 같다고 대답했다.

"아, 그건 정확한 표현이 아니에요. 제가 처음 보았을 때는 새로 지은 집 같았어요. 하지만 그후로 색이 바래고 허물어질 듯 변하더라고요. 한번은 의사한테 패랭이꽃과 수선화를 제외하고는 꽃이란 꽃은 죄다 제가 손만 대면 시들어버린다고 했지요. 이상하지 않아요?"

"그랬더니 의사가 뭐랍디까?"

"자기는 식물학자가 아니라고 하더군요. 옛날에 저 같은 페르시아 공주가 있었대요. 왕궁의 정원을 망쳐놓았다나요."

나이들고 좀 부루퉁한 인상의 하녀가 안으로 들어와 안주인에게 목례를 했다.

"갑시다," 르세르프 부인이 말했다. "얼굴을 보아하니 *많이 시장하신 듯한데*."

그녀의 뒤를 따라가다가 그녀가 갑자기 몸을 돌리는 바람에 문가에서 서로 부딪쳤다. 그녀는 내 어깨를 붙잡았다. 그녀의 머리카락이 내 뺨에 닿았다. "이런 재바르지 못한 젊은이를 보았나," 그녀가 말했다. "내 약을 깜박했어요."

그녀가 약을 가져왔고 우리는 식당을 향해 집안을 걸어갔다. 드디어 식당을 찾았다. 마지막 순간에 마음을 바꾸어 보통 집 같은 모습으로 되돌리려고 무성의한 시도로 만든 듯한 퇴창이 있는 음침한 공간이었다. 두 사람이 각각 다른 문을 통해 말없이 안으로 들어왔다. 한 명은 노부인이었는데 추측건대 르세르프 씨의 사촌인 듯했다. 그녀가 한 얘기라고는 먹을 것을 건네면서 공손하게 나눈 몇 마디뿐이었다. 다른 한 명은 헐렁한 반바지 차림의 잘생긴 남자로, 엄숙한 얼굴에 듬성듬성한 머리칼에는 기묘하게도 흰머리가 한 가닥 섞여 있었다. 그는 점심식사를 하는 내내 한 번도 입을 열지 않았다. 르세르프 부인은 이름을 알려주기조차 귀찮다는 듯 후다닥 서둘러 그들의 소개를 해치워버렸다. 나는 그녀가 식탁에서 그를 없는 사람 취급하고 있다는 것을 알아차렸다. 정말로 그는 따로 앉아 있는 것 같았다. 음식은 훌륭했지만 되는대로 나왔다. 그러나 와인은 정말로 좋았다.

우리가 달그락거리며 첫번째 코스를 다 먹고 나자 금발의 신사가 담배에 불을 붙여 밖으로 나갔다. 그는 잠시 후 재떨이를 들고 되돌아왔다. 먹는 데에만 열중하고 있던 르세르프 부인이 그제야 나를 보며 말했다.

"그러니까 최근에 여행을 많이 하셨지요? 저는 영국에는 한 번도 가본 적이 없어요. 그럴 일이 없었지요. 지루한 곳일 것 같아요. *틀림없이 다들 지루해 죽으려고 할 거예요. 그렇지 않아요?* 게다가 그 안개며…… 음악도 없고 종류를 막론하고 예술도 전혀 없고…… 이건 특별한 방법으로 조리한 토끼 고기예요. 입에 맞으실 거예요."

"그건 그렇고," 내가 말했다. "말씀드리는 걸 잊고 있었습니다만, 친구분에게 편지를 써서 제가 여기 와 있을 거라고 미리 알려드렸습니다…… 꼭 오시도록 일깨워드리려고요."

르세르프 부인이 나이프와 포크를 내려놓았다. 놀라움과 짜증이 뒤섞인 표정이었다. "그런 짓을 하다니요!" 그녀가 외쳤다.

"하지만 해될 게 없지 않습니까, 아니면 부인 생각으로는—"

우리는 침묵 속에서 토끼 요리를 다 먹었다. 다음으로는 초콜릿 크림이 나왔다. 금발의 신사는 자기 냅킨을 조심스럽게 접어 고리에 끼워넣고 일어서서 안주인에게 가볍게 인사를 하고 물러갔다.

"커피는 휴게실에서 마실 거야." 르세르프 부인이 하녀에게 말했다.

"당신한테 화가 났어요." 자리를 잡고 나서 그녀가 입을 열었다. "당신이 일을 다 망쳐놓은 것 같네요."

"왜, 제가 무슨 짓을 했다고요?" 내가 물었다.

그녀는 시선을 돌렸다. 작고 단단한 가슴이 규칙적으로 크게 들썩거렸다(서배스천은 언젠가 그런 일은 책 속에서나 있다고 썼지만 여기 그가 틀렸다는 증거가 있다). 소녀 같은 창백한 목에 돋은 파란 정맥이 고동치는 것 같았다(하지만 확신할 수는 없다). 속눈썹이 파르르 떨렸다. 그렇다, 그녀는 과연 예쁜 여인이다. 남프랑스 출신일까, 궁금했다. 어쩌면 아를 태생일지도 모른다. 하지만 아니다. 그녀의 억양은 파리 토박이의 것이다.

"파리에서 태어나셨습니까?" 내가 물었다.

"고맙군요." 그녀가 나를 쳐다보지도 않고 말했다. "저에게 하신 첫 번째 질문이네요. 하지만 그것이 당신이 저지른 엄청난 실수의 면죄부가 되지는 않아요. 그보다 더 어리석은 짓을 할 수는 없을 거예요. 어쩌면, 내가 나섰다면…… 잠시만요, 금방 돌아올게요."

나는 다시 자리에 앉아 담배를 피웠다. 비스듬히 들어오는 햇살 속에서 먼지구름이 피어올랐다. 소용돌이치는 담배 연기가 거기 합세하여 언제라도 살아 있는 그림을 만들 수도 있을 것처럼 부드럽게, 은근히 빙빙 돌았다. 다시 한번 말하자면 나 자신의 개인적인 것과 관련된 문제로 이 페이지를 어지럽히기는 정말로 싫다. 하지만 잠시 그 여인과 사랑을 나누는 생각을 해보았다고 말한다면 독자들이 재미있어할지도(또 누가 알겠는가, 서배스천의 유령도 좋아할지) 모르겠다. 정말로 이상하기 짝이 없는 생각이었다. 동시에 그녀는 내 신경을 건드렸다. 그녀가 하는 얘기 말이다. 나는 스스로를 제어할 수가 없었다. 그녀가 돌아왔을 때 난 정신적으로 부들부들 떨고 있었다.

"이제 끝이군요." 그녀가 입을 열었다. "헬레네는 집에 없어요."

"*잘됐네요.*" 내가 대꾸했다. "아마 여기로 오는 중인가보죠. 내가 지금 그녀를 만나고 싶어서 얼마나 애가 타는지 꼭 알아주셨으면 좋겠습니다."

"그런데 도대체 왜 그녀에게 편지를 썼냐고요!" 르세르프 부인이 외쳤다. "그녀를 알지도 못하잖아요. 그리고 오늘 여기로 올 거라고 내가 장담까지 했는데. 대체 뭘 더 바라나요? 그리고 나를 믿지 못한다면, 나를 마음대로 움직이고 싶다면—*그렇다면, 선생, 당신은 정말 우스운 분이로군요.*"

"아, 이보세요," 나는 아주 진지한 어조로 말했다. "그런 생각은 해본 적도 없어요. 저는 단지…… 버터를 죽에 좀 넣었다고 못 먹을 게 되지는 않아요. 러시아 속담이에요."

"버터 따위는 내 알 바 아니고요…… 러시아인들이 뭐라건." 그녀가 말했다. 내가 어떡해야 할까? 나는 내 손 옆에 놓인 그녀의 손을 흘끗 보았다. 손이 가늘게 떨렸다. 그녀는 얇은 드레스 차림이었다. 딱히 추위 탓은 아닌 기묘한 작은 떨림이 내 등뼈를 훑고 지나갔다. 저 손에 입맞추어야 할까? 바보 같은 기분이 들지 않고 예의바르게 해낼 수 있을까?

그녀는 한숨을 쉬고 일어섰다.

"자, 이제 우리가 할 수 있는 일은 아무것도 없어요. 유감스럽지만 당신이 그녀와의 만남을 취소한 거예요. 그녀가 온다 해도—아, 상관없어요. 두고 보면 알게 되겠지요. 우리 사유지를 둘러보시겠어요? 이 비참한 집보다는 바깥이 더 따듯할 거예요. *이 서글픈 저택보다는.*"

그 '사유지'는 내가 이미 알아차린 대로 정원과 관목숲으로 이루어져 있었다. 아주 고요했다. 초록이 점점이 박힌 검은 나뭇가지들이 자기들의 내적 생명에 귀기울이고 있는 것 같았다. 뭔가 음울하고 황량한 분위기가 그 장소에 감돌았다. 왔다가 녹슨 삽을 두고 가버린 정체모를 정원사가 파헤친 흙이 벽돌담 옆에 무더기로 쌓여 있었다. 무슨 이유에서인지 최근에 일어난 살인 사건이 떠올랐다. 살인자는 바로 이런 정원에 희생자를 묻었다.

말이 없던 르세르프 부인이 입을 열었다. "당신은 이복형을 퍽 좋아했나보군요. 그의 과거를 가지고 이렇게 난리를 치고 있으니. 그는 어떻게 죽었나요? 자살이었나요?"

"아, 아닙니다. 심장병이 있었습니다."

"권총 자살했다고 하실 줄 알았어요. 그 편이 훨씬 더 낭만적이었을 텐데. 당신의 책이 침대에서 끝나게 된다면 실망스러울 거예요. 여름에는 여기에 장미가 핀답니다. 여기, 이 진흙밭에서요. 하지만 절대로 여기에서 다시 여름을 보내지는 않을 거예요."

"어떤 식으로든 그의 일생을 조작할 생각은 당연히 절대로 하지 않을 겁니다." 내가 말했다.

"아, 그렇군요. 내가 아는 어떤 남자는 죽은 처의 편지를 출판해서 친구들에게 돌렸어요. 어째서 당신 형의 전기가 사람들의 관심을 끌 거라고 생각하나요?"

"혹시 그의 책을 읽어본—" 내가 말을 하려는데 갑자기 진흙투성이가 되기는 했지만 근사해 보이는 차 한 대가 대문 앞에 멈춰 섰다.

"아이, 귀찮아라." 르세르프 부인이 말했다.

"그녀가 온 모양이군요." 내가 외쳤다.

한 여자가 차에서 급히 내리다가 웅덩이를 밟았다.

"네, 그녀가 맞아요." 르세르프 부인이 말했다. "이제 여기 그대로 계세요."

그녀는 길을 따라 손을 흔들며 달려가 막 도착한 손님을 키스로 맞고 왼쪽으로 끌고 가더니 관목숲 뒤로 사라졌다. 잠시 후 그들이 정원을 빙 둘러 계단을 오르는 모습이 보였다. 그들은 집안으로 사라졌다. 헬레네 폰 그라운의 단추 풀린 털외투와 밝은색 스카프 말고는 아무것도 보지 못했다.

돌로 된 벤치가 하나 있기에 거기 앉았다. 나는 흥분했고 드디어 먹잇감을 잡았다는 생각에 기뻤다. 벤치 위에 누군가의 지팡이가 놓여 있어서 그것으로 비옥한 갈색 흙을 쿡쿡 찔렀다. 드디어 해냈다! 그녀와 이야기를 나누고 나서 오늘밤 파리로 돌아갈 것이다. 그리고…… 어울리지 않는 이상한 생각 하나, 바꿔치기한 아이, 떨고 있는 멍청이가 살짝 숨어들어 군중 속에 뒤섞인다…… 오늘밤 돌아갈까? 모파상의 변변찮은 단편 중 숨막히게 하는 구절 "나는 책을 잊고 있었다", 이건 어떤가? 그러나 나 역시 내 책을 잊고 있었다.

"거기 계셨군요." 르세르프 부인의 목소리가 들렸다. "집에 가버리셨나 했네요."

"아, 별문제 없습니까?"

"전혀 그렇지 못해요." 그녀가 차분하게 대답했다. "당신이 뭐라고 쓰셨는지는 전혀 모르겠지만, 제 친구는 자기가 준비하려고 하는 영화 일을 가리킨 것이라고 생각했어요. 당신이 자기를 함정에 빠뜨렸다고 하는군요. 이제 내가 일러주는 대로 하세요. 오늘이나 내일이나 모레 그녀와 이야기를 나누진 못할 거예요. 하지만 여기에 머물면서 그녀에게 아주 잘해주세요. 나에게 다 말해주겠다고 약속했어요. 나중에 아마 그녀와 이야기를 나눌 수 있을 거예요. 그러면 되겠지요?"

"이렇게 수고해주시다니 정말 너무나도 감사합니다."

그녀는 내 옆자리에 앉았다. 벤치는 아주 좁고, 나는 다소—좀—건장한 편이어서 그녀와 어깨가 맞닿았다. 나는 혀로 입술을 적시고 들고 있던 지팡이로 땅 위에 선을 긁적였다.

"뭘 그리시려는 건가요?" 그녀가 이렇게 묻고는 헛기침을 했다.

"제 생각의 흐름입니다." 나는 바보 같은 대답을 했다.

"옛날에," 그녀가 부드럽게 말했다. "자기 이름을 거꾸로 쓸 수 있다는 이유 하나만으로 어떤 남자에게 키스한 적이 있었지요."

지팡이가 내 손에서 떨어졌다. 나는 르세르프 부인을 뚫어져라 바라보았다. 그녀의 매끈한 하얀 이마를 들여다보고, 나의 시선을 오해했을지도 모를 그녀의 내리깐 짙은 보랏빛 눈꺼풀을 바라보았다. 창백한 뺨에 찍힌 조그만 옅은 모반과 섬세한 콧방울, 그녀가 검은 머리를 숙일 때 윗입술에 잡히는 잔주름, 새하얀 목, 가느다란 손가락의 장밋빛으로 칠한 손톱을 보았다. 그녀는 얼굴을 들고 보통의 경우보다 약간 더 높은 곳에 홍채가 있는 기묘한 벨벳 같은 눈으로 내 입술을 바라보았다.

나는 일어섰다.

"왜 그러세요? 무슨 생각을 하시나요?"

나는 고개를 가로저었다. 그러나 그녀가 옳았다. 나는 지금 뭔가를 생각하는 중이었다—당장 풀어야 할 무언가를.

"그럼 안으로 들어갈까요?" 길을 따라 걸으면서 그녀가 물었다.

나는 고개를 끄덕였다.

"하지만 친구는 좀 있어야 내려올 거예요. 그런데 왜 그렇게 부루퉁하세요?"

나는 발을 멈추고 다시 그녀를 바라보았던 것 같다. 이번에는 몸에 꼭 맞는 담황색 드레스를 입은 그녀의 가녀리고 조그만 몸매를 바라보았다.

나는 깊은 생각에 잠겨 계속 발걸음을 옮겼다. 햇빛이 얼룩무늬를 드리운 길이 나를 보고 얼굴을 찡그리는 것 같았다.

"*당신은 웬만해서는 타협을 모르는군요.*" 르세르프 부인이 말했다.

테라스에 탁자와 의자 여러 개가 있었다. 점심식사 때 본 말없는 금발의 남자가 거기 앉아 자기 시계의 부품을 살펴보고 있었다. 나는 부주의하게도 자리에 앉다가 그의 팔꿈치를 쳤고, 그가 작은 나사 한 개를 떨어뜨렸다.

"Boga radi." 내가 사과하자 그가 (괜찮다고) 말했다.

(아, 그는 러시아인이었다. 잘됐다. 나에게 도움이 되겠다.)

르세르프 부인은 우리에게 등을 돌리고 서서 발로 포석을 가볍게 톡톡 치며 부드럽게 콧노래를 흥얼거리고 있었다.

바로 그때 나는 망가진 시계를 보고 있는 말없는 동포에게 고개를 돌렸다.

"Ah-oo-neigh na-sheiky pah-ook." 내가 조용히 말했다.

부인의 손이 목덜미로 올라갔다. 그녀는 휙 돌아섰다.

"Shto?"(뭐라고요?) 좀 둔한 동포가 나를 흘낏 보면서 물었다. 그러고는 부인을 보더니 불편하게 씩 웃고는 제 시계를 만지작거렸다.

"*제 목에 뭔가*…… 제 목에 뭔가 있군요, 느껴져요." 르세르프 부인이 말했다.

내가 대답했다. "실은 지금 막 이 러시아 신사분께 부인 목에 거미가 있는 줄 알았다고 말하던 참이었습니다. 그런데 제가 잘못 보았군요. 빛 때문에 착각했습니다."

"축음기를 틀까요?" 그녀가 밝은 목소리로 물었다.

"정말 죄송합니다만 집에 가봐야 할 것 같습니다. 이해해주시겠지요?"

"*제정신이신가요*," 그녀가 소리쳤다. "제 친구를 보고 싶다고 하지 않으셨어요?"

"다음번에 뵐 수 있겠지요." 나는 달래는 투로 말했다. "다음번에요."

그녀가 나를 따라 정원으로 나오며 말했다. "대체 왜 그러시나요?"

"당신은 정말 영리했어요." 나는 우리의 자유롭고 장엄한 러시아어로 말했다. "내내 자기 얘기를 하면서 나에게는 친구에 대해 이야기하고 있다고 믿게 만들다니 정말로 영리했어요. 운명이 당신의 팔꿈치를 떠밀지 않았다면, 이 작은 장난질이 꽤 오래 계속될 수도 있었겠지요.

이제 당신이 일을 그르쳐버렸어요. 내가 우연히 당신 전남편의 사촌을 만난 적이 있거든요. 글씨를 거꾸로 쓸 수 있는 사람. 그래서 가벼운 테스트를 해보았지요. 그리고 당신은 무심코 내가 혼잣말처럼 흘린 러시아어*를 알아들은 티를 내버렸고요……" 아니, 나는 이중 한 마디도 하지 않았다. 그저 인사를 하고 정원을 나왔다. 그녀는 이 책을 한 부 받아보게 될 것이고 사정을 알게 될 것이다.

* V가 "이런, 그녀의 목에 거미가 있어요"에 해당하는 러시아어를 의도적으로 불분명하게 발음했음에도 르세르프 부인은 정확하게 알아들었다.

# 18

니나에게 묻고 싶었던 그 질문은 입 밖에 내지 못한 채 남았다. 그녀가 지겹다고 생각했던 그 창백한 얼굴의 남자가 우리 시대의 가장 주목할 만한 작가들 중 한 명이라는 사실을 알고 있었는지 물어보고 싶었다. 하지만 물어본들 무슨 소용이 있겠는가! 그녀 같은 부류의 여자에게 책이란 아무 의미도 없다. 자기 삶이 소설 백 권과 맞먹을 만큼 흥미진진하니까. 하루종일 도서관에 갇혀 있게 된다면, 그녀는 정오 무렵에는 시체로 발견될 것이다. 서배스천이 그녀 앞에서는 자기 작품에 대해 일절 언급하지 않았을 것이라고 확신할 수 있다. 그것은 박쥐와 함께 해시계에 대해 논하는 것이나 마찬가지다. 그러니까 박쥐는 깊어가는 어둠 속에서 떨면서 빙빙 돌고 있게 내버려두면 된다. 서툰 제비 흉내나 내도록.

서배스천은 죽기 전 가장 슬픈 세월 동안에 의심의 여지 없이 그의 걸작인 『의심스러운 아스포델』을 썼다. 어디에서 어떻게 썼을까? 대영박물관의 도서실에서(굿맨 씨의 경계하는 눈초리에서 멀리 떨어져서). 파리식 작은 식당(그의 정부가 단골로 가는 그런 곳이 아닌) 한구석의 초라한 테이블에서. 그녀와 그녀의 무리가 신나게 놀거리를 찾아 그를 버리고 어딘가로 가버렸을 때 칸이나 쥐앙의 어디쯤, 오렌지색 파라솔 아래 놓인 접의자에서. 두 차례의 심장발작 사이, 이름 모를 어느 역 대합실에서. 마당에서 접시를 씻느라 달가닥대는 어느 숙소에서. 내가 막연하게 추측해볼 수밖에 없는 다른 많은 곳에서. 그 책의 주제는 간단하다. 한 남자가 죽어간다. 책 전체를 통해 그가 가라앉는 것을 느낄 수 있다. 그의 생각과 그의 기억들이 정도의 차이는 있을지라도 분명하게 전체에 퍼져서(고르지 않은 숨소리의 높낮이처럼), 여기에서는 이런 이미지, 저기에서는 또다른 이미지를 밀어올려 바람을 타고 가게 내버려두거나 심지어 해변에 내던져놓는다. 거기에서 한동안 제 힘으로 움직이며 살아가는 듯하다 이내 다시 잿빛 바다에 휩쓸려 가라앉거나 기이하게 변모한다. 한 남자가 죽어간다. 그가 이야기의 주인공이다. 하지만 책 속에서 다른 사람들의 삶은 완벽하게 현실적인 반면(아니면 적어도 나이트가 쓰는 의미에서는 현실적이다), 그 죽어가는 사람이 누구인지, 그가 운명할 침대가 어디에 놓여 있는지 혹은 떠 있는지, 아니 침대가 과연 있기는 한지를 독자는 계속 알지 못한다. 그 남자가 책이다. 책 자체가 한숨을 토해내고 죽어가며 유령 같은 한쪽 무릎을 세운다. 마음속의 이미지 하나, 잇달아 또하나가 의식의 해안 위로 홀연히 떠오르고, 우리는 그것 혹은 떠오른 존재를 따라간다. 난파

한 삶에서 흩어진 잔여물들. 기어가다가 눈 달린 날개를 펼치는 느려터진 공상들. 그것들, 이런 삶들은 주제에 대한 해설에 불과하다. 우리는 온화한 늙은 체스 선수 슈바르츠를 따라간다. 그는 어느 집 방안에서 의자에 앉아 고아 소년에게 나이트에 관한 수手를 가르치고 있다. 우리는 싸구려 염색을 해서 색이 빨리 빠진 머리카락에 흰머리가 한 가닥 섞인 뚱뚱한 보헤미아 여인을 만난다. 평판이 나쁜 선술집에서 귀를 곤두세운 사복 경찰을 앞에 두고 탄압 정책을 목청 높여 맹비난하는 창백한 안색의 불쌍한 남자에게 귀를 기울인다. 장신의 사랑스러운 프리마돈나가 서두르다가 웅덩이를 헛디뎌 은색 신발을 더럽힌다. 한 노인이 흐느끼고 부드러운 입술의 상복 입은 소녀가 그를 위로한다. 스위스인 과학자 누스바움 교수가 젊은 정부를 총으로 쏘고 새벽 세시 반에 호텔방에서 그 자신도 시체로 발견된다. 왔다가 가고, 이런 저런 사람들이 문을 열었다가 닫는다. 그들은 자신들이 따라가는 길에 불이 밝혀져 있는 동안 삶을 살아가다가 압도적인 주제의 파도에 차례로 휩쓸려간다. 한 남자가 죽어간다. 그는 베개 비슷한 것 위에서 한 팔을 움직여보려고, 혹은 고개를 돌려보려고 하는 것 같다. 그가 움직일 때 우리가 지금까지 막 보아왔던 이런저런 삶이 희미해지거나 바뀐다. 순간마다 그의 인격은 점점 더 나름대로의 의식을 갖고, 우리는 책의 주요 동맥을 따라 훑어 내려가고 있다고 느끼게 된다. '이제 너무 때가 늦어 인생의 상점들이 문을 닫아버렸을 때 그는 줄곧 갖고 싶었던 책을 사지 못한 것을, 지진, 화재, 열차 사고를 겪어보지 못한 것을, 티베트에서 다젠루*를 보지 못한 것을, 중국 버드나무에서 지저귀는 푸른 까치 소리를 들어보지 못한 것을, 언젠가 호젓한 공터에서 마주

친, 부끄러움 없는 눈을 가진 그 비행 소녀에게 말을 걸어보지 않은 것을, 수줍음 많은 못생긴 여인이 재미없는 농담 한마디를 던졌으나 방안의 사람들 아무도 웃어주지 않았을 때 자기도 웃지 않았던 것을, 기차를, 암시를, 기회를 놓친 것을, 어느 잊힌 마을에서 음산한 날에 떨면서 홀로 연주하던 오래된 거리의 바이올리니스트에게 주머니 속에 있던 동전을 건네지 않았던 것을 후회했다.'

서배스천 나이트는 항상 주제를 가지고 저글링을 하면서 그것들끼리 서로 부딪치게 만들거나 교묘하게 뒤섞곤 했다. 중국식 부표가 파도치듯 움직이며 소리를 만들어내는 식으로, 그 주제들이 잇달아 밀려오는 파도 속에서만 표현될 수 있는 숨겨진 의미를 드러내도록 두는 것을 좋아했다. 『의심스러운 아스포델』에서 그의 기법은 완벽의 경지에 도달했다. 중요한 것은 각 부분이 아니라 부분들끼리의 조합이다.

죽음으로 가는 육체적 과정을 표현하는 작가의 방식에도 어떤 기법이 있는 것 같다. 어둠 속으로 발걸음을 옮기면서 뇌, 살, 폐가 차례로 행동을 취한다. 처음에는 뇌가 생각들, 죽음에 대한 생각들로 이루어진 위계질서를 더 파고 들어간다. 빌린 책 여백에 휘갈겨 적은 영리한 척하는 엉터리 생각들이다(철학자의 일화). '죽음의 매혹: 중지된 낙하를 늘임으로써 거꾸로 간주되는 육체적 성장, 드디어 무無로의 낙하.' 시적인, 종교적인 생각들: '……악취 풍기는 물질주의의 늪과 딘 파크가 신비낙관주의자라고 부른 자들의 황금빛 파라다이스……' '그러나 죽어가는 남자는 이것들이 진짜 생각이 아니며, 죽음이라는 관념

---

* 티베트족 자치주의 행정 중심지인 캉딩의 옛 이름.

의 딱 절반만 실제로 존재한다고 말할 수 있음을 알았다. 문제의 이쪽 측면—확 비틀어 떼어내기, 작별, 손수건을 펄럭이며 부드럽게 움직이는 생의 선창가: 아! 그는 이미 반대편에 있었다. 멀어져가는 해안을 볼 수만 있다면. 아니, 아니다—그가 여전히 생각하고 있다면.' (친구를 배웅하러 온 사람이 아주 늦게까지 부두에 머물러 있을 수도 있지만, 그런다고 그가 여행자가 되지는 않는다.)

그리고 조금씩 육체적 병마들이 엄청난 고통으로 온갖 생각, 철학, 추측, 기억, 희망, 회한을 질식시킨다. 우리는 끔찍한 풍경들 사이로 비틀거리고 기어가면서 어디로 가고 있는지도 신경쓰지 않는다. 어차피 모든 것이 괴로움이고 괴로움 아닌 것은 하나도 없으니까. 이제 기법이 반전된다. 앞이 안 보이는 골목길을 따라갈수록 점점 더 빛이 희미해져가는 생각의 이미지들 대신 이제는 곁으로 다가와 우리를 둘러싼 무시무시하고 거친 환상들이 천천히 공격해 온다. 고문당한 아이의 이야기, 잔인한 나라에서 도망쳐나온 망명자의 인생담, 검은 눈을 지닌 온순한 광인, 자기 개를 심술궂게 힘껏 걷어차는 농부. 그다음에는 고통마저 희미해진다. '이제 그는 너무나 기력이 쇠해서 죽음에도 흥미를 가질 수 없게 되었다.' 그래서 '붐비는 삼등 객실에서 땀에 전 남자들이 코를 골았다. 그래서 남학생은 셈을 미처 끝내지도 못하고 엎드려 잠이 들었다.' '나는 지쳤다, 지쳤다…… 뒤뚱거렸다가, 느려졌다가 하면서 저절로 굴러가는 타이어……'

여기가 빛의 파도가 갑자기 책으로 밀려드는 순간이다. '……마치 누군가 문을 활짝 열어젖히고 방안의 사람들이 눈을 껌벅이며 흥분해서 짐을 들고 움직이기 시작하는 것처럼.' 우리는 눈부시게 찬란한 빛을 내뿜으면서 동시에 볼품없다고 할 만큼 완벽하게 간소한 어떤 절대적인 진실의 가장자리까지 왔다고 느낀다. 암시적인 표현들의 믿을 수 없을 만큼 굉장한 묘기들을 통해 작가는 우리로 하여금 그가 죽음에 대한 진실을 알고 있으며 곧 말해줄 참이라고 믿게 만든다. 잠시 후, 이 문장의 끝, 다음 문장 중간쯤, 어쩌면 조금 더 가서 우리는 간단하지만 단 한 번도 시도해본 적 없는 식으로 팔을 움직이면 날 수 있다는 사실을 발견하듯이 우리의 모든 관념을 뒤바꿔놓을 무언가를 알게 될 것이다. '가장 풀기 어려운 매듭은 구불구불 꼬아놓은 실이다. 느슨하고 우아한 고리 모양이지만 손톱으로 풀기에는 빡빡하다. 눈으로 보면 풀릴 것 같은데 서툰 손가락은 피를 흘린다. 그(죽어가는 남자)가 그 매듭이었다. 그가 실을 보고 따라갈 수만 있다면 즉시 풀어낼 것이다. 자기 자신뿐만 아니라 모든 것이 다 풀릴 것이다—수수께끼로서 인간이 고안해낸 수수께끼인 시간과 공간, 우리의 그 유치한 두 용어로 상상할 수 있는 모든 것이 다 풀려서 우리에게로 되돌아올 것이다. 부메랑처럼 되돌아오는 난센스들…… 이제 그는 진짜인 것, 생각이나 감정, 혹은 삶의 유치원에서 그가 했을 법한 경험과는 아무 관계도 없는 것을 포착했다……'

삶과 죽음의 모든 문제에 대한 답, '절대적인 해결책'은 그가 여태껏 알아왔던 세상 전체에 쓰여 있었다. 자기가 조사했던 야생의 나라가 자연현상들의 우연한 조합이 아니라 산과 숲과 들, 강이 하나의 방식에 따라 배치되어 일관된 문장을 이룬 어떤 책의 페이지였음을 깨달은 여행자와 같다. 호수의 모음은 쉬쉬 소리를 내는 경사의 자음과 어우러지고, 구불구불한 길은 아버지의 손처럼 깨끗하고 둥근 손으로 메시지를 쓰고 있고, 나무들은 자기네 언어인 몸짓을 익힌 사람만이 이해할 수 있는 무언극 속에서 대화를 나누고 있다…… 그리하여 여행자가 풍경의 철자를 읽으면 그 의미가 드러난다. 마찬가지로 인간 삶의 복잡한 패턴이 결합 문자로 드러나고, 뒤엉킨 문자들을 해독하는 내적 눈에는 이제 그것이 아주 명백하게 보인다. 그리고 단어가 나타내는 의미는 경탄을 자아낼 만큼 명료하다. 아마도 가장 놀라운 점은 지상에 존재할 동안에는 뇌에 쇠로 된 고리를 채우듯 자기 자신의 성격에 딱 맞는 꿈을 둘러쓰고 있던 사람이 속박된 사고들을 자유로이 풀어내고 위대한 깨달음을 얻게 해줬을 한 번의 정신적 경련을 우연히도 겪지 않았다는 사실이다. 이제 퍼즐은 맞춰졌다. '그리고 모든 것이 형상을 통해 의미의 빛을 내뿜게 되었듯이, 엄청나게 중요하다고 생각되었던 많은 생각들과 사건들의 의미는 축소된다. 어떤 것도 무의미한 것일 수는 없으므로 무의미한 정도로까지 축소되지는 않는다 해도, 한때는 어떤 중요성도 부여받지 못했지만 이제는 중요성을 획득한 다른 생각들, 사건들과 같은 규모가 된다.' 그리하여 과학, 예술, 종교처럼 우리 뇌에서 빛나는 거대한 존재들은 익숙한 분류 체계에서 떨어져나가 손에 손을 잡고 다른 것들과 뒤섞여 유쾌하게 대등해진다. 그리하여 낡은 벤치의 페인트칠된 나무 위에 놓인 버찌씨와 그것의 그림자, 혹은 찢어진 종잇조각, 그 밖의 수백 수천만의 사소한 부스러기들 속 사소하기 짝이 없는 것들이 놀랄 만한 크기로 커진다. 개조되고 재조합되어 세계와 영혼이 함께 숨쉬듯 자연스럽게 세계가 영혼에게 의미를 내놓았다.

그리고 이제 우리는 그것이 무엇인지 정확히 알게 될 것이다. 단어가 내뱉어질 것이다. 당신, 그리고 나, 그리고 이 세상 모두가 이마를 탁 치게 될 것이다. 우리가 이렇게 어리석었다니! 책의 이 마지막 굽이에서 작가는 그 진실을 내놓는 것이 현명한 일인지를 숙고하는지 잠시 멈추는 듯하다. 고개를 들고 자기 생각을 따라가던 죽어가는 사람 곁을 떠나 고개를 돌리고 생각하는 것 같다. 우리가 그를 끝까지 따라가야 할까? 우리 뇌의 아늑한 침묵을 산산이 부수어버릴 그 한마디를 속삭여야 할까? 아마도 그럴 것이다. 지금으로서는 너무 멀리까지 와버렸다. 그 단어는 이미 형체를 갖추었고 밖으로 나올 것이다. 그리고 우리는 돌아서서 흐릿한 침대 위로, 회색의 둥둥 뜬 형체 위로 허리를 굽힌다. 낮게 더 낮게…… 그러나 한순간의 의심이 치명적이었다. 그 남자는 죽었다.

남자는 죽었고, 우리는 알지 못한다. 건너편의 아스포델*은 그 어느 때보다도 의심에 차 있다. 우리는 손에 죽은 책을 들고 있다. 아니면 우리가 잘못 알았던 것일까? 나는 가끔씩 서배스천이 쓴 걸작의 책장을 넘길 때면 '절대적인 해결책'이 거기, 어딘가 내가 너무 성급하게 읽어치운 어느 구절 속에 숨겨져 있거나, 아니면 익숙한 겉모습으로 나를 속인 다른 단어들과 뒤얽혀 있을 것만 같은 느낌이 든다. 내가 아는 그 어떤 책도 이렇게 특별한 느낌을 주지는 못한다. 어쩌면 그것이 저자의 특별한 의도였을 수도 있다.

『의심스러운 아스포델』이 한 영국 신문에 실린 것을 보았던 날을 생생하게 기억하고 있다. 파리의 한 호텔 로비에서 그 신문이 우연히 눈

---

* 그리스신화에 나오는 영원히 시들지 않는 불사의 꽃으로, 망자의 영혼이 머무는 들판에 가득 피어 있다고 전해진다.

에 띄었다. 나는 어떤 남자를 잘 구슬러 거래를 성사시키라는 회사의 지시를 받고 그를 기다리던 중이었다. 내가 구슬리는 일에 능한 사람이 아니기도 하고, 내가 보기에 그런 일은 대개 고용주의 예상처럼은 잘 풀리지 않는 것 같다. 편안하지만 생기 없는 홀에 홀로 앉아 출판사 광고와 블록체로 쓰인 서배스천의 멋진 검정색 이름을 읽고 있자니 전에 없이 질투심이 날카롭게 고개를 들었다. 그가 어디에서 지내는지 모르고, 그를 본 지도 최소한 육 년이 넘었을 때였다. 그가 건강이 나쁘고 비참한 상태인 줄도 알지 못했고, 오히려 책 출간 소식은 나에게 행복의 징표로 보였다. 나는 그가 어느 클럽의 따듯하고 활기 넘치는 방에서 주머니에 손을 찌른 채 귀는 붉게 달아오르고, 눈은 촉촉하게 빛나고, 입가에는 실룩실룩 미소를 띠고 서 있는 모습을 상상했다. 방 안의 다른 모든 사람들은 와인 잔을 든 채 그를 둘러싸고 서서 그의 농담에 웃음을 터뜨릴 것이다. 바보 같은 장면이었지만, 그 모습은 하얀 셔츠 앞섶과 검은 야회복 재킷, 그윽한 포도주와 선명한 얼굴들의 떨리는 패턴 속에서 잡지 뒤표지에서 본 컬러 사진처럼 계속해서 빛났다. 나는 그 책이 출간되면 바로 사야겠다고 마음먹었다. 늘 그의 책이 나오는 즉시 구입했지만, 이 책에는 특히나 조바심이 났다. 그때 기다리던 상대가 들어왔다. 그는 영국인이었고 책을 꽤 많이 읽는 사람이었다. 업무 이야기를 꺼내기 전에 잠시 일상적인 대화를 나누면서 별 뜻 없는 것처럼 신문에 난 기사를 짚으며 그에게 서배스천 나이트의 책을 읽어본 적이 있는지 물어보았다. 그는 한두 권, 『프리즘 어쩌고』와 『잃어버린 자산』을 읽었다고 답했다. 나는 소설이 마음에 들었느냐고 물었다. 그는 나쁘지는 않았지만, 작가가 적어도 지적으로는 꽤나 속물인 것 같다고 말했다. 좀더 설명해달라고 하자 그는 자기가 보기에 나이트는 상대들에게 규칙을 알려주지 않은 채 자기가 직접 고안해낸 게임을 계속해서 하는 것처럼 보인다고 덧붙였다. 그는 생각할 수 있게끔 만들어주는 책을 더 좋아하는데 나이트의 책은 그렇지가 않다고 말했다. 독자를 혼란스럽고 짜증난 상태로 내버려둔다고. 그는 다른 생존 작가를 언급하며 그가 나이트보다 훨씬 훌륭하다고 생각한다고 했다. 나는 잠시 대화가 끊긴 틈을 이용해 사업상의 대화로 들어갔다. 결국 회사에서 기대했던 만큼의 성공적인 결과는 내지 못했다.

『의심스러운 아스포델』을 다룬 서평이 많이 나왔다. 대부분이 길었고 아첨 일색이었다. 그러나 곳곳에 작가가 지쳤다는 암시가 되풀이되었다. 이는 다시 말해 그가 그저 지루한 늙은이라는 뜻일 뿐이었다. 심지어 동정의 기색도 어렴풋이 느껴졌는데, 본인들이 작가에 대해 슬프고 울적한 어떤 것, 책 자체가 아니라 책에 대한 자신들의 태도에 스며있는 것을 알고 있는 듯했다. 한 비평가는 심지어 그 책이 '독자에게는 임종 침대를 지키면서 작가가 의사인지 환자인지 전혀 알 수가 없는 다소 불쾌한 경험을 하게 만들기 때문에 복잡하게 뒤엉킨 감정을 느끼며' 책을 읽었다고까지 했다. 거의 모든 서평들이 책이 다소 너무 길며, 많은 구절이 모호하고 뭔지 모르게 상황을 악화시킨다고 말했다. 모두가 입을 모아 서배스천 나이트의 '진정성'을 칭찬했다—그게 뭐가 되었건 간에. 서배스천이 그 서평들을 어떻게 생각했을지 궁금했다.

내가 갖고 있던 책을 친구에게 빌려주었는데, 그는 읽지도 않고 몇 주를 그대로 가지고 있다가 기차에서 잃어버렸다. 나는 다시 한 권을 샀고 그후로는 누구에게도 빌려주지 않았다. 그렇다, 『의심스러운 아스포델』은 그의 책들 중에서 내가 가장 좋아하는 책이다. 그 책이 '생각하게끔' 만들어주는지는 나도 모르겠다. 그러거나 말거나 별 관심도 없다. 나는 그 책을 그 자체로 좋아한다. 그 책의 방식이 좋다. 가끔 그 책을 러시아어로 번역하는 것이 그리 힘든 일은 아닐 거라고 혼잣말을 해본다.

# 19

나는 서배스천의 삶에서 마지막 해인 1935년을 어느 정도 가까스로 재구성해냈다. 그는 1936년 초에 죽었다. 이 숫자를 보면 한 사람과 그가 죽은 날짜 사이에 신비로운 유사성이 있다는 생각을 하지 않을 수 없다. 서배스천 나이트 1936년 사망…… 이 날짜는 나에게 잔물결이 이는 물웅덩이에 그 이름을 비춘 상 같다. 마지막 세 숫자의 곡선에 서배스천의 기질을 이루는 구불구불한 윤곽선을 연상시키는 데가 있다…… 이 책에서 여러 차례 시도해보았듯이, 그의 마음을 끌었을 법한 한 가지 생각을 표현해보겠다…… 여기저기에서 내가 최소한 그의 생각의 그림자라도 잡아내지 못했다면, 혹은 무의식적인 사고 작용이 때때로 그의 사적인 미궁 속에서 내가 올바른 방향을 잡도록 이끌어주지 못했다면, 이 책은 서투른 실패작에 불과하다.

1935년 봄 『의심스러운 아스포델』이 출간된 때가 바로 서배스천이 니나를 마지막으로 만나려 했던 시점이었다. 그는 머리에 기름을 바른, 니나의 젊은 놈팡이들 중 한 명으로부터 영원히 사라져달라는 그녀의 말을 전해 듣고서 런던으로 돌아왔다. 그곳에서 두어 달을 머물며 가능한 한 사람들이 모인 자리에 자주 얼굴을 비춰 고독을 속여보려는 안쓰러운 노력을 했다. 슬픔에 잠긴 여위고 말없는 모습으로 덥게 느껴질 만큼 따듯한 식당에 갈 때조차 목에 스카프를 두르고 여기저기 참석했지만, 다른 데 정신이 팔린 얼굴로 말을 시켜도 부드럽게 피하고 파티 중간에 사라져버리거나 아기방에서 조각그림 맞추기에 열중하여 안주인들의 분노를 사곤 했다. 어느 날 차링크로스 부근의 한 서점에서 헬렌 프랫은 클레어를 보았고, 잠시 후 계속 가던 길을 가다가 서배스천과 마주쳤다. 그는 얼굴을 살짝 붉히고 프랫과 악수를 나눈 다음 그녀와 함께 지하철역까지 걸어갔다. 그녀는 그가 좀더 일찍 나타나지 않은 데 감사했고, 그가 과거 일을 끄집어내지 않아서 훨씬 더 고마웠다. 대신 그는 전날 밤 남자 둘이 포커게임에서 자기한테 사기를 치려고 했던 이야기를 해주었다.

"만나서 반가웠습니다." 그는 헤어지면서 이렇게 말했다. "저는 여기서 이것 좀 살게요."

"뭘 사시는데요?" 프랫이 물었다.

"〔그는 서점 이름을 댔다〕에 가던 길이었습니다만, 이 가판대에서도 살 수 있겠군요."

그는 콘서트와 연극을 보러 가고 한밤중에 택시 운전사들과 함께 길가의 커피 노점에서 뜨거운 우유를 마셨다. 같은 영화를 세 번이나 보러 가기도 했다고 한다. 〈마법에 걸린 정원〉이라는 제목의 정말 지루한 영화였다. 그가 죽고 나서 두어 달 후, 그리고 내가 르세르프 부인의 진짜 정체를 알게 되고 며칠 후, 한 프랑스 영화관에서 그 영화를 발견하고 왜 그가 그 영화에 그렇게까지 끌렸는지 알아내겠다는 단 한 가지 목적으로 끝까지 앉아서 다 보았다. 이야기 중간쯤 장면이 리비에라로 넘어가면서 햇살을 쬐는 수영객들의 모습이 휼끗 지나갔다. 저중에 니나가 있었을까? 저것이 그녀의 벗은 어깨였을까? 고개를 돌려 카메라를 바라보는 한 여자가 니나와 좀 닮았다고 생각했지만, 오일을 바르고 선탠하는, 차양에 가려져 잠깐 나온 얼굴을 알아보기란 쉽지 않았다. 그는 8월에 일주일 동안 심하게 앓았지만, 병상에 누워 있으라는 오츠 박사의 처방을 거부했다. 9월에 사람들을 만나러 시골에 갔다. 안면만 겨우 있는 사람들이었다. 어쩌다가 그가 『프래틀러』에 실린 그들의 집 사진을 보았다는 말을 흘린 적이 있어서 그저 예의상 초대했던 것이다. 그는 한 주 내내 자기만 빼고 다른 손님들은 모두 서로 친한 사이인 썰렁한 집에서 떠돌다가 어느 날 아침 야회복 재킷과 세면도구 가방도 남겨둔 채 역까지 십 마일을 걸어가 조용히 런던으로 되돌아갔다. 11월 초 셸던의 클럽에서 셸던과 점심을 먹었는데 너무 뚱하게 있어서 친구는 그가 대체 왜 왔는지 영문을 알 수 없었다. 그리고 공백이 있다. 그가 해외에 나갔던 것이 확실하지만, 니나를 다시 만날 수 있을지도 모른다는 희미한 희망이 그를 가만히 있질 못하게 만든 것이었다 해도 그녀를 만나기 위한 확실한 계획이 있었을 것 같지는 않다.

나는 1935년 겨울을 대부분 마르세유에서 회사 일을 하면서 보냈다. 1936년 1월 중순 서배스천에게서 편지 한 통을 받았다. 이상하게도 편지는 러시아어로 쓰여 있었다.

"너도 알다시피 나는 파리에 있단다. 아마도 여기 한동안 머물게 될〔zasstrianoo〕 것 같다. 올 수 있으면 오렴. 못 온다 해도 마음 상해하지는 않을게. 하지만 와주면 좋겠구나. 여러 가지 길고 복잡한 일들에 질렸단다〔osskomina〕. 특히 내가 벗어놓은 뱀 껍질〔vypolziny〕 무늬에 질려서 이제는 어떠한 이유에서인지 내 삶에서 지나쳐버렸던 당연한 것들과 평범한 것들에서 시적인 위안을 찾으려 한다. 예를 들자면 너에게 그간 어떻게 지냈는지를 묻고, 내 얘기도 들려주고 싶구나. 너는 나보다 잘해왔기를 바란다. 최근에 연로한 스타로프 박사를 자주 본단다. 마망〔서배스천은 우리 엄마를 그렇게 불렀다〕을 치료해주셨던 분이지. 어느 날 밤 길에서 주차된 차의 발판에 걸터앉아 하릴없이 쉬고 있다가 우연히 만났지. 마망이 돌아가신 후 내가 파리에서 줄곧 무위도식하고 지낸 줄 아시더구나. 그냥 그렇다고 해두었단다. 설명하자니 너무 길어질 것 같았기 때문에〔eeboh〕. 언젠가 네가 어떤 서류를 발견하게 될지도 모른다. 그러면 즉시 태워버려. 사실 그것들은 〔한두 개의 해독할 수 없는 단어들: Dot chetu?〕에서 목소리를 들어왔지만, 이제는 분서焚書해야 마땅해. 그간에는 내가 보관하면서 숙소〔notchleg〕도 제공해주곤 했지. 왜냐하면 살해당한 그것들이 우리에게 자주 찾아오지 못하도록 잠재우는 편이 더 안전하니까. 유난히 죽음의 공포를 느꼈던 어느 날 밤, 그들에 대한 사형 집행 영장에 서명을 했단다. 그것으로 알 수 있을 거다. 나는 늘 묵던 호텔에 있다가 지금은 도시 외곽의 요양원 비슷한 곳으로 옮겼단다. 주소를 적어놓으마. 이 편지를 쓰기 시작한 것은 거의 일주일 전인데, '삶'이라는 단어를 쓸 때까지는 전혀 다른 사람에게 보낼 작정이었다[prednaznachalos]. 그러던 것이 어찌어찌하여 수줍은 손님이 낯선 집에서 파티에 함께 온 가까운 친척에게 평소답지 않게 오래 이야기를 하듯이 이 편지가 너에게로 향하게 되었구나. 내가 지루하게 했다면[dokoochayou] 용서해주렴. 하지만 창밖으로 보이는 저 헐벗은 나뭇가지와 삭정이가 그다지 마음에 들지 않는구나."

이 편지에 물론 크게 놀랐지만, 1926년부터 서배스천이 불치병으로 고생해왔고 지난 오 년간 상태가 꾸준히 악화되었다는 것을 몰랐던지라 그리 불안을 느끼지는 않았다. 부끄러운 마음으로 고백하자면, 자연스럽게 놀랐던 마음도 서배스천이 아주 예민하고 잘 흥분하며 건강이 나쁠 때면 항상 지나친 비관주의로 기우는 경향이 있었다는 생각에 어느 정도 누그러들었다. 다시 한번 말하지만, 그의 심장병에 대해서는 손톱만큼도 알지 못했으므로 그가 과로 탓에 몸이 좋지 않은 거라고 애써 믿었다. 그러나 그는 아팠고 낯선 어조로 나에게 와달라고 부탁하고 있었다. 그는 한 번도 나의 존재를 필요로 한 적이 없는 듯했는데, 지금은 간절히 애원하고 있었다. 나는 이에 감동하는 한편 당황스러웠다. 물론 모든 진실을 알았더라면 당장 첫 기차에 몸을 실었을 것이다. 편지를 받은 날은 목요일이었다. 토요일 아침 바로 파리에 갔다가 일요일 밤에 돌아오기로 마음먹었다. 내가 마르세유에서 맡고 있던 일이 중요한 단계에 있어서 휴가를 낸다면 회사에서 좋아할 것 같지 않았다. 나는 편지를 써서 사정을 설명하는 대신 토요일 아침에 더 빠른 기차를 탈 수 있을지 알아보고 전보를 보내야겠다고 생각했다.

그날 밤 굉장히 기분 나쁜 꿈을 꾸었다. 꿈속에서 나는 크고 어두침침한 방안에 앉아 있었는데, 그 방에는 어렴풋하게만 아는 다른 집들에서 긁어모아 온 자질구레한 것들이 갖추어져 있었는데, 본래의 것과 차이가 있거나 희한한 대용품이, 마치 예를 들자면 선반이면서 동시에 먼지투성이 길이 들어차 있었다. 어렴풋하게 농가나 시골 여관에 있는 방이라고 느꼈다. 판벽과 널판자가 주는 전체적인 인상이 그랬다. 우리는 서배스천이 오기를 기다리고 있었다. 그는 긴 여행에서 돌아올 예정이었다. 나는 궤짝 같은 것 위에 앉아 있었고, 어머니도 그 방에 있었다. 우리가 앉은 테이블에는 다른 사람들 둘이 더 앉아 차를 마시고 있었다. 내 사무실 동료와 그의 아내였는데, 둘 다 서배스천이 모르는 사람들로 꿈의 관리인이 그 자리에 놓아둔 이들이었다—그저 누군가 무대를 채울 사람이 필요했기에.

우리는 뭔지 모를 불길한 예감에 짓눌려 불안하게 기다렸다. 그들이 나보다 더 많은 것을 알고 있다고 느꼈지만, 옷장 속에 쑤셔넣어지기를 거부하는 진흙투성이 자전거를 어머니가 왜 그렇게 걱정하는지 물어보기가 두려웠다. 옷장 문이 자꾸만 열렸다. 벽에는 증기선 사진이 걸려 있었는데, 사진 속의 파도는 애벌레가 나아가듯 움직였으며 증기선은 출렁대고 흔들려서 짜증이 났지만, 여행자가 돌아오기를 기다릴 때 이런 사진을 걸어놓는 것이 오래된 흔한 관습이라는 것이 기억났다. 그는 곧 도착할 것이다. 문 옆의 나무 바닥에는 그가 미끄러지지 않도록 모래가 뿌려져 있었다. 어머니는 숨기지 못한 진흙투성이 박차와 등자를 들고 어디론가 가버렸고 애매모호한 부부는 조용히 사라졌다. 그래서 위층 문이 열리고 서배스천이 방으로 바로 이어진 무너질 듯한 계단을 천천히 내려와 모습을 나타냈을 때에는 방에 나 혼자뿐이었다. 그는 헝클어진 머리에 코트도 입지 않았다. 나는 그가 여행에서 돌아와 낮잠을 자고 막 일어난 참이라는 것을 알았다. 그가 매번 같은 발을 먼저 내딛고 팔은 나무 난간 위에 놓은 채 잠깐씩 멈추면서 한 계단씩 내려오고 있는데, 어머니가 돌아왔다. 어머니는 그가 발을 헛디뎌 등으로 미끄러져 내려오자 일어나도록 도와주었다. 그는 내 쪽으로 오면서 웃음을 터뜨렸지만, 나는 그가 뭔가 부끄러워하고 있다는 느낌을 받았다. 그의 얼굴은 창백하고 면도도 하지 않았지만 꽤 활기차 보였다. 어머니는 손에 은색 컵을 들고 무언가 위에 앉았는데, 곧 두 남자에 의해 들려 나가는 모습을 보니 그것은 들것이었다. 서배스천은 미소를 띠고 나에게 그 남자들이 토요일에 이 집에서 잤다고 말해주었다. 나는 문득 그가 왼손에 검은색 장갑을 끼고 있고 그쪽 손가락이 움직이지 않는다는 것을 눈치챘다. 그는 그 손을 아예 쓰지 않았다. 그 손이 어쩌다 내 몸에 닿을까 너무 겁이 나서 구역질이 날 지경이었다. 그가 수술을 받았거나 끔찍한 사고를 당해서 손목에 붙어 있는 것이 가짜임을 이제 알아챈 것이다. 그의 모습과 그가 당도했을 때의 전체적인 분위기가 어째서 그렇게 기묘했는지도 이해가 되었다. 그런데 그는 내가 몸을 떠는 것을 눈치챘을 텐데도 계속 차를 마셨다. 어머니는 깜빡한 골무를 가지러 잠시 돌아왔다가 그 남자들이 서두르는 통에 급히 나가버렸다. 서배스천은 나에게 연회에 갈 준비를 하고 싶은데 손톱 관리사가 이미 왔는지 물었다. 나는 그의 불구가 된 손에 대한 생각을 견딜 수가 없어서 그 화제는 묵살하려 했지만, 곧 삐죽삐죽한 손톱을 통해 방 전체를 보게 되었다. 내가 알던 소녀(하지만 이상하게도 지금은 희미해졌다)가 손톱 관리 도구 상자를 들고 도착해 서배스천 앞에 놓인 스툴에 앉았다. 그는 나에게 보지 말라고 했지만 나는 보지 않을 수가 없었다. 그가 검은 장갑을 풀고 천천히 벗는 것을 보았다. 장갑이 벗겨져나가면서 그 안의 내용물들이 쏟아졌다. 쥐의 앞발을 닮은 연분홍색의 보드라운, 조그만 손 수십 개였다. 손들이 바닥에 떨어지자 검은 옷을 입은 소녀가 무릎을 꿇었다. 나는 허리를 구부려 그녀가 테이블 아래서 무엇을 하는지 보았다. 그녀는 작은 손들을 주워 접시에 담고 있었다. 고개를 들자 서배스천은 사라지고 없었다. 다시 허리를 굽혀 보니 소녀도 사라지고 없었다. 나는 그 방에 더이상 있을 수가 없었다. 몸을 돌려 걸쇠를 찾는데 등뒤에서 서배스천의 목소리가 들렸다. 이제 그 방은 곡물 자루가 있는 거대한 헛간으로 바뀌었고 그 방의 가장 어둡고 먼 구석에서 그의 목소리가 흘러나오는 듯했다. 내 발치의 구멍난 곡물 자루에서는 곡물이 흘러나왔다. 나는 그를 볼 수가 없었고 너무 간절히 방을 빠져나가고 싶어서 미친듯이 뛰는 심장 소리가 그가 하는 말을 삼켜버리는 것 같았다. 그가 나를 부르며 뭔가 아주 중요한 얘기를 하고 있다는 것을 알았다. 자기 다리 위로 떨어진 무거운 자루에 끼여 앉아 있는지 누워 있는지 모를 구석으로 오면 더 중요한 이야기를 해주겠노라고 약속하고 있었다. 나는 움직였다. 그러자 크고 집요한 호소를 담은 그의 목소리가 마지막으로 울려왔다. 그 말은 꿈에서 깬 상태에서는 전혀 이해되지 않지만 꿈속에서는 너무나 절대적인 순간이었고, 나를 위해 가공할 수수께끼를 풀어주고 말겠다는 굳은 뜻을 담고 울려왔기 때문에, 벌써 꿈에서 반쯤 깨어나는 중이 아니었더라면 열 일 제치고 서배스천에게 달려갔을 것이다.

손안에 있던 흔해빠진 조약돌을 물속 깊이 힘껏 집어던지고 나서야 실은 그것이 누구나 탐내는 보석이었음을 알게 되는 법이다. 일상의 햇빛으로 물기가 말라 있을 때는 조약돌처럼 보여도 연한 빛깔의 모래 위에서는 보석의 빛을 낸다. 그래서 잠을 깼을 때 머릿속에서 울리는 무의미한 문장이 실은 놀랄 만한 사실을 알아듣기 힘들게 옮겨놓은 것이었음을 알 수 있었다. 똑바로 누워 거리에서 들려오는 익숙한 소음과 머리 위 방에서 누군가 이른 아침식사에 활기를 주려고 켜놓은 라디오의 무의미한 음악 소리를 듣는데, 뭔가 무시무시한 근심으로 찌르는 듯한 한기가 들면서 몸이 부들부들 떨리다시피 했다. 나는 서배스천에게 그날 바로 가겠다는 전보를 쳐야겠다고 마음먹었다. 바보 같은 그놈의 상식 때문에(다른 경우에는 이것이 내 장점은 절대 아니었다) 자리를 비워도 될지 마르세유 지사에 알아보는 편이 좋겠다고 생각했다. 알아보니 안 되는 것은 물론이고 주말 동안 자리를 비워도 되는지조차 확실하지 않았다. 그 주 금요일에 힘든 하루를 보내고 아주 늦게 귀가했다. 정오에 온 전보 한 통이 나를 기다리고 있었다. 참으로 이상하게도 꿈의 미묘한 계시보다 진부한 일상의 힘이 앞서는 법이어서, 나는 꿈의 진심 어린 속삭임은 깡그리 잊어버리고 전보를 뜯어보면서도 심상하게 그저 업무와 관련된 소식이겠거니 했다.

"서배스천 상태 위독 즉시 오기 바람 스타로프." 전보는 프랑스어로 쓰여 있었지만, 서배스천의 이름은 러시아식인 v로 표기되어 있었다. 무슨 이유인지 나는 욕실로 가서 잠시 거울 앞에 서 있었다. 그러다가 모자를 낚아채어 아래층으로 뛰어내려왔다. 역에 도착한 시간이 열두시 십오 분 전이었고, 다음날 오후 두시 반에 파리에 도착하는 기차가 열두시 이분에 있었다.

그제야 이등석 표를 살 현금이 없다는 것을 알았다. 잠시 현금을 더 가지러 집으로 돌아가는 편이 나을지 비행기를 탈 수 있는 시간이 되자마자 비행기로 파리에 가는 편이 나을지를 놓고 고민했다. 그러나 막상 기차가 다가오는 모습을 보니 참을 수가 없었다. 나는 살면서 늘 해온 대로 제일 값싼 기회를 잡았다. 그리고 기차가 출발하자마자 서배스천의 편지를 책상 위에 두고 왔고 그가 준 주소를 기억하지 못한다는 사실을 깨닫고 충격에 빠졌다.

# 20

사람이 꽉 찬 객차 안은 어둡고 답답하고 다리들이 잔뜩 엉켜 있었다. 빗방울이 창틀로 흘러내렸다. 빗방울은 똑바로 흘러내리지 않고 이리저리 지그재그를 그리며 흐르다가 여기저기에서 멎었다. 남보랏빛 야간 등이 검은 유리창에 반사되었다. 밤을 가르고 질주하는 기차는 덜컹거리며 신음 소리를 냈다. 대체 그 요양원의 이름이 뭐였더라? 'ㅁ'으로 시작했는데. 'ㅁ'으로 시작했다. 시작이…… 바퀴는 반복되는 세찬 움직임 속에 섞였다가 이내 자신의 리듬을 되찾았다. 스타로프 박사에게서 주소를 얻어야겠다. 도착하자마자 역에서 그에게 전화를 걸어야지. 내 정강이 사이로 누군가의 무거운 장화 신은 꿈이 비집고 들어오려다가 천천히 물러갔다. '늘 묵던 호텔'이라니 서배스천이 어디를 가리킨 것일까? 파리에서 그가 특별히 묵었던 장소를 기억해낼 수가 없었다. 그렇다, 스타로프는 그가 어디 있는지 알고 있을 것이다. 마…… 만…… 맛…… 제때 거기 닿을 수 있을까? 옆 사람의 코고는 소리가 더 구슬픈 소리로 바뀌면서 엉덩이가 내 자리를 비집고 들어왔다. 제때 도착해서 아직 살아 있는 그를 만날 수 있을까…… 도착해서arrive…… 살아서alive…… 도착arrive…… 그는 나에게 뭔가 할말이, 엄청나게 중요한 이야기가 있다. 팔다리를 내뻗은 몸뚱이들로 가득찬 어둡고 덜컹대는 기차는 내가 꾸었던 꿈의 일부처럼 느껴졌다. 그는 죽기 전에 나에게 무슨 말을 하려는 것일까? 후드득 떨어지는 비가 유리창을 때렸고 한쪽 구석에서는 유령 같은 눈송이가 내려앉았다가 녹아내렸다. 내 앞에서 누군가가 천천히 정신을 차리고 신문을 부스럭거리며 어둠 속에서 뭔가를 우적우적 먹더니 담배에 불을 붙였다. 동그란 담뱃불이 키클롭스의 눈처럼 나를 노려보았다. 제때 거기에 가야만 한다. 왜 그 편지를 받자마자 비행기를 타러 달려가지 않았던가? 그랬더라면 지금쯤 서배스천의 곁에 있을 텐데! 그는 무슨 병으로 죽어가는 것일까? 암? 그의 어머니처럼 협심증인가? 일상적인 삶을 살 때는 종교에 대해 무심한 사람들이 그러듯, 나는 부드럽고 따듯하며 눈물 많은 신을 급조해내고 형식도 갖추지 않은 기도를 했다. 내가 제때 거기 도착하게 해주시기를, 내가 갈 때까지 그를 버티게 해주시기를, 그가 나에게 자신의 비밀을 말할 수 있게 해주시기를. 이제 비는 눈으로 바뀌었다. 유리창이 회색 수염을 길렀다. 뭔가를 우적거리며 먹고 담배를 피우던 남자는 다시 잠들었다. 다리를 좀 쭉 펴고 어디 올려둘 데가 없을까? 나는 타는 듯한 발가락으로 더듬어보았지만 어둠 속에는 온통 뼈와 살뿐이었다. 내 발목과 종아리 밑에 뭔가 나무로 된 것이 있기를 헛되이 갈망했다. 마…… 마타마…… 마…… 그곳은 파리에서 얼마나 떨어져 있을까? 스타로프 박사. 알렉산드르 알렉산드로비치 스타로프. 기차는 이러한 x들을 반복하면서 덜컹거리며 여러 지점을 스쳐지났다. 어떤 미지의 역. 기차가 설 때마다 옆 객차에서 목소리들이 들려왔다. 누군가가 끝없는 이야기를 주절대고 있었다. 문들이 옆으로 움직이는 소리도 들려왔다. 슬픔에 빠진 어떤 여행자가 우리 쪽 문을 열고 가망이 없는 것을 본다. 가망 없음. 절망적인 상태État désespéré. 그곳에 제때 도착해야 한다. 기차가 역마다 왜 이리 오래 설까! 오른편의 승객이 한숨을 내쉬며 창을 닦으려 했지만 창은 여전히 부옇고 창밖으로 희미하게 빛나는 노르스름한 불빛만 보였다. 기차가 다시 움직였다. 등이 아프고 뼈가 무겁게 느껴졌다. 눈을 감고 잠을 청해보려 했지만 눈꺼풀 속으로 무늬 같은 것들이 둥둥 떠서 줄지어 지나간다. 적충류 같은 작은 빛의 무리가 또다시 같은 구석에서 출발해 헤엄쳐 건너간다. 한참 전에 지나친 역의 램프 모양을 그 속에서 알아본 것도 같았다. 다음에는 색채가 나타났다. 가젤 같은 큰 눈을 한 분홍빛 얼굴이 천천히 내 쪽으로 고개를 돌렸다. 다음에는 꽃바구니, 그다음에는 서배스천의 면도하지 않은 턱이었다. 빛으로 이루어진 그림물감 상자를 더는 참을 수 없었다. 나는 영화 속에서 슬로모션으로 움직이는 발레리나의 걸음을 닮은 끝없이 길고 조심스러운 동작으로 통로로 나왔다. 복도는 밝게 불이 켜져 있고 추웠다. 담배를 피운 다음 통로 끝으로 어정어정 걸어가서 잠시 객차 바닥에 뚫린 요란한 소리가 울리는 더러운 구멍 위에서 흔들리는 채로 있다가 다시 되돌아와 담배를 한 대 더 피웠다. 내 평생 서배스천이 살아 있는 모습을 볼 수 있기를, 그 위로 몸을 숙이고 그가 하려는 말을 놓치지 않고 들을 수 있기를 바란 만큼 무언가를 간절히 바란 적이 없었다. 그의 마지막 책, 내가 최근에 꾼 꿈, 그의 수수께끼 같은 편지—모든 것이 나에게 그의 입에서 뭔가 특별한 계시가 나올 것이라는 확신을 갖게 만들었다. 그의 입술이 아직 움직이는 것을 보게 된다면. 내가 너무 늦지 않았다면. 창문 사이에 있는 판에 지도가 붙어 있었지만 내 여정과는 아무 관계도 없었다. 내 얼굴이 창틀에 어둡게 반사되었다. *위험하니*Il est dangereux…… *위험하니*E pericoloso…… 붉은 눈의 병사가 나를 스쳐지나갔고 그의 소매가 닿았던 손이 잠시 끔찍이도 따끔거렸다. 씻고 싶어 죽을 지경이었다. 거친 세상을 깨끗이 씻어내고 서늘하고 순수한 기운에 감싸여 서배스천의 앞에 서고 싶었다. 그는 이제 죽음 앞에 있는데 이승의 악취로 그의 코를 괴롭힐 수는 없었다. 아, 그를 살아서 만나게 될 것이다. 내가 늦을 거라고 확신했다면 스타로프가 그런 식으로 전보를 쓰지는 않았을 것이다. 전보는 정오에 도착했다. 맙소사, 전보가 온 것은 정오였다! 벌써 열여섯 시간이 경과했다. 내가 마…… 맛…… 람…… 랏…… 에 언제 도착하게 될까, 아니, 'ㄹ'이 아니라 'ㅁ'으로 시작하는 이름이었다. 잠시 그 이름이 희미하게 떠오를 듯했지만 확실히 붙잡기도 전에 사라져버렸다. 또다른 문제도 있었다. 돈 문제였다. 역에 내리자마자 사무실로 곧장 달려가 돈을 좀 구해야 했다. 사무실은 아주 가까웠다. 은행이 더 멀었다. 내 수많은 친구들 중 역 근처에 사는 사람이 있던가? 없다. 모두 파시나 포르트 생클루에 산다. 파리에 두 군데 있는 러시아인 거주 지역이다. 나는 세 대째의 담배를 짓눌러 끄고 덜 붐비는 객차를 찾았다. 다행히도 이동도 못하게 발을 묶어둘 짐은 없었다. 하지만 차량은 사람들로 빽빽했고 질려서 더 움직일 수가 없었다. 내가 있는 곳이 다른 객차인지 좀전까지 있던 객차인지도 확실치 않다. 무릎과 발과 팔꿈치 들로 비집고 들어갈 틈이 없었다. 그런데도 공기는 탁한 정도가 덜했다. 런던으로 왜 한 번도 서배스천을 찾아가지 않았던가? 그는 한두 번 나를 초대했었다. 누구보다도 그를 존경하면서도 왜 그렇게도 고집스럽게 그를 멀리했을까? 그의 천재성을 조소하던 망할 인간들…… 특히 그 가느다란 목을 힘껏 비틀어주고 싶은 늙은 바보도 있었다. 아, 내 왼쪽에서 들썩거리는 덩치 큰 괴물은 여자였다. 오드콜로뉴와 땀내가 서로 올라오려고 싸우다가 오드콜로뉴가 졌다. 그 기차에 서배스천 나이트가 누구인지 아는 사람은 단 한 명도 없었다. 『잃어버린 자산』의 한 장章이 『카드랑』에 번역되었지만 번역이 너무 형편없었다. 아니면 『라 비 리테레르』였나? 아니면 내가 너무 늦었나, 너무 늦었을까—내가 얇은 가죽 한 겹 씌워놓은 정도로는 아픈 엉덩이를 속이기에 부족한 이 저주받을 의자에 앉아 있을 동안 서배스천은 이미 죽었을까? 더 빨리, 제발 더 빨리! 이 역에는 도대체 왜 멈춘단 말인가? 왜 이렇게 오래 서 있나? 움직여, 계속 움직여라. 그래, 그렇게.

아주 서서히 어둠이 희미해지면서 잿빛 어스름이 남고 눈 덮인 세상이 창 너머 어렴풋이 눈에 들어오기 시작했다. 나는 얇은 레인코트 차림이어서 뼛속까지 시리도록 추웠다. 동승객들의 얼굴이 겹겹이 쌓였던 거미줄과 먼지가 천천히 씻겨나가듯이 드러났다. 내 옆의 여자는 커피 보온병을 들고 있었는데 그것을 어머니가 아기를 다루듯 했다. 나는 온몸이 끈적거리는 느낌이었고 면도도 못해서 괴로웠다. 내 꺼칠꺼칠한 뺨에 공단이 닿았더라면 기절해버렸을 것이다. 칙칙한 구름들 사이에 살색 구름이 있어서 황무지의 비극적인 고독함 속에서 녹고 있는 눈밭에 연한 분홍색을 쏟아부었다. 길이 쭉 뻗어나와 잠시 기차를 따라 미끄러지듯 움직였고, 그것이 막 사라지기 직전에 자전거를 탄 남자가 눈과 눈이 녹은 진창과 웅덩이들 사이를 비틀거리며 지나갔다. 저 남자는 어디로 가고 있는 것일까? 누구일까? 아무도 영영 모를 것이다.

한 시간 정도 졸았나보다—아니면 적어도 내면의 시야를 어둡게 해두려고 애썼다. 눈을 뜨자 내 옆의 승객들은 이야기를 나누며 뭔가 먹고 있었다. 갑자기 속이 너무 메스꺼워진 나는 재빨리 빠져나와 남은 여행 내내 끔찍한 아침처럼 멍한 정신으로 간이의자에 앉아 있었다. 밤새 몰아친 눈보라 탓이거나 어떤 이유로 기차가 매우 느리게 가고 있다는 것을 알았다. 그래서 오후 네시 십오 분 전에야 기차는 파리에 도착했다. 나는 이를 딱딱 맞부딪치면서 플랫폼으로 내려갔고, 잠시 주머니 속에서 딸랑거리는 이삼 프랑을 독한 술에 써버리고 싶은 바보 같은 충동을 느꼈다. 그러나 대신 전화부스로 갔다. 부드럽고 기름때가 많이 묻은 책을 뒤져 스타로프 박사의 전화번호를 찾으면서 서배스천이 아직 살아 있는지 곧 알게 되리라는 생각은 몰아내려 애썼다. *가죽 업자*이자 *모피 업자*인 스타르카우스, *광대*이자 *익살꾼*인 스탈레, 그리고 스타로프…… 아, 여기 있다. 재스민 61-93. 힘들게 기계를 조작하다가 중간에 번호를 잊어버려서 다시 책과 씨름을 하고 또 다이얼을 돌리고는 불길한 신호음에 귀를 기울였다. 잠시 그대로 가만히 앉아 있었다. 누군가가 문을 홱 열어젖히더니 화난 목소리로 웅얼거리며 물러갔다. 다시 다이얼을 돌렸고 딸깍 소리가 났다. 다섯, 여섯, 일곱

번. 다시 비음처럼 웅웅거리는 소리가 들려왔다. 뚜, 뚜, 뚜…… 왜 나는 이렇게 운이 없을까? "이제 끝났소?" 아까 그 사람이 재차 물었다. 불도그 같은 인상의 화난 노인네였다. 나는 신경이 잔뜩 곤두선 상태여서 이 구역질나는 노인네와 말다툼을 했다. 다행히도 옆 칸이 비었다. 그는 문을 부서져라 닫았다. 나는 계속 전화를 걸었다. 드디어 성공했다. 여자 목소리가 박사는 외출중인데 다섯시 반이면 연락이 될 거라고 대답했다. 그녀는 나에게 전화번호를 가르쳐주었다. 사무실로 가니 내가 온 것에 다들 좀 놀라워하는 눈치였다. 나는 상사에게 내가 받은 전보를 보여주었지만 그의 동정은 일반적으로 기대하는 정도에 미치지 못했다. 그는 나에게 마르세유의 일에 대해 몇 가지 어색한 질문을 했다. 마침내 필요한 돈을 얻은 나는 문 앞에서 기다리던 택시 기사에게 요금을 치렀다. 그때가 다섯시 이십 분 전이었으니 한 시간쯤 남은 셈이었다.

나는 면도를 하고 급히 요기를 했다. 다섯시 이십분에 받아놓은 번호로 전화를 걸어보니 박사는 집에 돌아갔고 십오 분쯤 후에나 돌아온다고 했다. 나는 너무 초조해서 기다릴 수가 없어서 그의 집으로 전화를 걸었다. 이미 알고 있는 여자 목소리가 그가 방금 전에 나갔다고 대답했다. 나는 벽에 기대어(전화부스는 이번에는 카페 안에 있었다) 연필로 벽을 두드렸다. 서배스천에게 영영 못 가게 되나? 벽에 '유대인에게 죽음을' 혹은 '*인민전선 만세*' 따위를 적어놓거나 음란한 낙서를 남겨놓은 천치들은 누구일까? 어떤 익명의 예술가들은 사각형들을 검게 칠하기 시작했다. 체스판, 독일어로는 *샤흐브레트*, 프랑스어로는 *다미에*…… 그때 머릿속에서 뭔가 번쩍하면서 혀끝에 단어가 떠올랐다.

생다미에! 나는 달려나가 지나가는 택시를 세웠다. 생다미에가 어디인지 몰라도 거기로 좀 데려가주세요. 기사는 여유로이 지도를 펼치고 한참을 들여다보았다. 그러더니 거기까지 가려면 길 상태로 보아 적어도 두 시간은 걸릴 거라고 대답했다. 나는 기차로 가는 편이 나을 것 같냐고 물었다. 그는 잘 모르겠다고 했다.

"일단 한번 가봅시다." 나는 이렇게 말하고 차에 급히 몸을 실었다.

파리를 벗어나는 데 긴 시간이 걸렸다. 장애물이란 장애물은 우리가 가는 길을 다 막아섰다. 태어나서 교차로에 있는 경찰관의 팔만큼 무언가를 미워해본 적이 없었다. 드디어 교통체증을 겨우 빠져나와 길고 어두운 대로로 나왔다. 그러나 여전히 그리 속도를 내지는 못했다. 나는 유리 칸막이를 밀고 운전사에게 속도를 좀 올려달라고 애원했다. 그는 길이 너무 미끄럽다고 대답했다. 과연 한두 번 심하게 미끄러지기도 했다. 한 시간을 달린 후 그는 차를 멈추고 자전거를 타고 가는 경찰에게 길을 물었다. 둘은 머리를 맞대고 한참을 경찰의 지도를 연구한 다음 운전사가 자기 것을 꺼내어 둘을 비교해보았다. 어딘가에서 길을 잘못 돌았고 이제 적어도 이 마일은 돌아가야 할 판이었다. 나는 다시 유리 칸막이를 톡톡 두드렸다. 택시는 기어가다시피 했다. 그는 돌아보지도 않고 고개를 가로저었다. 시계를 보니 일곱시가 가까워지고 있었다. 우리는 붐비는 역에 섰고 운전사는 차고 직원과 뭔가 속닥거렸다. 어디쯤인지 가늠할 수가 없었지만 이제 드넓게 펼쳐진 들판을 따라 길이 나 있으니 목표한 곳에 더 가까이 가고 있기만을 바랐다. 빗줄기가 유리창을 때렸다. 다시 한번 운전사에게 조금만 더 속도를 내달라고 부탁하자 그는 더 성질을 참지 못하고 무례하게 분통을 터뜨렸다. 나는 암담한 심정으로 멍해져서 의자에 몸을 묻었다. 불 켜진 유리창들이 흐릿하게 지나갔다. 서배스천에게 갈 수는 있을까? 생다미에에 도착한들 살아 있는 그를 만날 수 있을까? 한두 번 다른 차들이 우리를 추월했고 나는 운전사에게 그 차들의 속도를 인지시켰다. 그는 대답하지 않고 갑자기 차를 세우더니 거친 몸짓으로 맞지도 않는 지도를 펼쳤다. 나는 그에게 또 길을 잃었느냐고 물었다. 그는 말이 없었지만 살찐 목의 표정은 살기등등했다. 우리는 계속 달렸다. 이제 훨씬 빨라졌음을 깨닫고 만족스러웠다. 우리는 철도교 아래를 지나서 어느 역 앞에 섰다. 드디어 생다미에에 다 온 것인가 의아해하고 있는데 운전사가 자리에서 나와 문을 홱 열었다. 내가 물었다. "이제는 또 뭐가 문제입니까?"

"기차로 가쇼." 운전사가 대꾸했다. "당신 때문에 내 차를 망가뜨리고 싶지는 않으니까. 이게 생다미에 노선이오. 여기까지 데려다주었으니 당신 운이 좋은 거요."

몇 분 후 떠나는 기차가 있었으니 나는 그가 생각한 것보다도 훨씬 운이 좋았다. 역 경비원은 아홉시면 생다미에에 닿을 거라고 장담했다. 내 여행의 마지막 단계는 가장 어두웠다. 객차에는 나 혼자뿐이었고 이상한 무력감이 나를 사로잡았다. 초조한데도 잠이 들어 역을 놓칠까 몹시 두려웠다. 열차는 자주 섰고 매번 역명을 찾아서 읽는 것도 쉽지 않았다. 그러다 문득 얼마 동안인지도 모르고 한참을 깊이 잠이 들었다가 막 퍼뜩 깨어난 듯한 끔찍한 기분을 느꼈다. 시계를 보니 아홉시 십오분이었다. 역을 놓쳤나? 알람 신호를 이용해볼까 하는 마음이 좀 들었지만 그때 기차가 속도를 늦추는 것이 느껴졌다. 창밖으로 몸을 내밀어보니 불 켜진 표지판이 미끄러지다 멈추는 것이 보였다. 생다미에였다.

십오 분 정도를 어두운 골목길과 바람에 산들거리는 소리로 봐서 소나무숲인 듯한 곳을 비틀거리며 지나 겨우 생다미에 병원에 도착했다. 문 뒤에서 질질 끄는 발소리와 쌕쌕거리는 숨소리가 들리더니 외투 대신 두꺼운 회색 스웨터를 입고 낡은 펠트 슬리퍼를 신은 뚱뚱한 노인이 나를 들여보내주었다. 나는 갓도 없이 희미하게 빛나는 전등을 밝힌 어둑한 사무실 같은 곳으로 들어갔다. 전등 한쪽은 먼지로 덮여 있는 것 같았다. 노인은 잠기운에 푹 젖은 부은 얼굴로 눈을 껌벅이며 나를 바라보았다. 무슨 이유에서인지 나는 처음에는 속삭이듯 말했다.

"서배스천 나이트 씨를 보러 왔습니다. K, n, i, g, h, t. Knight. 나이트입니다."

그는 투덜대며 천장에 매달린 전등 밑 책상 앞에 무겁게 앉았다.

"너무 늦어서 방문객은 안 받습니다." 그는 혼잣말하듯 웅얼거렸다.

"전보를 받았습니다. 형의 상태가 매우 좋지 않다고요." 그 말을 하면서 내가 서배스천이 아직도 살아 있으리라는 사실을 믿어 의심치 않는다는 것을 보여주려 애쓰고 있다는 기분이 들었다.

"이름이 뭐라고요?" 그는 한숨을 내쉬며 물었다.

"나이트입니다. K로 시작합니다. 영국 이름이에요."

"외국인 이름은 항상 숫자로 바꿔서 씁니다. 그래야 일이 편해지거든요. 어젯밤에 죽은 환자가 있었는데, 이름이……" 그가 중얼거렸다.

나는 그가 서배스천을 말하는 것일지도 모른다는 무서운 생각에 사로잡혔다…… 내가 너무 늦은 것일까?

"지금 그 말씀은……" 내가 말하려는데 그가 고개를 가로젓고 책상 위 명부의 페이지를 넘겼다.

"아니에요." 그가 으르렁거리듯 말했다. "그 영국 신사분은 죽지 않았어요. K, K, K……"

"K, n, i, g…… " 내가 다시 한번 되풀이했다.

"*좋아요, 좋아요.*" 그가 말을 잘랐다. "K, n, K, g…… n…… 누굴 바보로 아시오. 36번이군."

그는 벨을 울리고 하품을 하며 다시 안락의자에 주저앉았다. 나는 초조함을 주체할 수 없어 몸을 떨면서 방안을 왔다갔다했다. 드디어 간호사가 들어오자 야간 경비는 나를 가리켰다.

"36번이에요." 그가 간호사에게 말했다.

나는 간호사의 뒤를 따라 하얀 통로와 짧은 계단을 지나갔다. "환자는 상태가 어떻습니까?" 묻지 않고는 견딜 수가 없었다.

"저도 모르겠네요." 그녀는 이렇게 대답하고 다른 하얀 통로 끝에 앉아 있는 두번째 간호사에게로 나를 데리고 갔다. 두번째 간호사는 첫번째 간호사와 판박이같이 똑같은 모습으로 작은 책상에 앉아 책을 읽고 있었다.

"36번 환자분 방문객이에요." 나를 안내해준 간호사가 일러주고 사라졌다.

"그 영국 신사분은 주무시고 계세요." 간호사가 말했다. 동그란 얼굴의 젊은 여인으로 코가 아주 작고 아주 반짝반짝 빛났다.

"좀 나아졌습니까?" 내가 물었다. "제가 동생입니다. 전보를 받았는데……"

"조금 나아지신 것 같아요." 간호사는 미소를 지으며 말했다. 그보다 더 사랑스러운 미소는 나로서는 상상도 할 수 없을 것이다.

"어제 오전에 아주 심한 심장 발작을 일으켰답니다. 지금은 잠들었고요."

"저기," 나는 그녀에게 십 프랑인가 이십 프랑인가 동전을 쥐여주며 말했다. "내일 다시 오겠습니다만, 형의 방에 들어가서 잠시만 있고 싶습니다."

"아, 하지만 환자를 깨우면 안 되는데요." 간호사는 다시 미소 지으며 대꾸했다.

"깨우지 않겠습니다. 그저 옆에 잠시만 앉아 있을 겁니다."

"음, 모르겠네요." 그녀가 말했다. "물론 여기에서 들여다보실 수는 있지만 조심하셔야 해요."

그녀는 나를 36이라는 숫자가 적힌 문으로 데려갔고 우리는 긴 의자가 놓인 작은 방으로 들어갔다. 그녀는 살짝 열려 있는 안쪽 문을 조금 밀었고, 나는 잠시 어두운 방안을 들여다보았다. 처음에는 내 심장 뛰는 소리밖에 들리지 않았지만 곧 빠르고 부드러운 숨소리를 알아들을 수 있었다. 나는 눈에 힘을 주었다. 가리개 같은 것이 침대를 반쯤 둘러싸고 있었다. 가리개가 아니더라도 어차피 너무 어두워 서배스천을 알아볼 수는 없었을 것이다.

"자," 간호사가 속삭였다. "문을 조금 열어둘 테니 여기 이 의자에 잠시 앉아 계셔도 괜찮아요."

그녀는 푸른 갓을 씌운 조그만 램프에 불을 켜놓고 나를 홀로 남겨두고 나갔다. 나는 주머니에서 담뱃갑을 꺼내고 싶은 어리석은 충동을 느꼈다. 아직도 손이 벌벌 떨렸지만 행복했다. 그는 살아 있었다. 평화롭게 잠들어 있다. 그러니까 그는 심장 때문에—그런가?—쓰러진 것이다…… 생모와 똑같은 문제였다. 그는 나아졌고, 희망이 있다. 그를 구하기 위해서라면 이 세상의 심장 전문의를 다 데려올 것이다. 옆방에 그가 있고 희미하게 숨소리가 들려오는 것이 나에게 안정과 평화, 엄청난 안도감을 주었다. 거기 앉아 두 손을 맞잡고 귀를 기울이면서 지나간 모든 세월과 우리의 드물고 짧았던 만남을 생각했다. 이제 그가 내게 귀기울여줄 수 있게 되면 당장 그에게 그가 좋아하건 말건 더는 결코 그에게서 멀리 떨어져 있지 않겠다고 말할 것이다. 내가 꾼 이상한 꿈, 그가 죽기 전에 나에게 중대한 진실을 들려줄 것이란 믿음이 이제는 모호하고 추상적으로 느껴졌다. 더 단순하고 더 인간적인 감정의 따듯한 흐름에, 반쯤 열린 문 너머에서 잠자고 있는 남자에게 느끼는 애정의 파도에 휩쓸려 가라앉기라도 한 듯했다. 어쩌다 우리가 소원하게 지내왔을까? 왜 나는 파리에서 잠시 만났을 때도 그렇게 바보같은 모습으로 부루퉁하고 수줍어하기만 했을까? 이제 여기를 나가서 호텔에서 하룻밤을 보낼 것이다. 아니면 병원에서 방을 하나 내줄지도 모른다. 그를 볼 수 있게 될 때까지. 잠시 잠든 사람의 희미한 호흡의 리듬이 멈춘 듯, 그가 깨어나서 가볍게 쿵 소리를 내고 다시 잠속으로 빠져든 것 같았다. 이제 리듬이 다시 이어졌다. 너무 낮아서 나 자신의 숨소리와 거의 구분하기 힘들 지경이었다. 나는 앉아서 귀를 기울였다. 아, 그에게 해줄 이야기가 너무나 많다—그에게 『프리즘의 홈』과 『성공』 『우스꽝스러운 산』 『검은 옷을 입은 백색증 환자들』 『달의 뒷면』 『잃어버린 자산』 『의심스러운 아스포델』에 대해, 내가 직접 쓴 것처럼 잘 알고 있는 그 모든 책들에 대해 이야기해줄 것이다. 그리고 그도 이야기를 해주겠지. 그의 삶에 대해 이렇게도 아는 것이 없다니! 그러나 이제는 매 순간 무언가를 알게 될 것이다. 살짝 열린 그 문이야말로 상상할 수 있는 최고의 연결 고리였다. 그 부드러운 숨소리는 나에게 서배스천에 대해 여태껏 알아왔던 그 무엇보다도 더 많은 것을 말해주고 있었다. 담배만 피울 수 있었던들 내 행복은 완벽했을 것이다. 자세를 약간 바꾸었더니 긴 의자의 스프링이 끼익 소리를 냈다. 그의 잠을 방해할까 두려웠다. 그러나 아니었다. 부드러운 소리는 그대로 시간 자체를 빙 둘러 구멍 속으로 빠졌다가 다시 나타나 어둠, 커튼, 내 팔꿈치 옆에서 빛나는 파란 불빛과 같은 침묵의 상징들로 이루어진 풍경을 가로질러 천천히 가느다란 자취를 따라갔다.

나는 자리에서 일어나 발끝으로 살금살금 걸어 복도로 나왔다.

간호사가 말했다. "환자를 방해하지는 않으셨겠지요? 잠을 자는 게 환자에게 좋거든요."

내가 물었다. "스타로프 박사님은 언제 오십니까?"

"누구요? 아, 그 러시아 선생님 말이군요. *아뇨, 기네 박사님이 오실 거예요.* 내일 아침 만나보실 수 있어요."

"저, 이 근처 어디서 묵었으면 하는데요. 혹시……"

"지금이라도 기네 박사님을 만나실 수 있어요." 간호사가 차분하고 유쾌한 목소리로 말을 이었다. "바로 근처에 사시거든요. 그러니까 동생분이 맞으시죠? 그리고 환자분 어머님은 내일 영국에서 오실 거고요, *그렇지 않나요?*"

"아, 아뇨. 어머님은 오래전에 돌아가셨습니다. 그런데 형은 낮에는 상태가 어떤가요? 말은 할 수 있나요? 통증이 심합니까?"

간호사는 얼굴을 찡그리더니 나를 이상하다는 듯이 쳐다보았다.

"하지만…… 이게 어찌된 일인지…… 성함이 뭐라고 하셨지요?"

"아, 미처 말씀을 못 드렸군요. 저희는 이복형제랍니다. 제 이름은 [내 이름을 댔다]입니다."

"*어머나!*" 간호사는 얼굴이 홍당무처럼 새빨개져서 소리쳤다. "*맙소사!* 그 러시아 신사분은 어제 돌아가셨어요. 당신이 방문했던 분은 케건 씨고요……"

그리하여 결국 나는 서배스천을 만나지 못했다. 적어도 그가 살아 있는 모습은 보지 못했다. 그러나 그의 숨소리라고 생각한 소리에 귀를 기울인 채 보냈던 그 몇 분간은 내 삶을, 서배스천이 죽기 전에 나와 이야기를 나누었다면 바꾸어놓았을 만큼 완전히 바꾸어놓았다. 그의 비밀이 무엇이었건 간에, 나도 한 가지 비밀을 알게 되었다. 그것은 바로 영혼은 항구적인 상태가 아니라 존재 방식일 뿐이며, 내가 영혼의 파동을 발견하고 따라간다면 어떤 영혼이라도 나의 것이 될 수 있다는 사실이다. 내세는 어떤 영혼이라도 선택해서, 아무리 많은 영혼 속에서라도 의식적으로 살아갈 수 있는 능력을 의미하는지도 모른다. 그 영혼 모두가 자신들이 짊어진 짐을 서로 맞바꿀 수 있다는 사실을 모르고 있다. 그러므로 나는 서배스천 나이트다. 불 켜진 무대 위에서 그가 알았던 사람들, 몇 안 되는 그의 친구, 학자, 시인, 화가의 희미한 모습들이 오가는 가운데 그를 흉내내고 있는 기분이다. 그들은 소리도 없이 우아하게 경의를 표한다. 그리고 조끼 밖으로 와이셔츠 가슴판을 늘어뜨린 평발의 어릿광대 굿맨도 있다. 흐느끼는 클레어가 고개를 옆으로 기울인 채 희미한 빛을 내며 친절한 처녀에게 이끌려간다. 그들은 서배스천을—서배스천을 연기하는 나를 빙빙 돈다. 늙은 마법사가 토끼를 숨긴 채 기다린다. 니나는 무대 가장 밝은 구석의 색칠한 야자수 아래 테이블에서 자홍색 액체가 담긴 와인 잔을 들고 앉아 있다. 가면극도 슬슬 끝나간다. 불빛이 희미해져가자 머리가 벗어진 작은 몸집의 프롬프터가 책을 덮는다. 끝, 끝이다. 모두가 자기들의 일상생활로 되돌아간다(클레어는 자신의 무덤으로 되돌아간다). 그러나 주인공은 남는다. 아무리 애써본들 내 역을 벗어날 수는 없기 때문이다. 서배스천의 가면은 내 얼굴에 꼭 달라붙어 있어서 그 닮은 모습은 지워지지 않을 것이다. 나는 서배스천이다, 혹은 서배스천이 나다, 아니면 우리 둘 다 우리가 모르는 누군가다.

# 허구와 리얼리티 사이에서—
# 나보코프의 끝없이 되비치는 두 거울

블라디미르 나보코프는 우리나라에서도 『롤리타』로 잘 알려진 작가다. 그는 1899년 4월 22일 상트페테르부르크에서 출생하여 러시아 혁명이 일어난 후 1919년 영국 케임브리지 대학으로 가서 러시아문학과 프랑스문학을 공부했다. 그후 1977년 스위스에서 사망하기까지 여러 나라를 전전하며 작품을 집필했다. 나보코프의 대표작 『롤리타』는 '롤리타 콤플렉스'라는 신조어까지 생겨날 만큼 대중적으로 큰 성공을 거둔 작품이지만, 이 소설을 읽어본 독자라면 '자신의 십대 의붓딸에게 성적으로 집착한 중년 남성의 이야기'라는 진부한 사건 설명 한 줄로는 결코 요약될 수 없는, 복잡하고 기묘한 소설이라는 점에 동의할 것이다. 『서배스천 나이트의 진짜 인생』 또한 간단하고 명료한 요약을 거부하는 소설이다. 여러 겹으로 이루어진 다층적 구조와 인물들은 서로를 되비치는 거울처럼 보이기도 하고 겹겹이 쌓인 러시아 인형 마트료시카 같기도 하다. 이 작품은 1899년에 태어나 1936년 사망한 러시아계 영국 작가 서배스천 나이트의 이복동생인 V가 화자로 등장해 세상을 떠난 형의 전기를 쓰려고 시도하는 이야기다. 소설의 얼개는 이복동생이 복원한 나이트의 삶 자체가 아니라 그의 삶을 복원하려는—즉 글을 쓰려는—동생의 시도다. 그러므로 이 소설은 글쓰기 과정에 대한 글쓰기라는 메타픽션의 성격을 띤다.

사실 화자인 V는 자신보다 여섯 살 많은 이복형제인 서배스천 나이트와 공유하는 경험이 거의 없고, 그에 대해 아는 것도 별로 없다. 그들은 아버지를 일찍 여의고 혁명이 한창이던 1918년 어머니와 함께 러시아를 떠난 이후 영국과 프랑스로 각각 떨어져 살았다. 몇 번의 짧고 형식적인 만남을 제외하고는 다른 언어를 쓰고 다른 삶을 살아왔기 때문에, V가 형을 애정하고 형이 지닌 작가로서의 천재성을 존경하며 자랑스러워할지라도 실상 타인이나 다름없는 관계다. 게다가 서배스천은 생모의 성을 따랐기 때문에 V와의 관계가 이름에서조차 드러나지 않는다. 그러므로 서배스천 나이트가 사망하고, 동생으로서 형이 살아온 삶에, 형의 실체에 보다 쉽고 가장 가까이 접근할 수 있는 혈육의 특권 따위는 V에게 없었다. 그는 자기보다 먼저 서배스천 나이트의 전기를 출간한 비서 굿맨 씨가 서배스천을 제멋대로 왜곡해서 그렸다고 날카로운 비판과 조롱을 퍼붓지만, 진실이 무엇이건 자신보다 굿맨이 그를 더 가까이에서 보다 오래 접한 사람이라는 점만큼은 부인할 수 없다. 그러므로 서배스천 나이트의 삶을 복원하려는 화자의 노력은 숨겨진 진실을 탐색하려는 시도가 되고, 이 소설은 단서를 모아 범인을 좇는 탐정소설과 유사한 구조를 보이며, '숨겨진 진실이라는 것이 과연 존재하는가' '절대적이며 유일한 리얼리티를 발견하는 것이 가능한가'라는 근본적인 질문으로 나아가게 된다.

V는 형과 직접적인 교류 없이 지냈지만, 서배스천의 책이 출간될 때마다 바로 구해 읽어보며 나름대로 형에 대한 관심을 유지해왔다. 그에게 서배스천은 실제로 접촉할 수 있는 살아 있는 인간이라기보다는 소설을 통해서만 접근할 수 있는 허구의 인물에 더 가깝다. 그는 서배스천의 책을 읽고 또 읽으며 그가 숨겨놓은 비의를 찾으려 애쓴다. 그러므로 그에게 형 서배스천의 전기를 쓰려는 시도는 그의 삶 자체에 대한 관심보다는, 그의 삶을 재구성함으로써 그의 작품에 숨겨진 비밀에 접근하려는 목적을 갖는다. 즉 그에게 서배스천의 삶과 그의 책은 동일한 것이며, 그는 서배스천처럼 책을 집필함으로써 서배스천이라는 인물의 저자가 되고자 하는 것이다. 수수께끼 같은 형의 비밀에 다가가기 위해 V는 서배스천의 케임브리지 동창이나 비서였던 굿맨 씨, 옛 연인인 클레어 비숍 등 서배스천이 생전에 가까이 지냈던 사람들을 찾아가 탐문해보지만, 굿맨 씨처럼 전기를 집필하려는 그의 계획 자체를 막으려 들거나 클레어처럼 아예 만나보지도 못하는 등 그가 원하는 '진실'에 접근하는 데 필요한 정보는 충분히 모이지 않는다.

V는 서배스천이 클레어를 떠날 만큼 사랑한 의문의 러시아 여인에게 형의 비밀을 풀 열쇠가 있으리라는 기대를 품고 그 여인을 찾아나선다. 그는 탐정처럼 빈약한 단서들을 모아 온갖 방법을 동원하여 추적한 끝에 문제의 여인 니나를 찾아내지만, 정작 그녀의 정체를 알게 된 순간에는 그 사실을 밝히지 않고 돌아선다. 염세적이고 지적이며

음울한 성격에 사교를 싫어하는 서배스천과 달리, 니나는 아름답고 생명력으로 충만하며 반지성적인 여인이다. 그녀는 삶을 즐기고 싶어하고 깊이 생각하는 것을 싫어한다. 니나는 전혀 새로운 매력으로 서배스천을 사로잡았다가 냉정하게 버려 그에게 깊은 좌절을 안겨주기는 했지만, V가 상상한 팜파탈의 전형을 뒤집는 인물이다. 니나는 남자를 유혹하고 파멸시키는 데에서 쾌감을 느끼는 팜파탈이 아니라, 지적 우위를 내세워 그녀를 자기만의 틀에 가두려는 서배스천의 독선적인 태도에 응하지 않았을 뿐이다. 남성들의 고정된 시각에 갇히기를 거부하는 니나는 자신을 좇는 V의 집요한 추적을 교묘하게 피하는 동시에 자신과 서배스천의 관계를 솔직하게 들려준다. 니나는 자신이 니나의 가까운 친구인 척 가장하고서 친구의 이야기를 전하듯 자신의 이야기를 한다. 니나가 V에게 자신을 드러내는 방식은 작가가 소설 속에서 허구의 인물을 창조해내는 방식과도 비슷하다. 더 정확히 말하자면, 니나는 서배스천과의 사이에서 실제로 있었던 일을 말하고 자기 자신에 관해 이야기하고 있어, 그녀의 이야기는 전기를 쓰는 행위에 가깝고, 이는 서배스천의 전기를 쓰려는 V의 시도와도 다르지 않다. 니나가 자신의 친구라 말한 헬레네는 존재하지 않는 가상의 인물이면서 니나 자신인 실제 인물이다. 니나는 이렇게 진짜 자신의 모습으로 만든 가면 뒤에 숨는데, 이는 소설 속에서 반복적으로 등장하는 소설 속의 소설 혹은 꿈속의 꿈과도 유사하다. 이는 절대적인 진실 혹은 서배스천의 '진짜 인생'이 존재한다고 믿고 이를 추적하던 V의 노력을 근본적으로 뒤흔들기에 충분한 경험이었을 것이다. 니나의 트릭은 허구와 진실의 경계에 의문을 제기하며, 과연 둘을 구분하는 것이 가능한지를 의심스럽게 만든다.

니나를 통해 서배스천의 '진짜 인생'을 찾아내려던 시도가 실패한 후에야 V는 그보다 앞서 겪었던, 보다 치명적인 실패의 경험을 이야기한다. 서배스천은 죽기 직전에 만나고 싶으니 요양원으로 와달라고 부탁하는 전보를 V에게 보내지만, V는 결국 그가 죽은 후에야 도착했다. 그는 이미 형이 죽었다는 사실조차 알지 못한 채 다른 낯선 이의 병실에서 침대에 누운 타인을 형이라 믿고 하룻밤을 지새웠다. 그는 죽음을 앞둔 서배스천에게서 직접 자신의 모든 비밀을 밝혀줄 결정적인 한마디를 듣게 되리라 기대했으나 그의 희망은 좌절되었다. 당사자로부터 그 말을 듣지 못했으므로 V는 니나를 찾아나설 수밖에 없었던 것이다. 니나를 탐색하는 일마저 좌절되자, 그는 그 경험을 통해 가장 궁극적인 실패를 다시 되새기며, 비로소 그 의미를 재해석해 이야기할 수 있게 된다.

이 작품에 반영된 궁극적인 리얼리티의 존재에 대한 회의적인 태도는 나보코프의 삶과도 무관하지 않을 것이다. 그는 인터뷰에서 자신의 국적에 대한 질문에 "나는 러시아에서 자라고, 영국에서 교육받고, 미국 문화에 물든 미국 작가"라고 대답한 바 있다. 러시아 혁명으로 고국을 등진 후 이곳저곳을 방랑하며 모국어인 러시아어를 버리고 영어로 작품 활동을 한 작가로서, 자신의 존재 근거로 삼을 불변하는 확정된 리얼리티가 존재한다고 받아들이기는 어려웠을 것이다. 나보코프의 이러한 태도는 허무주의적이며 언어유희만을 일삼는다는 비판을 불러온 한편으로 포스트모더니즘의 대표 작가로 꼽히게 되는 요인이 되었다. 작품 안에서 서배스천을 동경하며 그의 삶을 복원하여 또다른 서배스천이 되고자 하는 V가 서배스천을 도플갱어처럼 반영하는 인물이라면, 작품 밖으로 넓혀보면 서배스천은 저자 나보코프의 도플갱어이기도 하다. 서배스천의 이력은 나보코프의 실제 삶을 상당 부분 반영한다. 그는 나보코프와 마찬가지로 러시아에서 영국으로 망명해 케임브리지에서 공부했고, 뒤늦게 배운 영어로 글을 쓰기 위해 고투했다. 서배스천 나이트가 영국으로 이주한 연도(1919년)도 나보코프와 동일하다. 망명자로서의 자의식과 언어에 대한 극도의 예민함 또한 서배스천과 나보코프가 함께 지니고 있는 특질이다. 이런 식으로 소설의 안팎에서 실제의 인물과 허구의 인물이 공명하며, 소설 안에서도 등장인물들끼리, 혹은 등장인물들이 만들어내는 허구의 인물들이 서로 공명하는 구조를 이루면서 허구와 리얼리티의 경계가 허물어진다.

V는 살아 있는 서배스천을 만나 그의 마지막 이야기를 듣고 그의 '진실'에 닿는 데는 결국 실패하지만, 소설의 결말은 실패에 관해 이야기하지 않는다. 오히려 V는 낯선 사람의 숨소리를 서배스천의 것이라 믿고 귀기울였던 그 시간이 실제로 그와 이야기를 나눈 것만큼이나 자신의 삶을 바꾸어놓았으며, 그가 말해주었을지 모를 비밀은 아닐지라도 비밀 하나를 알게 되었다고 말한다. 결과적으로 V의 전기 쓰기는 서배스천 인생의 리얼리티를 발견하기보다는 리얼리티의 불확정성을 확인하는 시도가 된다. 리얼리티에 대하여 나보코프는 다음과 같이 말했다(『굳건한 견해*Strong Opinions*』 10~11쪽 참조).

> 리얼리티는 아주 주관적인 문제다. 그것은 점진적인 정보의 축적 같은 것, 그리고 특수화로 정의할 수 있을 따름이다. (…) 말하자면

리얼리티에 점점 더 가까이 다가갈 수는 있다. 그러나 결코 충분히 가까이 다가갈 수는 없다. 왜냐하면 리얼리티는 단계들, 인식의 레벨, 가짜 바닥의 무한한 연속이기에 도저히 채울 수도, 손에 넣을 수도 없기 때문이다. 어느 하나에 대해 점점 더 알아갈 수는 있지만, 어느 하나의 모든 것을 알 수는 없다.

결국 리얼리티는 그것을 찾으려는 긴 여정의 마지막에 존재하는 실체가 아니라, 그것을 향해 다가가려는 무수한 시도들 속에서 매 순간 개인의 주관과 상황에 따라 끊임없이 재구성되는 것이다. 리얼리티를 포착해내는 것이 가능하다는 말은, 관계들 속에서 유동하는 한 단면의 포착만을 뜻하는 것일지도 모른다. 그렇기에 V는 리얼리티의 확정적인 '실체'를 찾으려 할 것이 아니라 영혼의 파동을 따라가야 한다는 깨달음에 이르고, 서배스천의 실체를 추적하던 자신이 서배스천이 되었다고 말한다. 그러나 한편으로는 그는 V도 서배스천도 아닌, 우리가 모르는 누군가일지도 모른다. V가 서배스천의 더블이 되고 서배스천은 저자 나보코프를 반영하는 더블이라고 본다면, 그 '우리가 모르는 누군가'는 V와 서배스천의 저자인 나보코프를 가리킬 수도 있고 그 누구라도 될 수 있다.

리얼리티의 유동성과 불확정성에 대한 강조는 확정적인 리얼리티나 고정된 자아 개념을 벗어나 우리가 타자의 파동에 공명하고, 그럼으로써 '나인 동시에 다른 존재'가 될 수 있는 가능성을 암시한다. 진실을 알 수 없다는 것, 리얼리티에 영원히 도달할 수 없다는 것은 우리의 존재 기반을 무너뜨리고 불안정한 상태를 초래할 수도 있지만, 다른 한

편으로는 정해진 답이 없으므로 무한한 답이 존재할 수 있다는 열린 가능성으로 인도할 수도 있다. 그런 점에서 나보코프의 작품은 허구의 세계가 소설이라는 틀 안에서 답을 얻고 만족스럽게 완결되는 결말을 보여줌으로써 불안정한 현실의 갈라진 틈새들을 소설적 허구로 봉인하기보다는, 허구와 리얼리티를 구분짓는 틀을 뒤흔들어 그 관계를 다시금 재고해보게 만든다.

송은주

# 블라디미르 나보코프 연보

## 1. 러시아(1899~1919)

| | |
|---|---|
| 1899년 | 4월 22일 수도 상트페테르부르크의 귀족 명문가에서 아버지 블라디미르 드미트리예비치와 어머니 옐레나 이바노브나 사이에서 장남으로 출생. 할아버지 드미트리 니콜라예비치는 알렉산드르 2세와 3세의 치세 때 법무상을 역임했고, 아버지는 관료가 되기를 거부하고 법학자의 길을 걷다가 정치에 입문하여 입헌민주당(카데트) 지도부의 일원이 된다. |
| 1899~1910년 | 자유주의적 분위기의 유복한 가정에서 다방면에 걸친 최상의 가정교육을 받으며 성장. 러시아어 외에 영어와 프랑스어를 익혔고(영국 숭배자였던 아버지의 영향으로 러시아어보다 영어를 먼저 익혔다), 테니스, 자전거, 권투, 체스 등 다양한 운동을 즐겼으며 곤충학(특히 나비 채집과 관찰)에도 몰두한다. 체스와 나비 연구는 평생에 걸친 관심사로 나보코프의 삶과 문학에 깊숙이 관여하게 된다. |
| 1911~1916년 | 테니셰프 학교에서 수학. 이 시기에 이기적이라고까지 부를 수 있는 우월 의식에 찬 개인주의적 성향이 발현된다. 어린 시절 상트페테르부르크의 삶이 남긴 인상은 나보코프의 창작에 큰 역할을 한다. 특히 나보코프 가족이 여름을 나곤 했던 교외의 모습은 작가의 기억 속에 지상낙원으로, '그의 러시아'로 영원히 남는다. |
| 1914년 | 첫 시를 씀. |

1916년 『시집Стишки』을 자비로 발간하며 문학에 입문.

1917년 아버지가 케렌스키 임시정부에 입각. 볼셰비키 혁명으로 임시정부가 붕괴되자 나보코프 가족은 크림으로 이주.

## 2. 유럽(1919~1940)

1919년 크림이 적군에게 장악되고 내전이 적군의 승리로 끝나자 3월에 배를 타고 영원히 러시아를 떠난다. 콘스탄티노플을 거쳐 런던으로 간다.

1919~1922년 동생 세르게이와 함께 케임브리지 대학에서 수학. 러시아문학과 프랑스문학을 전공. 운명의 극적인 전환은 시인 나보코프의 창작에 강한 동기를 부여한다. 전 생애를 통틀어 망명 초창기에 가장 많은 시를 쓴다.

1920년 8월에 가족이 베를린으로 이주. 아버지가 러시아어 신문 〈키Руль〉의 편집자가 된다. 〈키〉에 나보코프의 첫 번역과 첫 산문이 실린다.

1921년 필명 '블라디미르 시린'으로 작품을 발표하기 시작.

1922년 3월 28일 베를린에서 아버지가 러시아 극우파 테러리스트에게 암살당한다. 아버지의 죽음은 나보코프의 운명을 송두리째 흔든다. 스스로 삶을 개척해야 했던 나보코프의 전업 작가로서의 삶이 시작된다. 6월에 케임브리지 대학을 졸업하고 베를린으로 이주.

1923년 3월 8일 어머니가 프라하로 이주. 베를린에서 미래의 아내 베라 예프세예브나 슬로님을 만난다. 베를린에서 시집 『송이Гроздь』와 『천상의 길Горний путь』 출간.

1924년 첫 장편희곡 『모른 씨의 비극Трагедия господина Морна』

집필.

1925년 4월 25일 베라 슬로님과 결혼. 첫 장편소설 『마셴카Машенька』 집필.

1926년 베를린에서 『마셴카』 출간. 두번째 희곡 『소비에트연방에서 온 사람Человек из СССР』 집필.

1928년 베를린에서 소설 『킹, 퀸, 잭Король, дама, валет』 출간.

1929년 문예지 『현대의 수기Современные записки』에 소설 『루진의 방어Защита Лужина』 발표. 작품의 첫 부분을 읽은 어느 망명 문인의 회고에 따르면, "망명 세대 모두의 삶을 정당화하기 위해 불사조처럼 혁명과 추방의 불길과 재에서 태어난 위대한 러시아 작가의 작품".

1930년 베를린에서 단편집 『초르브의 귀환Возвращение Чорба』과 『루진의 방어』 출간. 『현대의 수기』에 소설 『스파이Соглядатай』 게재.

1931년 『현대의 수기』에 『위업Подвиг』 연재.

1932년 파리에서 『위업』 출간. 『현대의 수기』에 소설 『카메라 옵스쿠라Камера обскура』 연재 후 파리에서 단행본 출간.

1933년 베를린에서 『카메라 옵스쿠라』 단행본 출간.

1934년 『현대의 수기』에 소설 『절망Отчаяние』 연재. 5월 10일에 외아들 드미트리가 태어남.

1935년 『현대의 수기』에 소설 『사형장으로의 초대Приглашение на казнь』 연재.

1936년 베를린에서 『절망』 단행본 출간.

1937년 나치의 위협을 피해 파리로 이주. 프랑스 문예지 〈*NRF*(*La Nouvelle Revue Française*)〉에 푸시킨에 관한 프랑스어 논문 발표. 프랑스 잡지들에 프랑스어로 번역한 푸시킨 시 발표. 『현대의 수기』에 소설 『재능Дар』 연재(체르니솁스키에 관한 4장을 제외하고 발표). 런던에서 나보코프가 영어로 옮긴 『절망*Despair*』 출간.

1938년 파리와 베를린에서 『사형장으로의 초대』 단행본 동시 출간. 나보코프가 영어로 옮긴 『카메라 옵스쿠라』가 4월 미국에서 『어둠 속의 웃음소리*Laughter in the dark*』로 출간. 첫 영어 소설 『서배스천 나이트의 진짜 인생*The Real Life of Sebastian Knight*』 집필.

1939년 3월 2일 어머니 작고.

## 3. 미국(1940~1960)

1940년 5월에 독일 점령군을 피해 미국으로 이주. 뉴욕의 자연사박물관에 일자리를 얻는다. 비평가 에드먼드 윌슨의 추천으로 〈뉴요커〉에 기고.

1941년 소설 『서배스천 나이트의 진짜 인생』 출간. 웰슬리 칼리지에서 7년간 러시아문학 강의.

1942년 하버드 대학의 비교동물학박물관에서 6년간 연구원으로 활동.

1944년 고골 연구서 『니콜라이 고골*Nikolai Gogol*』 출간. 푸시킨, 레르몬토프, 튜체프의 시를 번역한 시집 『세 명의 러시아 시인*Three Russian Poets*』 출간.

1945년 미국 시민권 획득.

1947년 소설 『벤드 시니스터*Bend Sinister*』와 단편집 『아홉 편의 단편*Nine Stories*』 출간.

1948년 코넬 대학 문학부 교수로 재직하며 10년간 러시아문학과 유럽문학 강의.

1951~ 하버드 대학에서 강의. 후에 네 권의 강의록 출간. 『문학 강

1952년 의*Lectures on Literature*』(1980), 『율리시스 강의*Lectures on Ulysses*』(1980), 『러시아문학 강의*Lectures on Russian Literature*』(1981), 『돈키호테 강의*Lectures on Don Quixote*』(1983).

1951년 회상록 『확증*Conclusive Evidence*』 출간.

1952년 고골 선집에 부치는 서문 집필. 파리에서 러시아어 시선 『시. 1929~1951Стихотворения.1929~1951』 출간. 『재능』 무삭제판 출간.

1954년 러시아어 회상록 『다른 해변Другие берега』 출간.

1955년 파리에서 소설 『롤리타*Lolita*』 출간.

1956년 1930년대에 러시아어로 쓴 단편 모음집 『피알타에서의 봄 외 단편들Весна в Фиальте и другие рассказы』 출간.

1957년 소설 『프닌*Pnin*』 출간.

1958년 나보코프가 영어로 옮기고 역자 서문을 붙인 레르몬토프의 소설 『우리 시대의 영웅*Hero of Our Time*』 출간. 단편 모음집 『나보코프의 한 다스*Nabokov's Dozen*』 출간. 뉴욕에서 『롤리타』 출간.

1959년 영어 시집 『시*Poems*』 출간. 『롤리타』의 성공으로 대학 강의를 접음.

## 4. 스위스(1960~1977)

1960년 스위스의 몽트뢰로 이주. 나보코프가 영어로 옮기고 상세한 주석을 단 『이고리 원정기*The Song of Igor's Campaign*』 출간.

1962년 스탠리 큐브릭이 감독한 영화 〈롤리타〉 상영. 소설 『창백한 불꽃*Pale Fire*』 출간.

1964년 기존 번역본의 오류를 바로잡고 방대한 주석을 단 푸시킨의 『예브게니 오네긴*Eugene Onegin*』 출간.

1967년 영문 회상기 개정판 『말하라, 기억이여*Speak, Memory*』 출간. 단편집 『나보코프의 4중주*Nabokov's Quartet*』 출간.

1969년 소설 『아다 혹은 열정. 한 가문의 연대기*Ada or Ardor: A Family Chronicle*』 출간.

1971년 러시아어와 영어로 쓴 시와 체스 문제가 수록된 『시와 문제*Poems and Problems*(Стихи и задачи)』 출간.

1972년 소설 『투명한 대상들*Transparent Things*』 출간.

1973년 단편집 『러시아 미인 외 단편들*Russian Beauty and Other Stories*』 출간. 에세이와 인터뷰 모음 『굳건한 견해*Strong Opinions*』 출간.

1974년 소설 『어릿광대를 보라!*Look at the Harlequins!*』 출간.

1975년 『재능』의 개정판 출간. 『독재자는 파괴되었다 외 단편들*Tyrants Destroyed and Other Stories*』 출간.

1976년 나보코프가 영어로 옮긴 러시아어 단편집 『일몰의 세부 외 단편들*Details of a Sunset and Other Stories*』 출간.

1977년 7월 2일 스위스 몽트뢰에서 영면.

2009년 드미트리 나보코프가 미완성 유작인 『오리지널 오브 로라*The Original of Laura*』를 정리, 편집하여 출간.

지은이 **블라디미르 나보코프**
1899년 상트페테르부르크에서 태어났다. 볼셰비키 혁명으로 조국을 등진 후 유럽과 미국을 전전하다 1945년 미국 시민권을 획득한다. 케임브리지 대학에서 러시아문학과 프랑스문학을 공부했고, 코넬 대학과 하버드 대학에서 문학을 가르쳤다. 『절망』『어둠 속의 웃음소리』『창백한 불꽃』 등을 발표했고, 1955년 출간한 『롤리타』로 세계적인 명성을 얻었다. 1977년 스위스 몽트뢰에서 생을 마감했다.

옮긴이 **송은주**
이화여자대학교 영어영문학과를 졸업하고 동 대학원에서 박사학위를 받은 후 런던대 SOAS에서 번역학을 공부했다. 현재 이화여자대학교 인문과학원 HK연구교수로 재직중이다. 옮긴 책으로 『술라』『자비』『클라우드 아틀라스』『블랙스완그린』『피렌체의 여마법사』『광대 샬리마르』『순수의 시대』『엄청나게 시끄럽고 믿을 수 없게 가까운』『공포의 헬멧』『시스터 캐리』 등이 있다. 『선셋 파크』로 유영번역상을 수상했다.

문학동네 세계문학
서배스천 나이트의 진짜 인생

초판 인쇄 2016년 12월 23일
초판 발행 2016년 12월 30일

지은이 블라디미르 나보코프 | 옮긴이 송은주 | 펴낸이 염현숙

책임편집 문서연 | 편집 김경은 오동규
디자인 김현우 최미영 | 저작권 한문숙 김지영
마케팅 우영희 이미진 강하린 | 홍보 김희숙 김상만 이천희
제작 강신은 김동욱 임현식 | 제작처 영신사

펴낸곳 (주)문학동네
출판등록 1993년 10월 22일 제406-2003-000045호
주소 10881 경기도 파주시 회동길 210
전자우편 editor@munhak.com | 대표전화 031) 955-8888 | 팩스 031) 955-8855
문의전화 031) 955-1927(마케팅) 031) 955-2677(편집)
문학동네카페 http://cafe.naver.com/mhdn | 트위터 @munhakdongne

ISBN 978-89-546-4411-2 03840

www.munhak.com